U0126443

中國歷代才媛詩選

毛文芳 編訂

張晏菁 陳雅琳
莊家瑋 李珮慈 註釋

臺灣學生書局印行

導讀：
十六～十七世紀的一個回眸凝視

別集與總集

自西元前一世紀左右〔西漢〕司馬遷（145-87?B.C.）撰述《史記》「成一家之言」伊始，「作者」的概念已然形成，名山著述可作為中國文人超越政治事業而努力追求的終身成就。翻開歷朝藝文志與目錄書，「集部」最大宗之詩文別集成為支撐中國浩瀚書庫之一大樑柱，真正有自覺的中國文學史由是誕生。六朝時期，文筆分野、文體流別、優劣評騭等具後設性的批評概念伴隨著理論文獻應運而生，略晚於作家「別集」興起的是「總集」的出現。據《四庫全書》〈集部·總集類〉序曰：

> 文籍日興，散無統紀，於是總集作焉。一則網羅放佚，使零章殘什，並有所歸；一則刪汰繁蕪，使莠稗咸除，菁華畢出。是固文章之衡鑒，著作之淵藪矣。……故體例所作，以摯虞流別為始，……蓋分體編錄者也。文選而下，互有得失。❶

---

❶ 引自《四庫全書總目提要》（臺北：臺灣商務印書館，1985），卷 186，集部 39，總集序，頁 4119。

西元六世紀，〔南朝梁〕昭明太子蕭統（501-531）編《文選》，徐陵（507-583）編《玉臺新詠》，二者一為文，一為詩，為流傳最早之總集。其後各朝俱有詩文總集編出，九世紀以後，如〔唐〕殷璠編《河岳英靈集》、〔唐〕令狐楚編《唐御覽詩》、〔後蜀〕韋縠編《才調集》、〔宋〕李昉等奉編《文苑英華》……等集，輯入麗藻詞章以廣流傳，「總集」遂成為「別集」之外，通代或斷代集體存錄作家作品的普遍型式。

相較於西元前一世紀便逐漸展開的文人編寫活動而言，女子文學則顯得冷清沈寂得多。檢閱史志或書目，女子別集數量甚少，載錄於史志者如：〔漢〕《班婕妤集》、〔後漢〕《徐淑集》、《曹大家集》、〔晉〕《左九嬪集》、《謝道蘊集》、〔唐〕《上官昭容文集》等，均已不傳。西元九、十世紀以後，如唐宋時期之《魚玄機集》、《洪度集》、《李冶詩集》、《斷腸詞》、《李易安集》等女冠、才伎、淑媛之別集，是少數被載錄並付流傳之作，大部份曾經結集而存目的女子詩集，同遭沈埋亡佚的命運，誠如胡文楷所言：

> 夷考婦女著作，隋志所載，大都亡佚。唐宋二代，如武皇后、薛濤、花蕊夫人、楊太后、李清照、朱淑真，其集尚存。❷

至於女子總集的狀況，與女子別集的情形大抵相若。據《隋書經籍志》、新舊《唐書藝文志》著錄，早自西元五世紀開始，其實已有女子總集之編撰，如〔南朝宋〕殷淳編《婦人集》30 卷、〔南朝宋〕顏竣編《婦人詩集》2 卷、〔南朝梁〕徐勉編《婦人集》11 卷、佚名者編《婦人集鈔》2 卷等。其餘書目所載歷魏、唐至宋，尚有〔後魏〕崔光編《婦人文章錄》、〔唐〕蔡

---

❷ 引自胡文楷著《歷代婦女著作考》（增訂本）（上海：上海古籍出版社，2008），〈自序〉，頁5。

省風編《瑤池新集》1 卷、〔宋〕陳彭年編《婦人文章》15 卷……等，雖經存目，只是這些曾經存在過的女子總集，至今一部也未流傳。

無論女子的別集或總集，不僅數量少得可憐，就算曾經一度結集成冊，也不敵散佚的命運，理由何在？與男人共存的女子，長期被政治為核心的中國史書寫所忽略，而一向以男性為主導的中國文學史書寫，凡論及古代詩文才女總以寥寥幾人帶過，以工具書《辭海》為例，古代男作家共提及 700 餘次，女作家則不及 20 人。在文學典律的形塑過程中，女詩人無法參與並被噤聲，以致為歷史塵土所掩覆，使得本來才情高華的女詩人們，一旦進入中國文學洪流中，全都變成了隱形人。事實上，古代不是沒有女詩人，而是沒有一個可供現身的舞臺；古代不是沒有女子別集與總集，而是沒有一塊可供成長的沃土。

明中晚期文人田藝蘅編《詩女史》

這種女性文學的闇迫之境，到了十六世紀中葉，總算露出了一線曙光。明代中期，文人編輯匯刻女子詩作逐漸成為一種風尚，質量頗可稱道，溫熱了女性文學一千六百餘年來被冷落的狀況。❸首開其風者為華亭學者張之象，他於嘉靖 33 年（1554）刊行《彤管新編》8 卷，收錄自周迄元共女作家 222 人，含詩歌、銘頌、辭賦、贊誄等作品共計 654 首。在張書之前，女子詩作曾經存錄於文人總集中，例如〔後蜀〕韋穀編《才調集》，錄有「閨秀」卷次；〔宋〕蔡傳編《歷代吟譜》5 卷，第 4 卷為「閨秀」；〔宋〕黃昇編《花菴詞選》20 卷，收入「閨秀」部份；〔元〕楊士宏編《唐音》14

---

❸ 莫立民認為：「自明代嘉靖朝中後期，明人編輯匯刻女子詩歌逐漸成為一種時尚，不惟數量不菲，抑亦質量上乘，形成明前文學史上罕見的編纂女子詩歌的熱潮，中國古代女性詩歌長期以來受冷落、處邊緣化的狀況得到消解與改觀。」參見氏著〈明人所纂女子詩集及其主要價值〉，《古籍整理研究學刊》，2008 年 03 期，頁 29。

卷，末附女子詩；〔明〕朱升編《風林類選小詩》，亦將閨閣詩附於最末。至於張之象《彤管新編》一書，則不同於諸集將閨閣詩附列於男子總集的作法，專錄通代女子詩作，可謂中國信而可徵之第一部女性總集，意義重大。其後 3 年，嘉靖 36（1557）年又有田藝蘅（1524-?）編撰之《詩女史》刊行。❹

田藝蘅一生著作豐富，經、史、子、集，無所不包，《詩女史》也是一部通代的女子總集。田氏在書前撰有〈詩女史敘〉陳述編纂觀點。❺首由天地、律呂、文章、音調等自然現象繫聯人事，以合於乾坤、俯仰、陰陽、清濁等配偕觀念，闡明男女內外相生相輔之理，藉以抬高女性及其文才的地位，田氏讚揚女子文才，「成周而降，代不乏人」，男女二性之詩才，不應有別，何於男於女，顯晦頓殊？「良自采觀之既闕也」，田氏直指：古代不是沒有女性文學，而是缺乏認識的眼光。田藝蘅欲扭轉這種失衡的現象，首先必需提昇對女性文學的認知，女子作品就算是「宮詞閨咏」或「俚語淫風」，都不會被聖人摒棄於經史之外，因為「勸懲攸存」，「用裨陰教」，「其功茂矣」。田藝蘅指出女子詩作於冊籍缺席的現象，不僅司馬遷的《史記》寂無所錄，後代史志多屬聊備一格，幸而在稗官野史或樂府歌集中見其蹤跡。田藝蘅稱許這些於邊緣書冊現身的女子作品：

> 往往馨飛蘭吐，彩挹珠談；色暎天玄，聲疇陽律；上闚元化，下總物情。縱未能媲美于二南，庶足以揚休乎六義。致使群英聯句，俊女擅

---

❹ 關於《詩女史》一書之認知，以及前此婦女詩文總集的著錄存佚概況，筆者乃與中正大學中文研究生黃鈺珊同學多次談論並參閱其蒐集之相關文獻而得悉，謹此致謝。鈺珊目前正以《詩女史》為題進行碩士論文之撰寫。

❺ 以下文字梳理與文句及文段之引用，悉引自田藝蘅〈詩女史敘〉一文，參見氏著《詩女史》，收入《四庫全書存目叢書》（臺南：莊嚴文化事業有限公司，1997），集部，第 321 冊，頁 686-687。

> 場；衆紗探題，騷人閣筆。故能膾炙世口，頡頏士流，必欲追莊穆以同歸，詎肯讓班蔡而獨步也。

田氏對女詩人作品之形式與內容給予高度肯定，既推許其效法《詩經》以發揚六義，而膾炙世口、頡頏士流之精彩篇章，可直追《詩經》莊姜〈燕燕〉與許穆夫人〈載馳〉等佳篇，亦不讓班昭〈女誡〉、蔡琰〈悲憤詩〉獨美於前。

田藝蘅〈詩女史敘〉環繞著史書，並以惜賞歎惋的口吻讚揚俊女妙詩足以踵步經籍名篇，為其編《詩女史》作張本：

> 藝蘅身沈翰苑，心醉辭壇，惜盛籍之未興，信雅典之有待，廼探賾索隱，剔粹搜奇。人有善而必彰言，無微而不齒。首標小傳，尾續餘篇，名曰：詩女史。蓋詩之所采，敢竊比於國風；而行有所遺，諒先登於策府也。嗚呼！夢幾生花，才非道絮，文昌分耀，光纏婺女之星；彤管增輝，瑞靄湘妃之竹。風流爾謝，儒雅吾師，須知擲地而作金，尚想其人之如玉。

田氏「探賾索隱，剔粹搜奇」，採集才媛詩作，首標小傳，並續詩篇，使其行誼先「登於策府」，讓其詩篇可「比於國風」，以成一部才女及其詩作的歷史，故名其書曰：《詩女史》。

《詩女史》這部包含傳記的通代女子總集，大氣魄地將收錄時間往前推溯自上古五帝，向下延展至有明一朝之田氏當代，共 14 卷，收入才媛兩百多人、詩作多達千餘首，已超過張之象《彤管新編》的規模。這部詩集以實際的編採行動突破女才長期被漠視之困境，以比列經史的角度提昇女子文學的地位，是目前收錄明代女子詩作總集中，刊行時間最早的一部，在明代詩

文研究史上具有深遠的意義。❻

10 年之後，隆慶元年（1567），會稽酈琥效法張、田之法編《姑蘇新刻彤管遺篇》，也是一部收錄先秦至明代的通代女子詩歌總集。十六世紀末葉以後，才女詩集的編刊蔚為風潮，如池上客輯《鐫歷朝列女詩選名媛璣囊》，收錄先秦迄明才女之詩詞歌賦。萬曆 44 年（1616），張夢徵編《青樓韻語》，收錄兩晉迄明青樓名妓詩詞韻語 500 多首。萬曆 46 年（1618），如皋冒愈昌編《秦淮四姬詩》，收錄金陵當代名妓馬守貞、趙燕如、朱泰玉、鄭妥四人之詩合成一集。餘如泰昌元年（1620）福建鄭文昂編《名媛詩匯》、天啟 4 年（1624），平湖馬嘉松編《花鏡雋聲》16 卷……等。❼

明季文人鍾惺編《名媛詩歸》

在晚明文人編選才媛詩集的風潮中，明季鍾惺（1574-1624）的《名媛詩歸》聲名最著，影響深遠。明季以來，關於《名媛詩歸》的編者多有異見，以《四庫全書總目提要》之說為主流，文曰：

> 舊本題明鍾惺編，取古今宮閨編什，裒輯成書，與所撰古唐詩歸并行。其間真偽雜出，尤足炫惑學者。王士禎《居易錄》亦以為坊賈之所託。今觀書首有書坊識語，稱名媛詩未經刊行，特尋秘本，精刻詳訂云云。核其所言，其不出惺手明甚。❽

---

❻ 參見陳正宏著〈總集編輯中的「明詩熱」、專題化及其源流〉，收入《明代詩文研究史：1368-1911》（上海：上海文化出版社，2000）上篇，第四節，頁 125。

❼ 晚明才媛詩集的編輯風潮及著作舉例，參引自同註❸，莫立民著〈明人所纂女子詩集及其主要價值〉一文。

❽ 《名媛詩歸》提要一文，引自同註❶，《四庫全書總目提要》卷 193，集部 46．總集類存目三，頁 4301。

清王士祿、朱士楷等人咸認為該書收採猥雜，乃吳人偽托當時竟陵派領袖鍾譚二公之名，或謂割裂《詩歸》而成之作，率皆出於坊賈射利所為。

這種說法已被現代學者質疑，台大蔡瑜教授指出清人之說不可信。鍾惺有著嚴謹的選文觀，曾於天啟 2 年（1622）自我汰選詩文交與友人沈春澤，並未盡括生平之作。其後以迄病卒間的作品又由友人所輯，搜羅亦不完備。再者，鍾惺之作在清初曾遭禁燬，搜佚和保存皆極困難，後人偽造實屬不易。蔡教授又針對《古詩歸》與《名媛詩歸》所選唐前詩部份詳細比對發現，《古詩歸》入選女性作品共 72 首，俱在《名媛詩歸》所選之列，大體評點雷同，此或即「割裂《詩歸》」之說所從出。但這只是粗略的印象，實則《名媛詩歸》所錄之作數倍於《古詩歸》，「增益」遠多於「割裂」，且兩本詩作排列次序略有出入，不似依前選抄錄所作。又《名媛詩歸》評點更細，前後語氣連貫，突顯編者斟酌損益之功。總之，蔡教授由各種現象證明：《名媛詩歸》自有體系，不可能是割裂《詩歸》而成，其中的批評意見，也與鍾惺的詩學見解相互輝映，較之與譚元春合選的《詩歸》更能體現鍾惺個人詩學見解，當是鍾惺繼《詩歸》之後獨立完成的鉅作。❾

《名媛詩歸》的編者極富野心，廣泛輯成一部身份包含各種階層之歷代才女詩歌總集，全書共 36 卷，輯錄自上古至明代之女子詩歌，意求完備，收羅的女詩人包括貴婦、女官、民女、女冠、青樓及能以漢文寫詩的異域女子等共約 350 人。以時代先後為序，自上古神話人物皇娥嫘祖以迄晚明才妓王微，各附以詩人小傳。詩作約 1600 餘首。鍾惺苦心收集籍冊不傳之女詩人及其逸作，顯與竟陵派搜集古今詩文、舉揚幽潛之意旨相符。十七世紀初

---

❾ 詳細論點，參見蔡瑜教授 1999 年國科會專題研究計畫成果報告：《性別與典律（一）《詩歸》與《名媛詩歸》編選策略比較研究》（計畫編號：NSC 89-2411-H-002-015），引自國科會網頁。另可詳參氏著〈試論《名媛詩歸》的選評觀〉一文，收入羅久蓉、呂妙芬主編《無聲之聲 III：近代中國的婦女與文化（1600－1950）》（臺北：中研院近史所，2003），頁 1-48。

葉的《名媛詩歸》，是站在明中葉滋衍發酵的詩學基礎上，再闢舉揚幽潛之蹊徑，並意圖建構女性文學之正典。這個建構的工程，必需先扭轉長期以來的詩學偏見，鍾惺〈名媛詩歸序〉首先提出女子寫詩的本質認知：

> 今人今士之詩，胸中先有曹、劉、温、李，而後擬為之者也。若夫古今名媛，則發乎情，根乎性，未嘗擬作，亦不知派。無南皮西崑，而自流其悲雅者也。⑩

女子寫詩不同於男子，非由詩學派流或摹擬入門，而是發乎情性而自然流出，這種自流悲雅的源頭何在？

> 今夫婦人，始一女子耳，不知巧拙，不識幽憂，頭施紺冪以無非耳。及至釵垂籭蔽，露濕輕容，回黃轉綠，世事不無反覆。而于時喜則反冰為花，于時悶則鬱雲為雪，清如浴碧，慘若夢紅。……故凡後日之工詩者，皆前日之不能工詩者也。

女子工詩既來自於世事反覆的成長體驗，更本於情性，故能擺脫詩派模擬之弊習，達到詩歌最純淨的「清」之本質：

> 詩，清物也。其體好逸，勞則否；其地喜淨，穢則否；其境取幽，雜則否。然之數者，未有克勝女子者也。蓋女子不習軸僕輿馬之務，縟苔芳樹，養絙薰香，與為恬雅。男子猶藉四方之遊，親知四方。如虞

---

⑩ 本段及以下諸段原文，悉引自〈古今名媛詩歸敘〉，參見鍾惺著《名媛詩歸》，收入《四庫全書存目叢書》（臺南：莊嚴文化事業有限公司，1997），集部，第 339 冊，頁 1-4。

> 世基撰十郡志，敘山川，始有山水圖；敘郡國，始有郡邑圖；敘城隍，始有公館圖。而婦人不爾也，衾枕間有鄉縣，夢魂間有關塞，惟清故也。

在鍾惺眼中，不同於男子軸僕輿馬世務的閨閣女子，其居處身分與恬雅情性恰與「清」的詩質相符，故不必足履親踐，便能發揮廣闊的想像力，寫出感人至深的詩篇。女子清則慧，故「男子之巧，洵不及婦人矣。」

鍾惺最後引劉勰說法申明：

> 彥和云：四言正體，雅潤為本。五言流調，清麗居宗。……蓋病近日之學詩者，不肯質近自然，而取妍反拙。故青蓮乃一發于素足之女，為其天然絕去雕飾，則夫名媛之集，不有裨哉。或曰坊于淫，或不盡出于典則；不見衛莊姜、班婕妤，豈不丹華而靡曼乎？獨是不徵于文獻，不載于名山，無輶車觀風之赴告，謠俗聞見之傳信，其裒輯為難……。

女子詩篇，裒輯不易，鍾惺藉由鉤連女性與詩共同具有之「清」的特質，策略性地提高女子文學，據而提出詩歌的審美理想：自然流露、不假雕飾、樸直率真、直抒胸臆、幽情單緒。十六～十七世紀之間，即〔明〕萬曆年間，文體漸變，竟陵派鍾譚輩為矯公安之弊，提倡尖新幽冷之風，以易天下人耳目，《詩歸》出而一時紙貴，後又編《名媛詩歸》，一方面掃除七子摹擬套用之習，另一方面糾正公安俚俗熟軟之風，鍾惺巧妙地藉由詩歸選評以創新一代詩風。

《名媛詩歸》出於鍾惺之手，他以編者的身份呼應前輩文人為才媛詩篇作了總集性的編輯，同時又以讀者立場提出閱讀心得，並以評者角度進行詩作論析。鍾惺集編者、讀者與評者三重身份流動於書中，為讀者展示了深入才媛詩作肌理的多種途徑。[11]《名媛詩歸》一書，除了繼承前人的總集性編輯手法外，又追步《詩女史》匯入詩人小傳，最特殊之處在於其豐富的評點：或句評、或篇評。其品評風格，著重作品直觀捷悟與慢味細讀，引領讀者穿梭於字句之間。最常用短促有力的「妙」字統括讀詩的感受，如直言「妙」、「高妙」、「妙妙」，或以之作為詞句的條件元素或修辭元素，如：「○○之妙」、「妙在○○」、「其妙○○」……云云。此外，與〈名媛詩歸自序〉詩學見解相符之詩作評點，多環繞其詩學核心概念「清」而多方闡發出與「雅」、「靜」、「婉」、「樸」、「情」、「慧」、「貞」、「直」、「厚」等字彙相互關聯的審美特性，詩作評點舉隅如下：

> **雅靜**無囂煩之氣。（評謝道蘊〈擬嵇中散詠松〉）
>
> **婉樸**有漢樂府遺言。（評甄皇后〈塘上行〉）
>
> 詠物詩，說性**情**，妙矣。（評左貴嬪〈啄木詩〉）
>
> **慧**心豔質、妙在**貞靜**之**情**。（評羅敷〈陌上桑〉）
>
> 非此等**慧**心，便擲卻不省。（評劉令嫻〈聽百舌〉）
>
> 對大豪傑人說心中事，必先讋懾其意氣，後卻步步引入**情**去。（評百里奚妻〈扊扅歌〉）
>
> **情**深宜妙。（評竇玄妻〈古怨歌〉）
>
> **情**敬二字，何等虛懷，何等欽想。（評徐淑〈答秦嘉〉）
>
> 心知二字，卻含許多敬愛念頭，後人便有樂而不淫四字，不如此之深**厚**。（評皇娥嫘祖〈清歌〉）
>
> 語**直**而**情婉**，由其氣之**厚**也。（評勾踐夫人〈烏鳶歌〉）

---

[11] 關於鍾惺於《名媛詩歸》三重身份流動的觀點，參見孫敏娟著〈女性聲音的被閱讀——《名媛詩歸》〉，收入《風華初現——國立東華大學第一屆全國中文研究生學術研討會論文集》（花蓮：東華大學中文系，2002），頁 167-185。

鍾惺游移於編、讀、評三位一體的流動身分，憑藉著對字詞句法的推敲，以及詩篇作意的領略，展示細讀才女心思的途徑，引導讀者穿梭於歷代才媛的詩歌世界中，靈活建構著女詩人與後代讀者彼此交心的平台。

再者，鍾譚的竟陵詩學，為了一洗公安俚俗熟軟之風，試圖以孤峭幽深矯之，特為才女詩作析出「幽情單緒」的元素。鍾惺看到了女詩人處在如何的幽微之隅，其詩作又如何在邊緣中浮沈：

> 此句**幽**細處，在一方字，然亦漸有**鬼**魅氣。（評劉妙容〈宛轉歌〉）
>
> 「若能」二字**冷**，「不食言」三字**深**。（評李夫人〈定情聯句〉）
>
> 淫氣**鬼**氣，只可作夢中事。（評蘇小小〈西陵歌〉）
>
> **幽**吟靜想，自然情深。（評劉令嫻〈聽百舌〉）
>
> 古人作詩，專于濃處作疏宕語，今人便不復為此矣。即有意為之，亦不復如此**靈**動。（評丁六娘〈十索曲〉）
>
> 只此四句，波波折折，深情委曲，微而澹，宕而遠。非細心女子，寫不出如此**幽**懷，做不出如此**幽**事。（評宣宗宮人韓氏〈紅葉詩〉）

鍾惺以「幽」、「冷」、「鬼」、「深」、「靈」等視角，體味女子的細心襟懷，讀出波折深曲、清瘦澹遠，甚至鬼魅深冷的詩歌韻味。

承續著十六世紀後葉張之象《彤管新編》、田藝蘅《詩女史》以來才女詩集的編輯風氣，十七世紀初葉鍾惺的《名媛詩歸》在這個基礎上，既藉為強化竟陵派詩學主張之策略，同時綰合著明代後期蓬勃興起的新思維，以掘探邊緣、顛覆主流、重構正典的腕力，渲染才女文學的魅力，深深影響了後世。⑫

---

⑫ 晚明鍾惺持著對才女詩歌「清質」的觀點並賦予崇高價值，影響著當代文人，譬如崇禎年間趙世杰編纂《古今女史》，自序曰：「海內靈秀，或不鍾于男而鍾于女人」，「其

塗山女與韓娥

《呂氏春秋·音初》載道：

> 禹行功，見塗山之女。禹未之遇而巡省南土。塗山氏之女乃令其妾待禹于塗山之陽，女乃作歌，歌曰：「候人兮猗」，實始作為南音。周公及召公取風焉。以為周南、召南。⓭

這則美麗傳說除了締造《詩經》國風二南的歌吟源頭外，也極韻致地速記了中國第一位女詩人——塗山女為殷切等待所思的一首情歌：「候人兮猗」，用語雖極精省，拖長的尾音則帶出了綿密無盡的情思。《列子·湯問》另有一則令人動容的故事，文曰：

> 昔韓娥東之齊，匱糧，過雍門，鬻歌假食。既去而餘音繞梁欐，三日不絕，左右以其人弗去。過逆旅，逆旅人辱之。韓娥因曼聲哀哭，一里老幼悲愁，垂涕相對，三日不食。遽而追之。娥還，復為曼聲長歌，一里老幼喜躍抃舞，弗能自禁，忘向之悲也。乃厚賂發之。故雍

稱靈秀者何？蓋美其詩文及其人也。」關於天地靈氣鍾于女子一說，另如葛徵奇為江元祚編《續玉台文苑》所作序文亦曰：「非以天地靈秀之氣，不鍾于男子；若將宇宙文字之場，應屬乎婦人。」這種說法最早源於〔宋〕龐元英《談藪》，其曾引南宋理學大師陸九淵學生謝希孟之言曰：「自遜、杭、機、雲（按西晉陸家四氏）之死，英靈之氣，不鍾于世之男子，而鍾于婦人。」只是明人將此英靈之氣聚焦於文學書寫。參見王學泰著《中國古典詩歌要籍叢談》（天津：天津古籍出版社，2004）（上冊），「第一輯 歷代詩歌總集」，第187種，《古今女史》。

⓭ 引自陳奇猷校《呂氏春秋新校釋》，卷六，〈音初篇〉（上海：上海古籍出版社，2002），頁338。

門之人至今善歌哭，放娥之遺聲。[14]

這位浪跡至齊國雍門的歌女韓娥，因匱糧飢餓而賣藝求食，韓娥離去後，那發自生命底層的美妙嗓音，停駐於雍門人的耳膜，彷彿迴繞在屋宅橫樑，久久不絕。韓娥在客舍中遭人欺辱，以幽細引長的哀聲泣去，感染了一里老幼共同為之悲愁垂涕忘餐，急忙追回韓娥。娥返回後，又為當地獻聲，一里老幼則破涕為笑，喜躍抃舞。韓娥以其美妙的歌音得到齊國雍門百姓的善意與情誼，獲賑歸去，而雍門則贏得了韓娥之遺聲，成為一個具有善於歌哭傳統的地域。

遙遠古代裡的涂山女與韓娥，她們的吟聲樂音，豈僅是為了等候治水過境塗山的大禹兩情相會？或徒留餘音於雍門里宅中繞樑不絕而已，她們以幽細的長歌曼聲輕扣著歷史之舟舷，在文學潛流裡載浮載沈，擺渡至十六、十七世紀田藝蘅、鍾惺輩之文人桌案，再一路由明清巧渡至今。歷代才媛詩歌，雖屢屢如百卉綻放隨即飄零飛散，卻幻化為不朽精靈，輕盈飄飛旋繞於文學之河的深邃甬道中，等待光點的召引。現在，就讓二十一世紀的讀者，在巧眼慧心裡嵌入明亮的光束，迎接中國文學長河甬道裡的精靈靠岸。

編選因緣與本書體例

筆者從事明清文學研究已歷經一段歲月，曾著有《物・性別・觀看——明末清初文化書寫初探》（臺北：臺灣學生書局，2001）一書，對明清時期的性別思潮頗有關注。此後，筆者專研於畫像題詠的範疇，在女性畫像研究的

[14] 引自楊伯峻著《列子集釋》，卷五，〈湯問篇〉（北京：中華書局，1979），頁 177-178。

過程中，陸續觸及才女文學與文化的領域，⓯逐漸認知中國才女文學之荒原亟待學界墾植。筆者曾於 2005 年於任職之中正大學中文研究所碩士班開設「女性文學專題研究」，旨在呼應這個方興未艾的研究範疇。該課程以廣義的中國女性文學研討為核心，首先在「女性思潮」、「文學史」確定認知框架，開列若干前瞻性專題，以進行學界相關研究成果的講述與探討。筆者的課程設計，於各個斷代中挑選具代表性之女性作家文本供作深入研讀的對象。當時修課同學選擇研讀的女詩人包括：班昭、徐淑、謝道韞、李冶、薛濤、關盼盼、唐代宮女、李清照、朱淑真、葉小鸞、柳如是、顧太清、席佩蘭等。經過課堂師生互動研討，又經同學們用心修訂後，終於各自完成了對女詩家文本的細讀報告，最終，筆者將之集結裝訂成冊，發送給修課同學作為紀念。隔一年，筆者復於 2007 年開設此課。研究所兩度開課造成的迴響，引發了筆者於大學部開課的興致。

2009 年，筆者於大學部開設「古代女詩人作品選讀」課程，文學院小教室約有 60 餘人選修，頗受歡迎。由於製作教材所需，筆者赫然發現臺灣坊間並未有妥適的選本可供參用。透過圖書聯合目錄網顯示的訊息得知，臺北廣文書局曾於 1981 年刊印〔明末〕趙世杰輯評《歷代女子詩集》，然係古籍影本，不利於現代讀者使用。最近一部現代選本也是三十餘年前曹兆蘭譯註《歷代女子情書選》（臺北：百川書局，1988），餘如季靈編《千古絕唱：歷代才女詩詞》（臺北：星光出版社，1978）、裔柏蔭編《歷代女詩詞選》（臺北：當代圖書社，1971）、張忠江編《女詩詞欣賞》（臺北：天祥出版社，1966）、

⓯ 筆者於此領域，曾著有：〈幅巾、紅粧與道服：閱讀柳如是畫像〉，《東方文化》（香港大學中文系編）41 卷第 2 期（2008 年 8 月），頁 101-139；〈書寫才女：清初煙水散人《女才子書》探論〉，《漢學研究》25 卷 2 期（2007 年 12 月），頁 211-244；〈細讀與嘲謔：《柳如是別傳》讀後隅記〉，《中央大學人文學報》第 30 期（2006 年 12 月），頁 263-313；〈一個清代閨閣的視角：顧太清（1799-1877）畫像題詠析論〉，《文與哲》第 8 期（2006 年 6 月），頁 417-474……等若干專論，敬請參看。

沅江編《歷代女詞人》（臺南：中華出版社，1964），李輝群編《註釋歷代女子詩選》（上海：中華書局，1941）等，皆為距今半世紀左右的舊編，年代久遠，多已絕版。大陸的選本年代較近，如葛曉音編《中國歷代女子詩選》（北京：北京大學出版社，1993）、蘇者聰選注《古代婦女詩一百首》（長沙：岳麓書社，1984），以及周道榮、許之栩、黃奇珍編選《中國歷代女子詩詞選》（北京：新華出版社，1983），雖多出於女性文學研究者之手筆，可惜在臺不易購置，簡體字版亦不利於臺灣讀者閱讀。

因此，3 年前，筆者開設「古代女詩人作品選讀」，課堂教材乃援引先前筆者與研究生課堂之研讀心得，加上前列諸家編著，斟酌損益，自編而成。今則在其基礎上擴大編輯的規模，借助十六～十七世紀間文人重新認識才女文學的眼光，選擇了明代兩部重要的才女詩歌總集：其一為《詩女史》，該書名符其實地為才媛詩史作了前導；其二為《名媛詩歸》，該書在才媛詩史的規模上，帶領讀者品味女子幽清靈慧的詩質。本書以鍾惺《名媛詩歸》為底本，並以田藝蘅《詩女史》對勘詩文與傳略，二書互用，若遇二書脫漏舛誤時，亦參引相關詩集或史籍據以補正。

筆者既以田、鍾二書為底本，故以《詩女史》、《名媛詩歸》的體例說明作為依傍，說明如後。田藝蘅《詩女史》曾明示採詩範圍，據〈凡例〉第六則曰：

> 婦女與士人不同，片言隻字，皆所當紀。其有名無詩者，亦得因事附見，知音者諒之。⓰

可知所採詩篇的作者身份階層十分廣大，擴及上古嫘祖、西王母、皇后、貴嬪、夫人、閨女、歌妓、無名氏等，甚至及於仙鬼。誠如《詩女史》〈凡

⓰ 以下所引《詩女史》凡例諸則文字，悉引自同註❺，《詩女史》，頁 687。

例〉第三則所言：

> 仙女鬼女詩，真者固多，偽者亦復不少，亦存一二，以備一體。

田氏既以存錄隻字片言不使湮深沈埋為重要原則，故不作辨偽考定。同樣地，鍾惺《名媛詩歸》選詩亦間有真偽雜出的現象，特別是「古逸詩」部分，此亦晚明文人好博炫奇之風所致。

再據《詩女史》〈凡例〉第四則曰：

> 自五帝至秦，以其邈遠，故所傳必錄。自漢至六朝，則事略而詩詳。自唐至五代，則事詳而詩略。若夫宋元，則詩教既微，乃能崛起，斯亦閨中之傑也。

田藝蘅四個斷代之傳錄與採詩各有準則，五帝以降之邈遠上古，因詩事珍罕，姑不論真偽，故「所傳必錄」。漢魏六朝之中古，存錄佚詩為要，故「事略而詩詳」。唐五代之近古，存詩狀況稍佳，宜著重詩作背後之故事，故「事詳而詩略」。宋元近世，為禮教森嚴而詩文相較式微的時代，更不宜錯過才秀之作。徵之《詩女史》編採內容，「事略而詩詳」或「事詳而詩略」二者，並無明顯界線，然詩作與傳事合採的方式很有意義，《名媛詩歸》亦沿之，可使讀者「知人論世」。本書效法二書詩事並採的方式，為歷代諸才媛各闢「傳略」一欄。

至於《詩女史》之「詩」，如〈凡例〉第五則曰：

> 賦者詩之流，調者辭之流，皆得入流。

本書亦取廣義，凡歌、辭、賦、調、詩、詞，皆得入選。其中二氏所選〔前秦〕蘇蕙之〈璇璣圖詩〉，詩事皆甚有趣，〔唐〕武則天曾撰〈織錦回文記〉曰：

> 前秦符堅時，秦州刺史——扶風竇滔妻蘇氏，陳留令武功道質第三女也。名蕙，字若蘭。智識精明，儀容秀麗，謙默自守，不求顯揚。行年十六，歸于竇氏，滔甚敬之，然蘇性近于急，頗傷妒嫉。滔字連波，右將軍真之孫，朗之第二子也。風神秀偉，該通經史，允文允武，時論高之。苻堅委以心膂之任，備歷顯職，皆有政聞，遷秦州刺史。以忤旨謫戍敦煌。會堅寇晉襄陵，慮有危逼，藉滔才略，乃拜安南將軍，留鎮襄陽焉。初，滔有寵姬趙陽臺，歌舞之妙，無出其右，滔置之別所。蘇氏知之，求而獲之，苦加捶辱，滔深以為憾。陽臺又伺蘇氏之短，諂譭交至，滔益忿焉。蘇氏時年二十一，及滔將鎮襄陽，邀其同往，蘇氏忿之，不與偕行。滔遂攜陽臺之任，斷其音問。蘇氏悔恨自傷。因織錦為回文，五綵相宣，瑩心耀目，縱横八寸，題詩二百餘首，計八百餘言，縱横反復，皆成章句。其文點畫無缺，才情之妙，超古邁今，名曰《璇璣圖》。然讀者不能盡通。蘇氏笑而謂人曰：徘徊宛轉，自成文意。非我佳人，莫之能解。遂發蒼頭，齎致襄陽焉。滔省覽錦字，感其妙絕，因送陽臺之關中，而具車徒盛禮，邀迎蘇氏，歸于漢南，恩好愈重。蘇氏著文詞五千餘言，屬隋季喪亂，文章散落，追求不獲，而錦字回文，盛見傳寫，是近代閨怨之宗旨。屬文之土，咸龜鏡焉。朕聽政之暇，留心墳典，散帙之次，偶見斯圖，因述若蘭之多才，復美連波之悔過，遂製此記，聊以示將來也。⓱

⓱ 武則文一文引錄自鍾惺《名媛詩歸》，卷八，「秦・蘇蕙」篇，同註❿，頁 88。蘇蕙〈璇璣圖詩〉，《名媛詩歸》卷八全錄此圖詩之各種讀法，參見同註❿，頁 88-94。田藝蘅《詩女史》第五卷僅引〈璇璣圖〉全詩，並未採錄各種讀法。參見同註❺，頁 720。

若蘭情傷，夜不能寐，或坐或卧，仰觀天象，悟得星象分布的璇璣之理，故以經緯之法創織錦圖，這是一位閨秀以文藝才華挽回婚姻的故事。〈璇璣圖詩〉以 841 個漢字排成縱橫各 29 字的密實方陣圖，巧妙處在於可以縱橫、上下、斜向、裡外、交互、正反、順逆、旋迴等多種方式誦讀，若依武記，可有兩百多種讀法，後世更有多達千餘種讀法之說。本書考量圖誦讀法的文字篇幅太大，只好忍痛捨之。又《詩女史》之「鬼詩」，附會太甚，本編亦刪棄之。至於《詩經》，除了許穆夫人、莊姜等少數女詩人外，作者多不可考，鍾書全不採錄，田書則僅採部份而不錄宋人觀點。然〔南宋〕朱熹《詩經集傳》，兼採眾說，多有新義，為明清以降的通行本，本書選取若干膾炙人口之篇什，載錄《毛詩序》與《詩經集傳》，並輔以他本以酌陳詩事，雖不免臆說成份，仍願提供讀者以女詩人視角閱讀詩經名篇的機會。

本書各詩呈現次第：首篇名，次作者姓名，次詩歌原文，次註釋，次傳略，次鍾評。註釋部份，盡量採取淺顯易懂而準確的通用義涵，有時加入典故出處以助讀者進一步瞭解。標音方式兼採國語注音與漢語拼音二種，以利於更多的海內外讀者。本書效田、鍾二編之法，置列才媛「傳略」，用以明其詩歌本事。最後，引《名媛詩歸》之評點匯入，句評入「註釋」，篇評入「鍾評」，提供現代讀者十七世紀初葉一個權威詩評家的評閱眼光。

考量各部篇幅數量之均勻，全書時代起自上古以迄元代，別為：古逸詩經編、漢魏編、兩晉南北朝隋代編、唐五代編、兩宋編、遼金元編共六大部份。至於明清才媛人數眾多，佳作巋湧而出，實無法盡括於本書有限篇幅之中，未來筆者擬另編明清乙冊，以與本書合成其功。

尾聲：凝眸女才與閱讀視界

十六世紀下半葉，明代文人率先揭開才女詩文挖掘沈埋、搶救散逝的補遺工程，原《明史藝文志》所著錄者，僅三十餘家而已，到了十七世紀以後，據胡文楷《歷代婦女著作考》統計，清代婦女別集和選集已逾三千種。[18]這些詩集之編選意味著文人不僅掘探這些徘徊於文學邊緣的才女詩文，並逐漸引導其返回文學史的中心，甚至透過才媛詩文之蒐集、編輯、評點、出版，賦予重新評價女性作品的平台，並具有「經典化」的企圖。耶魯大學孫康宜教授大作〈明清女詩人選集及其採輯策略〉特別值得一提，據其研究指出，明代文人對才女詩文編選策略的新角度，提供女性詩人得以成長茁壯的保存機制。文人運用「女中才子」、「詩媛」、「女詩」、「名家」等字眼，表現出對女子文學的尊重、支持與鼓舞，這種氛圍為女性詩作營造了一套「環境詩學」（contextual poetics。按孫引 Neil Fraistat 所創之詞）。孫教授引述：「選集總是具隱喻性地及歷史性地將詩歌作品放在它們應有的位置，並直接或間接地道出時代的價值觀。」（按孫引 Pauline Yu 的說法）才女詩選背後的編輯智囊皆為文人學者，選集藉此成為倡導及評價女性作品的重要工作。這些編輯重覆地將其選集與文學正宗《詩經》或《離騷》聯繫並列，企圖把女性作品「典律化」（canonize），於是選集便成為一種具選擇性的典律（selective canons），提供「楷模（models）、理想（ideals）及靈感。」（按孫引 Wendell V. Harris 的觀點）。許多當代女詩人熱切渴望藉此途徑入選詩集，希冀才華與聲譽得以流傳後世。十七世紀中葉以後，中國才女詩選展現了極為多樣的採輯策略與標準，此多樣性揭開了一種正在脫胎換骨與多元化的文學景象。[19]清代才女文學已達成熟階段，美國漢學家魏愛蓮（Ellen Widmer）認為，男性友人及贊助者，似乎偶現充滿敬畏、關懷及不安等錯綜複雜的情緒，而女性文

---

[18] 參見同註[2]，胡文楷《歷代婦女著作考》〈自序〉，頁5。

[19] 參引自孫康宜著、馬耀明譯〈明清女詩人選集及其採輯策略〉，《中外文學》第 23 卷第 2 期（1994 年），頁 29-30、頁 46。孫教授一文為明清才女文學研究範疇必讀傑作。海內外漢學家對於明清時期婦女文學之研究實有開闢之功，自 1990 年代以來，除了孫康宜之外，康正果、魏愛蓮、鍾慧玲、劉詠聰、王英志、胡曉真等多位學者，陸續撰述的論文，已為此領域奠下了重要的基礎。

人的交遊則顯示同性之間彼此聲援，聯繫家庭集會與文人結社等網絡建立師生之誼，或讀者與評者間的關係，形此一個疏散的聯絡網，彼此創作激勵，意味著一個對才媛極為友善的書寫環境已經成熟。⑳至於十八世紀盛清以後，袁枚與隨園女弟子，陳文述與碧城女弟子的文學活動，成為文人公開獎掖集體才女進行書寫的轟動時聞了。㉑

明季鍾惺繼承了十六世紀下半葉田藝蘅「頌詩、知人、論世」的編選方針，又獨出其詩評家的閱讀策略，展示了十七世紀初葉一位男性讀者凝眸觀想歷代才媛詩心的途徑。筆者選擇這個角度編選本書，亟願藉此開啟二十一世紀現代讀者幾種可能的閱讀視界：或可投身於歷代才媛繽紛多樣的詩事中；或可漫步於明季鍾惺幽冷奇峭的閱讀空間裡；或不妨自行締建一個溝通歷代才媛與明代文人古典詩學心靈的創意對話平台。筆者選取了一個視角，勾勒十六～十七世紀中國詩學的發展軌跡，誠摯期盼二十一世紀對中國才女詩歌有興趣的讀者回眸凝視，共同穿越中國文學的甬道，與歷代才媛進行一場詩歌祕會之旅。

誌謝

本書得以順利編成出版，拜賜於一連串有意義的教學活動，未嘗不可視為筆者忙碌研究工作之餘的一項教學成果。編刊過程中得力於人者甚多，筆者願在此銘誌謝意。

---

⑳ 參見魏愛蓮（Ellen Widmer）作、劉裘蒂譯〈十七世紀中國才女的書信世界〉，《中外文學》，第22卷第6期（1993年），頁55。

㉑ 王英志為袁枚研究專家，亦有隨園女弟的研究，如〈隨園女弟子考述〉，《江南社會學院學報》第2卷第4期（2000年12月）。至於陳文述與女詩人的關係，詳參鍾慧玲撰〈陳文述與碧城仙館女弟子的文學活動〉，收入張宏生編《明清文學與性別研究》（南京：江蘇古籍出版社，2002），頁761-800。

首先感謝本書的四位協同註釋者，他們是目前就讀於國立中正大學中文研究所博士班的張晏菁、莊家瑋、陳雅琳、李珮慈四位同學（按姓氏筆畫排序），出於優異的古典讀解學力與細膩校核之功，他們四人合作無間，通力完成了本編所有的註釋，並對原詩、傳略與鍾評等部份，進行初步的比勘與句讀，筆者深致謝意。其次感謝本書初稿階段的文字繕打者，他們是目前就讀於中正大學中文研究所的碩士生：廖紀雁、黃鈺珊、郭芊欐、陳韋樺、季慶媛、呂婉婷、毛柔云等七位同學，各自為本書分擔了原詩、傳略與鍾評部份的繕打工作，感謝她們為本書付出的細心與辛勞。筆者還要感謝 2005 年、2007 年曾經修習筆者開設「女性文學專題研究」課程的二十一位碩博士同學們，因為有與他們就歷代才女詩作進行細讀與研討之愉快經驗累積；以及另於 2009 年曾經修習筆者開設「古代女詩人作品選讀」課程的六十位來自不同系級的大學同學們，因為有他們於課堂聽講所露出的頷首會心與眼神光芒，幾年來陸續充足了筆者積極編選本書的動能。

在此，我還要特別感謝臺灣學生書局的編輯好友陳蕙文小姐，她於出版過程中給予筆者多方鼓勵與溫柔督促，以及包括封面設計、內文排版與插圖美編等事宜的協助與成全，終使本書得以如此清麗秀雅的風貌與讀者見面。2011 年此際，筆者於大學部再度開設「古代女詩人作品選讀」課程，感謝選修的一百二十位年輕學子們，你們將率先成為本書面世後的第一批讀者，請捧著本書跟隨筆者的聲口引領，掀開扉頁……。

2011 年二月春寒料峭　毛文芳誌於艷紫荊之故鄉嘉義

中國歷代才媛詩選

目　次

兩晉南北朝隋代編

唐五代編

兩宋編

遼金元編

古逸詩經編

清歌

皇娥嫘祖

天清地曠浩茫茫，萬象迴薄化無方❶。涵天蕩蕩望滄滄❷，乘桴輕漾著日傍❸。當期何所至窮桑❹？心知和樂悅未央❺。

【註釋】

❶ 迴薄：循環變化。無方：沒有方向、處所的限制，謂無所不至。
❷ 涵：音ㄏㄢˊ（hán），廣大。蕩蕩：廣大、博大貌。滄滄：茫無邊際。
❸ 乘桴：航行。桴：音ㄈㄨˊ（fú），小的竹、木筏子。傍：貼近，靠近。
❹ 窮桑：傳說中古帝少皞氏所居處。
❺ 未央：未盡，無已。鍾評曰：「心知二字，卻含許多敬愛念頭，後人便有樂而不淫四字，不如此之深厚。」

【傳略】 少昊母也。夜處璇宮而織，晝乘桴木而遊，經歷窮桑滄茫之浦。時有神童，容貌絕俗，稱為白帝子，與娥讌戲並坐，撫桐峯梓瑟，皇娥倚瑟而作清歌。帝子答歌曰：「四維八埏眇難極，驅光逐景窮水域。璇宮夜靜當軒織，桐峰文梓千尋直。伐梓作器成琴瑟，清歌流暢樂難極。滄湄海浦來棲息。」及皇娥生少昊，號曰：窮桑氏。

【鍾評】 二歌純乎七言古矣。羲皇之時，已有歌行，其真偽自可存而不論。然其奇渾、高妙，自非漢以下所辨。

西王母吟

西王母

徂彼西土❶，爰居其所❷。虎豹為群，烏鵲與處。嘉命不遷❸，我惟帝女❹。彼何世民，又將去子。吹笙鼓簧❺，中心翱翔。世民之子，維天之望❻。

【註釋】

❶ 徂：音ㄘㄨˊ（cú），往。
❷ 爰居：爰，音ㄩㄢˊ（yuán），移居，遷居。
❸ 嘉命不遷：言守此一方。嘉命：稱朝廷授官賜爵的敕命。
❹ 帝：天帝。
❺ 笙：管樂器名，由簧片、笙管、斗子三部分組成。簧在笙中。
❻ 維天之望：瞻望上天。維，助詞。

【傳略】 名婉妗，姓緱氏。虎齒，蓬髮，戴勝，善嘯。周穆王滿十七年，西征崑崙。賓於西王母，觴於瑤池之上，王母為天子謠以送之。穆王答曰：「予歸東土，和治諸夏，萬民平均。吾顧見汝，比及三年，將復而野。」

【鍾評】 讀前詩將子無死，尚復能來。及此我惟帝女，彼何世民？可知婉妗胸中眼中，卻把穆天子看作一箇極癡蠢漢。至世民之子，惟天之望，卻又鄭重言之。正以其癡蠢太甚，故頻頻下此鞭策語耳，觀穆天子答詩自見。

柳下惠誄

柳下惠妻

夫子不伐兮❶，夫子之不竭兮❷。夫子之信誠，而與人無害兮。柔屈從俗，不強察兮❸。蒙恥救民，德彌大兮❹。雖遇三黜，終不弊兮❺。豈弟君子，永能厲兮❻。嗟呼惜哉，乃下世兮❼。庶幾遐年，今遂逝兮❽。嗚呼哀哉，魂神泄兮❾。夫子之謚，宜為惠兮❿。

【註釋】

❶ 不伐：不自誇耀。
❷ 竭：盡。
❸ 強察：強幹精明。
❹ 彌：廣佈。德彌大：恩德廣大。
❺ 黜：音ㄔㄨˋ（chù），貶降，罷退。弊：衰落，疲困。
❻ 豈弟：愷悌，音ㄎㄞˇ ㄊㄧˋ（kǎi tì），和樂平易。厲：磨礪，振奮。
❼ 下世：去世。

❽ 庶幾：希望，但願。遐年：高齡，長壽。
❾ 泄：排出，發散。
❿ 謚：音ㄕˋ（shì），古代貴冑勳臣死後，史家據其生前行蹟所評定具有褒貶意義之稱號。

【傳略】 柳下惠死，門人將誄之。妻曰：「將誄夫子之德邪？則二三子不如妾知之也。」及誄既成，門人從之，以為誄莫能竄一字。

【鍾評】 惠之和之，介之不恭，和盤託出，真知己，真執友也。筆力又在東方朔誡子及畫贊上。

黃鵠歌

陶嬰

悲夫黃鵠之早寡兮，七年不雙❶。宛頸獨宿兮❷，不與眾同。夜半悲鳴兮，想其故雄❸。天命早寡兮，獨宿何傷❹。寡婦念此兮，泣下數行。嗚呼哀哉兮，死者不可忘。飛鳥尚然兮，況於貞良❺？雖有賢雄兮，終不同行❻。

【註釋】

❶ 指婦女守節不嫁，空閨寂寞。鵠：音ㄏㄨˊ（hú），通稱天鵝。似雁而大，頸長，飛翔甚高，羽毛潔白，亦有黃、紅者。
❷ 宛：曲折，彎曲。宛頸獨宿形容其孤苦。
❸ 悲鳴：藉動物哀叫寫人之悲憤痛哭。故雄：喻死去的丈夫。
❹ 何傷：何妨，何害。
❺ 貞良：貞節賢良的女子。
❻ 同行：即「重行」，謂再嫁。

【傳略】 魯陶明女也。少寡，養孤幼，無彊昆弟。紡績為產，魯人聞其義，將求焉。嬰聞之，恐不免，乃作歌以明志。魯人聞之，不敢復求。

【鍾評】 讀故雄字，又讀賢雄句，卓文君輩開不得口矣。以是知擇夫擇君之說，寡婦及亡國之臣俱用不著。

琴歌

杞梁妻

樂莫樂兮新相知❶，悲莫悲兮生別離。

【註釋】

❶ 相知：互相瞭解，知心。

【傳略】 齊莊襲莒，杞梁殖戰死。其妻枕尸哭於城下，七日城為之崩。及迎喪以歸，公使人弔之塗，妻曰：「君之臣不免於罪，則將肆諸市朝而妻妾執。君之臣免於罪，則有先人之敝廬在，君無所辱命。」公使弔於室。既葬無子，曰：「吾何歸矣？」援琴成操，赴淄水而死。

【鍾評】 悲痛之言，殊不欲盡，不欲盡愈覺悲痛。

烏鵲歌（二首）

韓憑妻何氏

南山有烏，北山張羅❶。烏自高飛，羅當奈何！

其二

烏鵲雙飛，不樂鳳皇❷。妾是庶人，不樂宋王❸。

【註釋】

❶ 張羅：張設羅網以捕鳥獸。羅：捕鳥的網。
❷ 樂：喜愛，樂意。鳳皇：即「鳳凰」，古代傳說中的百鳥之王，雄的叫鳳，雌的叫凰，通稱為鳳或鳳凰。
❸ 庶人：平民百姓。宋王：戰國時的宋康王。

【傳略】 戰國時韓憑為宋康王舍人，其妻何氏美好，王欲奪之。乃先築青陵臺而望之，後竟奪何而囚憑。何氏乃作烏鵲歌以見志，又作歌以答其夫。憑得書，遂自殺。何即陰腐其衣，與王登臺，遽自投臺下。左右捉衣，衣不勝手，得遺書於帶中，曰：「願以屍還韓氏而合葬。」王大怒，又得寄憑歌，以問蘇賀，賀曰：「雨淫淫，愁且思也。河水深，不得往來也。日當心，有死志也。」乃令分埋之，兩塚相望。經宿，忽有梓木，各生於塚，根交於下，枝連於上。又有鳥如鴛鴦，常雙棲其樹，朝暮悲鳴，人皆異之，曰：「此韓大夫夫婦之精魄也。」見者莫不淚下，塚在今開封府。

【鍾評】 妙在不婉曲，不使好色人胸中得有富貴二字。

紫玉歌

紫玉

南山有烏，北山張羅❶。意欲從君，讒言孔多❷。悲結成疹，歿命黃壚❸。命之不造❹，冤如之何？羽族之長，名為鳳皇❺。一日失雄，三年感傷。雖有眾鳥，不為匹雙❻。故見鄙姿，逢君輝光。身遠心近，何曾暫忘。

【註釋】

❶ 張羅：張設羅網以捕鳥獸。
❷ 讒言：流言，挑撥離間的話。讒：音ㄔㄢˊ（chán）。孔多：很多。
❸ 疹：音ㄔㄣˋ（chèn），同「疢」，疾病。黃壚：猶黃泉。壚，音ㄌㄨˊ（lú），黃黑色土。
❹ 不造：不幸。
❺ 羽族之長：百鳥之王。鳳皇：即「鳳凰」，古代傳說中的百鳥之王。
❻ 匹雙：匹偶，配偶。鍾評曰：「鳳皇句為己與韓重、張價。以下說自己，都說向義上去，不說情上去，妙妙。」

【傳略】 吳王夫差女也。悅童子韓重，欲嫁之，不得，結氣而死。重游學歸，知之，往弔於墓側。玉形見，贈重明珠，因作歌。

【鍾評】 譚友夏云：古今多少才子佳人被愚拗父母扳住，不能成對，齎情而死。讀紫玉歌，益悟文君奔相如是上上妙策，非膽到識到人不能用。

烏鳶歌

勾踐夫人

仰飛鳥兮烏鳶❶，凌玄虛兮號翩❷。集洲渚兮優恣❸，啄鰕矯翮兮雲間❹。任厥性兮往還❺，妾無罪兮負地，有何辜兮譴天❻。颿獨兮西往❼，孰知返兮何年？心惙惙兮若割，淚泫泫兮雙懸❽。

【註釋】

❶ 烏鳶：烏鴉和老鷹。
❷ 凌：乘，駕馭。玄虛：天空，蒼穹。翩：疾飛貌。
❸ 優恣：從容自得貌。
❹ 鰕：蝦。矯翮：展翅。矯：高舉。
❺ 厥：代詞，其，表示領屬關係。往還：往返，來回。鍾評曰：「前半只似賦物，以下忽然入情，略無痕跡，非古人筆力高峻，不能斬截如此。」
❻ 何辜：何罪，有什麼罪。譴：責問，譴責。鍾評曰：「負地譴天，聲口忿急，而語有分寸。亡國之婦，怨艾容或有之，若策慵警惰，勇猛奮勵，非圖王定霸者不能。」
❼ 颿：音ㄈㄢ（fān），同「帆」，船帆，亦借指帆船。
❽ 惙惙：音ㄔㄨㄛˋ ㄔㄨㄛˋ（chuò chuò），憂鬱貌，憂傷貌。泫泫：音ㄒㄩㄢˋ ㄒㄩㄢˋ（xuàn xuàn），水下滴貌，落淚的樣子。

【傳略】越王勾踐夫人也。越為吳所敗，勾踐去國事吳，身為臣，夫人為妾。及渡浙江，夫人見烏鵲啄江渚之蝦，飛去復來，困據船，慟哭而作歌。王聞歌，心中自慟，乃謂夫人曰：「孤何憂？吾之六翮備矣。」遂入吳，共稱臣妾於夫差，後卒滅吳。

【鍾評】只平平敘訴，而黯淡悲淒之況，宛然在目。語直而情婉，由其氣之厚也。有興賦之異。

采葛歌

采葛婦

葛不連蔓棻台台❶。我君心苦命更之，嘗膽不苦甘如飴❷。令我采

葛以作絲。女工織兮不敢遲。弱於羅兮輕霏霏❸，號絺素兮將獻之❹。越王悅兮忘罪除。吳王歡兮飛尺書❺。增封益地賜羽奇，几杖茵褥諸侯儀❻。群臣拜舞天顏舒，我王何憂能不移❼。

【註釋】

❶ 葛：多年生草本植物，莖蔓生。莖皮可製葛布。不：音ㄈㄨ（fū），「柎」的古字，花房，花萼。花萼與其莖蔓相連。蔓：草本蔓生植物的細長不能直立的枝莖。棻：音ㄈㄣ（fēn），茂盛貌。台台：音ㄧˋ ㄧˋ（yì yì），即「翼翼」，繁盛貌。

❷ 嘗膽：比喻刻苦自勵，發憤圖強。飴：飴糖。鍾評曰：「只一苦字，分作三層，讀之深慘。」

❸ 弱：軟。羅：稀疏而輕軟的絲織品。霏霏：飄灑，飛揚。

❹ 絺素：細白葛布。絺：音ㄔ（chī），細葛。

❺ 越王：春秋時勾踐。吳王：春秋時夫差。尺書：書信。

❻ 几杖：坐几和手杖，皆老者所用，古常用為敬老之物。茵：車墊。褥：音ㄖㄨˋ（rù），坐臥墊具。儀：儀表，此指穿在身上的衣服，即「諸侯之服」。

❼ 天顏：天子的容顏。鍾評曰：「以規美贊頌之語作結，何等溫厚。」

【傳略】越人也。越王自吳還國，勞身苦心，懸膽於戶，出入嘗之。知吳王好服，使國中男女入山采葛，作黃絲布以獻之。吳王悅，乃增越之封，賜羽毛之飾、几杖諸侯之服。采葛之婦，傷越王用心之苦，乃作詩以道其意。

【鍾評】質而婉。譚友夏云：越王薪膽之忱，下通婦女，涕泣歌舞，盡於一歌，欲不沼吳得乎？三代而後，不能使民至此。

扊扅歌（三首）　　百里奚妻

百里奚，五羊皮❶。憶別時，烹伏雌❷，吹扊扅❸。今日富貴忘我為？

其二

百里奚，初娶我時五羊皮。臨當別時烹乳雞❹。今日富貴忘我為？

其三

百里奚，百里奚。母已死，葬南谿❺。墳以瓦，覆以柴，舂黃藜❻，搤伏雞❼。西入秦，五羊皮。今日富貴捐我為❽？

【註釋】

❶ 五羊皮：即五羖皮，「羖」，音ㄍㄨˇ（gǔ），黑色的公羊。五張公羊的皮，典出《孟子・萬章上》：「百里奚自鬻於秦，養牲者五羊之皮，食牛以要秦穆公。」《史記・秦本紀》：「（秦穆公）聞百里奚賢，欲重贖之，恐楚人不與，乃使人謂楚曰：『吾媵臣百里奚在焉，請以五羖羊皮贖之。』楚人遂與之。」兩說有所不同，後因以「五羖皮」比喻出身低賤之士或微賤之物；「五羖大夫」即指百里奚。

❷ 伏雌：母雞。

❸ 吹：即「炊」，燒火煮熟食物。扊扅：音ㄧㄢˇ ㄧˊ（yǎn yí），門閂。謂當時貧困，以門閂木作薪炊。鍾評曰：「直敘貧賤時細事，大豪傑人再諱不得。」

❹ 乳雞：初生的雞。

❺ 谿：音ㄒㄧ（xī），谿壑，山間的溝壑。

❻ 舂：音ㄔㄨㄥ（chōng），用杵臼搗去穀物的皮殼。藜：音ㄌㄧˊ（lí），稱灰藋、灰菜，一年生草本植物，嫩葉可食，老莖可為杖。

❼ 搤：音ㄜˋ（è），捉住，掐住。伏雞：孵卵的母雞。

❽ 捐：放棄，捨棄。鍾評曰：「捐字比忘字更深。」

【傳略】 百里奚去虞，將適秦，其妻以門關烹雞母餞之。後奚為秦相，堂上樂作，所賃澣婦，自言知音，因撫弦而歌。問之，乃其故妻。還為夫婦，亦謂之扊扅歌。

【鍾評】 前二歌激直，後一歌綿婉。對大豪傑人說心中事，必先讋懾其意氣，後卻步步引入情去，使他負心不得，乃知百里妻作用勝卓文君、霍小玉輩多少。

琴歌

琴女

羅縠單衣，可掣而絕❶。三尺屏風，可超而越❷。鹿盧之劍，可負而拔❸。

【註釋】

❶ 羅縠：一種疏細的絲織品，「縠」，音ㄏㄨˊ（hú）。單衣：單層無裡子的衣服。掣：音ㄔㄜˋ（chè），拔，抽，拉扯。
❷ 屏風：室內用以擋風或遮蔽之陳設，上面常有字畫。
❸ 鹿盧：古劍名，劍首以玉作轆轤形為飾，故名。轆轤：古時利用輪軸原理製成於井上汲水的起重裝置。

【傳略】秦王殿上女也。荊軻刺秦王，右手執匕首，左手把其袖。秦王曰：「乞聽琴聲而死。」琴女乃奏曲云。王從其計，遂拔劍斬軻。軻不解琴，故及於難。

【鍾評】繁聲促節，有無限殺伐在其中。秦王後著，卻不及殿上女先著也。

召南·草蟲

無名氏

喓喓草蟲，趯趯阜螽❶。未見君子，憂心忡忡。
亦既見止，亦既覯止，我心則降❷。
陟彼南山，言采其蕨❸。未見君子，憂心惙惙❹。
亦既見止，亦既覯止，我心則說❺。
陟彼南山，言采其薇❻。未見君子，我心傷悲。
亦既見止，亦既覯止，我心則夷❼。

【註釋】

❶ 喓喓：音一ㄠ 一ㄠ（yāo yāo），蟲鳴聲。草蟲：蝗蟲。趯趯：音ㄊㄧˋ ㄊㄧˋ（tì

tì），跳躍、跳動貌。阜螽：蝗的幼蟲。

❷ 止：同代詞「之」。覯：音ㄍㄡˋ（gòu），遇見，看見。降：心平靜下來。

❸ 陟：音ㄓˋ（zhì），由低處向高處走。蕨：多年生草本植物，羊齒類的植物，生在山野。

❹ 惙惙：音ㄔㄨㄛˋ ㄔㄨㄛˋ（chuò chuò），傷心貌。

❺ 說：同「悅」。

❻ 薇：野菜名，也稱野豌豆。

❼ 夷：平靜下來。

【傳略】《毛詩序》曰：「大夫妻能以禮自防也。」《詩經集傳》曰：「南國被文王之化，諸侯大夫行役在外，其妻獨居，感時物之變，而思其君子如此。亦若周南之卷耳也。」

召南·殷其雷

無名氏

殷其雷，在南山之陽❶。何斯違斯，莫敢或遑❷？振振君子，歸哉歸哉❸！

殷其雷，在南山之側❹。何斯違斯，莫敢遑息❺？振振君子，歸哉歸哉！

殷其雷，在南山之下。何斯違斯，莫敢遑處❻？振振君子，歸哉歸哉！

【註釋】

❶ 殷：象聲詞，此處指打雷的聲音。陽：山的南面。

❷ 何斯違斯：斯：代詞，前指人，即下文「君子」；後指地，即我這裡。遑：閑暇，餘裕。

❸ 振振：信實仁厚貌。

❹ 側：附近。

❺ 遑息：得閑休息。

❻ 遑處：安閑過日子。

【傳略】《毛詩序》曰：「召南之大夫遠行從攻，不遑寧處。其室家能閔其勤勞，勸以義

也。」《詩經集傳》曰：「南國被文王之化，婦人以其君子從役在外，而思念之，故作此詩。言殷殷然雷聲，則在南山之陽矣。何此君子獨去此，而不敢少暇乎？於是又美其德，且冀其早畢事而還歸也。」

邶・柏舟

無名氏

汎彼柏舟，亦汎其流❶。耿耿不寐，如有隱憂❷。
微我無酒，以敖以遊❸。我心匪鑒，不可以茹❹。
亦有兄弟，不可以據。薄言往愬，逢彼之怒❺。
我心匪石，不可轉也❻；我心匪席，不可卷也❼；
威儀棣棣，不可選也❽。憂心悄悄，慍于羣小❾。
遘閔既多，受侮不少❿。靜言思之，寤辟有摽⓫。
日居月諸，胡迭而微⓬？心之憂矣，如匪澣衣⓭。
靜言思之，不能奮飛⓮。

【註釋】

❶ 汎：音ㄈㄢˋ（fàn），漂流貌。柏舟：柏木製造的船。
❷ 耿耿：煩躁不安，心事重重。寐：睡。
❸ 微：非，不是。敖：遨，遊。
❹ 鑑：青銅鏡，有的刻有銘文，用以自戒。茹：鑑納，把影子攝進鏡子。
❺ 愬：音ㄙㄨˋ（sù），同「訴」，訴說，告發。
❻ 石：石磨。轉：推動。
❼ 席：草蓆。卷：收拾，捲起。
❽ 威儀：儀表。棣棣：雍容閑雅貌。
❾ 悄悄：憂愁之貌。慍：音ㄩㄣˋ（yùn），動怒。
❿ 遘閔：音ㄍㄡˋ ㄇㄧㄣˇ（gòu mǐn），遭遇不幸。受侮：被人欺侮。
⓫ 寤辟：音ㄨˋ ㄆㄧˋ（wù pì）。摽：音ㄅㄧㄠˋ（biào）。此句指醒來以手捶胸，形容憂傷貌。
⓬ 日居月諸：即日月。居、諸，語氣助詞。胡：何，為什麼。迭：更翻，輪流。微：陰暗

不明亮。

⓭ 匪：彼。澣：音ㄏㄨㄢˇ（huǎn），同「浣」，洗滌。

⓮ 奮飛：振翅高飛。

【傳略】《詩經集傳》曰：「婦人不得於其夫，故以柏舟自比。言以柏為舟，堅緻牢實，而不以乘載，無所依薄，但汎然於水中而已。故其隱憂之深如此，非為無酒可以敖遊而解之也。列女傳以此為婦人之詩，今考其辭氣卑順柔弱，且居變風之首，而與下篇相類，豈亦莊姜之詩也歟。」《列女傳·貞順》曰：「衛宣夫人者，齊侯之女也。嫁於衛，至城門而衛君死。保母曰：可以還矣。女不聽，遂入。持三年之喪畢，弟立，請曰：衛，小國也，不容二庖，願請同庖。夫人曰：唯夫婦同庖。終不聽。衛君使人愬於齊兄弟，齊兄弟皆欲與後君，使人告女，女終不聽，乃作詩曰云云。……君子美其貞一，故舉而列之於詩也。」

邶·燕燕

莊姜

燕燕于飛❶，差池其羽❷。之子于歸❸，遠送于野。瞻望弗及，泣涕如雨。燕燕于飛，頡之頏之❹。之子于歸，遠于將之❺。瞻望弗及，佇立以泣❻。燕燕于飛，下上其音。之子于歸，遠送于南❼。瞻望弗及，實勞我心。仲氏任只❽，其心塞淵❾。終溫且惠❿，淑慎其身⓫。先君之思⓬，以勗寡人⓭。

【註釋】

❶ 燕燕：即燕子燕子。于飛：在飛。

❷ 差（cī）池（chí）其羽：同「參差」，不齊，形容燕子舒張其尾翼。

❸ 歸：返家。

❹ 頡頏：音ㄒㄧㄝˊ ㄏㄤˊ（xié háng）。鳥飛而上曰頡，飛而下曰頏。

❺ 將：音ㄐㄧㄤ（jiāng），送。

❻ 佇：音ㄓㄨˋ（zhù），久立，等待。

❼ 南：南國，國境之南。

❽ 仲：排行第二。氏：姓氏。仲氏指歸人。任：誠篤。只：語助詞。

❾ 塞：音ㄙㄜˋ（sè），誠實。淵：深厚。謂其心誠實而深遠。

❿ 既溫和且柔順。

⓫ 淑：善。慎：謹慎。
⓬ 先君：已故國君。
⓭ 勖：音ㄒㄩˋ（xù），勉勵。寡人：寡德之人，國君自我謙稱。

【傳略】莊姜者，衛莊公之夫人，齊東宮得臣之妹也。《毛詩序》曰：「衛莊姜送歸妾也。」《鄭箋》曰：「莊姜無子，陳女戴嬀生子名完，莊姜以為己子。莊公薨，完立，而州吁殺之，戴嬀於是大歸，莊姜遠送之於野，作詩見己志。」此事於《左傳·隱公》三至四年紀事亦同。《詩經集傳》曰：「莊姜無子，以陳女戴嬀之子完為己子。莊公卒，完即位，嬖人之子州吁弒之。故戴嬀大歸於陳，而莊姜送之，作此詩也。」

邶·終風

莊姜

終風且暴，顧我則笑❶。謔浪笑敖，中心是悼❷。
終風且霾，惠然肯來❸？莫往莫來，悠悠我思。
終風且曀，不日有曀❹。寤言不寐，願言則嚏❺。
曀曀其陰，虺虺其雷❻。寤言不寐，願言則懷❼。

【註釋】

❶ 終風：《韓詩》以終風為西風，後多以指大風、暴風。暴：《說文》引作「瀑」，驟雨。
❷ 謔浪：戲謔放蕩。笑敖：戲謔不敬。悼：哀傷。
❸ 霾：音ㄇㄞˊ（mái），雲霧挾沙，指飛沙蔽天致日色無光貌。惠然：順從貌。
❹ 曀：音一ˋ（yì），昏暗。不日：不出太陽。有曀：曀曀，陰沉昏暗貌。
❺ 願：謹厚。嚏：音ㄊ一ˋ（tì），打噴嚏。
❻ 虺虺：音ㄏㄨㄟ ㄏㄨㄟ（huī huī），雷聲。
❼ 懷：懷念。

【傳略】莊姜者，衛莊公揚之夫人，齊東宮得臣之妹也。莊公五年娶為夫人。公為人狂蕩暴疾，惑于嬖妾。夫人賢而失位，故作詩「綠兮衣兮……」。夫人以其終不見答于公也，又呼日月而訴之：「日居月諸，照臨下土。……」。然又不忍斥言其暴慢無常也，故託終風以傷之。《毛詩序》曰：「衛莊姜傷己也。」《詩經集傳》曰：「莊公之為人，狂蕩暴疾。莊姜蓋不忍斥言之，故但以終風且暴為比。言雖其狂暴如此，然亦有顧我則笑之時。但皆出於戲慢之意，而無愛敬之誠，則又使我不敢言，而心獨傷之耳。蓋莊公暴慢無常，而莊姜正靜自守，所以忤其意而不見答也。」

邶·谷風

無名氏

習習谷風，以陰以雨❶。黽勉同心，不宜有怒❷。
采葑采菲，無以下體❸。德音莫違，及爾同死。
行道遲遲，中心有違❹。不遠伊邇，薄送我畿❺。
誰謂荼苦？其甘如薺❻。宴爾新昏，如兄如弟❼。
涇以渭濁，湜湜其沚❽。宴爾新昏，不我屑以❾。
毋逝我梁，毋發我笱❿。我躬不閱，遑恤我後⓫？
就其深矣，方之舟之⓬。就其淺矣，泳之游之。
何有何亡？黽勉求之。凡民有喪，匍匐救之⓭。
不我能慉，反以我為讎⓮。既阻我德，賈用不售⓯。
昔育恐育鞫，及爾顛覆⓰。既生既育，比予于毒⓱。
我有旨蓄，亦以御冬⓲。宴爾新昏，以我御窮。
有洸有潰，既詒我肄⓳。不念昔者，伊余來塈⓴。

【註釋】

❶ 習習：大風聲。谷風：來自山谷的風，一說東風，或曰暴風。
❷ 黽勉：音ㄇㄧㄣˇ ㄇㄧㄢˇ（mǐn miǎn），勉勵，盡力。
❸ 葑：音ㄈㄥ（fēng）：野菜蕪菁。菲：音ㄈㄟˇ（fěi），野菜，梗粗葉厚，形長有毛。下體：根莖。
❹ 行道：走路。有違：不願意。
❺ 伊邇：伊：是；邇：音ㄦˇ（ěr），近。畿：門內，門檻。
❻ 荼：音ㄊㄨˊ（tú），苦菜。薺：音ㄐㄧˋ（jì），蔬菜，一、二年生草本植物，嫩葉可供食用。

❼ 宴爾：歡樂貌，後用以新婚的代稱。
❽ 涇：音ㄐㄧㄥ（jīng），涇水，在今陝西。渭：渭水，也在陝西。涇水清，渭水濁。渭水流到涇水裡，清的涇水也變濁了。湜湜：音ㄕˊ ㄕˊ（shí shí），水清見底貌。
❾ 不我屑以：不屑以我，不屑來看看我。屑：顧惜，介意。
❿ 毋逝：別折壞。梁：斷水捕魚的堰。發：廢棄。笱：音ㄍㄡˇ（gǒu），捕魚竹籠，口有倒刺，攔在橋洞口，魚只能進而不能出。
⓫ 我躬：我本身。閱：被收容。遑：空暇。恤：憐憫。
⓬ 方、舟：皆作動詞，航行。
⓭ 喪：死亡，引申為一切危難之事。匍匐：倒仆伏地，謂盡力。
⓮ 慉：音ㄒㄩˋ（xù），喜愛，愛好。讎：音ㄔㄡˊ（chóu），敵對。
⓯ 德：好意。賈用不售：像貨物不能出賣。
⓰ 育恐育鞫：育即「又」，連詞；恐鞫，恐懼。「鞫」音ㄐㄩ（jū），困窘。
⓱ 毒：竹，引申為掃帚。
⓲ 旨蓄：豐富的貯藏。御冬：抵禦冬天的饑寒。
⓳ 有洸有潰：猶「洸洸潰潰」。洸洸，威武貌。潰潰，怒貌。詒：給；肄：勞苦。
⓴ 塈：音ㄐㄧˋ（jì），休棄。

【傳略】《毛詩序》曰：「刺夫妻失道也。衛人化其上，淫於新昏而棄其舊室，夫婦離絕，國俗傷敗焉。」《詩經集傳》曰：「婦人為夫所棄，故作此詩，以敘其悲怨之情。言陰陽和，而後雨澤降；如夫婦和，而後家道成。故為夫婦者當黽勉以同心，而不宜至於有怒。……又言，我之所以蓄聚美菜者，蓋欲以禦冬月乏無之時。至於春夏，則不食之矣。今君子安於新昏，而厭棄我，是但使我禦其窮苦之時。至於安樂，則棄之也。又言，於我極其武怒，而盡遺我以勤勞之事，曾不念昔者我之來息時也。追言其始見君子之時，接禮之厚，怨之深也。」

鄘·載馳

許穆夫人

載馳載驅，歸唁衛侯❶。驅馬悠悠，言至于漕❷。
大夫跋涉，我心則憂。
既不我嘉，不能旋反❸？視爾不臧，我思不遠❹？
既不我嘉，不能旋濟❺？視爾不臧，我思不閟❻？

陟彼阿丘，言采其蝱❼。女子善懷，亦各有行。
許人尤之，衆穉且狂❽。
我行其野，芃芃其麥❾。控于大邦，誰因誰極❿？
大夫君子，無我有尤。百爾所思，不如我所之。

【註釋】

❶ 載：又，連詞。唁：音ㄧㄢˋ（yàn），對遭遇非常變故者進行慰問。衛侯：指衛戴公。
❷ 悠悠：長遠貌。漕：在衛國東面。
❸ 嘉：贊成。旋反：歸返，回去。
❹ 臧：善，好。
❺ 旋濟：渡河回去。
❻ 閟：音ㄅㄧˋ（bì），謹慎。
❼ 阿丘：四邊高的土山。蝱：音ㄇㄤˊ（máng），中藥貝母，能治鬱結的病。
❽ 尤：過失，引申為指責。穉：驕傲。
❾ 芃芃：音ㄆㄥˊ　ㄆㄥˊ（péng péng），茂盛貌。
❿ 控：控告。大邦：大國，指齊國。因：依靠。極：準則。

【傳略】《毛詩序》曰：「許穆夫人作也。閔其宗國顛覆，自傷不能救也。衛懿公為狄人所滅，國人分散，露于漕邑。許穆夫人閩衛之亡，傷許之小，力不能救，思歸唁其兄，又義不得，故賦是詩也。」許穆夫人者，衛懿公之女也，許穆公之夫人也。母曰莊姜。初許求之，齊亦求之，懿公將與，許女因其傅母而言曰：「古者諸侯之有女子也，所以苞苴玩弄，繫援於大國也。言今者許小而遠，齊大而近。若今之世，強者為雄。如使邊境有寇戎之事，維是四方之故，赴告大國，妾在，不猶愈乎！今舍近而就遠，離大而附小，一旦有車馳之難，孰可與慮社稷？」衛侯不聽，而嫁之於許。其後翟人攻衛，大破之，而許不能救，衛侯遂奔走涉河，而南至楚丘。齊桓往而存之，遂城楚丘以居。衛侯於是悔不用其言。當敗之時，許夫人馳驅而弔唁，衛侯因疾之，而作詩云。《詩經集傳》曰：「宣姜之女為許穆公夫人。閔衛之亡，馳驅而歸，將以唁衛公於漕邑。未至，而許之大夫有奔走跋涉而來者。夫人知其必將以不可歸之義來告，故心以為憂也。既而終不果歸，乃作此詩，以自言其意爾。」

衛・氓

無名氏

氓之蚩蚩，抱布貿絲❶。匪來貿絲，來即我謀❷。送子涉淇，至於頓丘❸。匪我愆期，子無良媒❹。將子無怒，秋以為期❺。

乘彼垝垣，以望復關❻。不見復關，涕泣漣漣❼。既見復關，載笑載言。爾卜爾筮，體無咎言❽。以爾車來，以我賄遷❾。

桑之未落，其葉沃若❿。于嗟鳩兮，無食桑葚⓫！于嗟女兮，無與士耽！

士之耽兮，猶可說也；女之耽兮，不可說也⓬！

桑之落矣，其黃而隕。自我徂爾，三歲食貧⓭。

淇水湯湯，漸車帷裳⓮。女也不爽，士貳其行⓯。

士也罔極，二三其德⓰。

三歲為婦，靡室勞矣⓱。夙興夜寐，靡有朝矣。言既遂矣，至于暴矣。兄弟不知，咥其笑矣⓲。靜言思之，躬自悼矣。

及爾偕老，老使我怨。淇則有岸，隰則有泮⓳。

總角之宴，言笑晏晏⓴。信誓旦旦，不思其反。反是不思，亦已焉哉！

【註釋】

❶ 氓：音ㄇㄤˊ（máng），民，百姓。蚩蚩：音ㄔ ㄔ（chī chī），敦厚貌。貿：交易。

❷ 即：就。謀：圖謀婚姻大事。

❸ 頓丘：《爾雅》作「敦丘」，衛邑，在淇水南面。

❹ 愆：音ㄑㄧㄢ（qiān），超過。

❺ 秋以為期：以秋為期，約定在秋季成婚。

❻ 乘：攀爬。垝垣：音ㄍㄨㄟˇ ㄩㄢˊ（guǐ yuán），即「危垣」，高大的土牆。復關：衛國地名，在淇水之北。

❼ 漣漣：音ㄌㄧㄢˊ ㄌㄧㄢˊ（lián lián），淚流不止貌。

❽ 卜、筮：上古占卜休咎或疑難，用龜曰卜，用蓍曰筮。體：占卜的徵兆。咎言：不吉利的解釋。
❾ 賄：財物，陪嫁之物。
❿ 沃若：潤澤貌。
⓫ 葚：音ㄕㄣˋ（shèn），桑實。
⓬ 耽：迷惑。說：通「脫」，解脫。
⓭ 徂：音ㄘㄨˊ（cú），去、前往，引申為出嫁。
⓮ 湯湯：音ㄕㄤ ㄕㄤ（shāng shāng），水流盛大貌。漸：音ㄐㄧㄢ（jiān），沾濕。帷裳：車上的布簾。
⓯ 爽：差錯。貳：變壞。行：品行道德。
⓰ 罔極：毫無準則。二三：一變再變，越變越壞。
⓱ 靡室勞矣：勞無止境，「室」：止。
⓲ 咥：音ㄒㄧˋ（xì），笑，譏笑。
⓳ 隰：音ㄒㄧˊ（xí），低濕的地方，此指池塘。泮：ㄆㄢˋ（pàn），岸，水邊。
⓴ 總角：古時兒童束髮為兩結，向上分開，形狀如角，故稱總角。

【傳略】《毛詩序》曰：「刺時也。宣公之時，禮義消亡，淫風大行，男女無別，遂相奔誘。華落色衰，復相棄背。或乃困而自悔，喪其妃耦，故序其事以風焉。美反正，刺淫泆也。」《詩經集傳》曰：「此淫婦為人所棄，而自敘其事，以道其悔恨之意也。夫既與之謀而遂往，又責所無以難其事，再為之約，以堅其志。此其計亦狡矣，以御蚩蚩之氓。宜其有餘而不免於見棄。蓋一失其身人所賤惡，始雖以欲而迷，後必以時而悟。是以無往而不困耳。士君子立身，一敗而萬事瓦裂者，何以異此？可不戒哉。」

衛·竹竿

無名氏

籊籊竹竿，以釣于淇❶。豈不爾思？遠莫致之。
泉源在左，淇水在右❷。女子有行，遠兄弟父母❸。
淇水在右，泉源在左。巧笑之瑳，佩玉之儺❹。
淇水滺滺，檜楫松舟❺。駕言出遊，以寫我憂。

【註釋】

❶ 籊籊：音ㄊㄧˋ ㄊㄧˋ（tì tì），長而尖削貌。
❷ 泉源：衛國的一條河流，亦稱百泉。
❸ 女子有行：女子遠嫁。
❹ 瑳：音ㄘㄨㄛ（cuō），巧笑貌。儺：音ㄋㄨㄛˊ（nuó），行動有節奏。
❺ 滺滺：音ㄧㄡ ㄧㄡ（yōu yōu），流水之貌。

【傳略】《毛詩序》曰：「衛女思歸也。適異國而不見答，思而能以禮者也。」《詩經集傳》曰：「衛女嫁於諸侯，思歸寧而不可得，故作此詩。言思以竹竿釣于淇水，而遠不可至也。」方玉潤《詩經原始》曰：「衛女思歸也。……無端而念舊。……蓋其局度雍容，音節圓暢，而造語之工，風致嫣然，自足以擅美一時。」

衛·伯兮

無名氏

伯兮朅兮！邦之桀兮❶。伯也執殳，為王前驅❷。
自伯之東，首如飛蓬。豈無膏沐？誰適為容❸？
其雨其雨，杲杲出日❹。願言思伯，甘心首疾。
焉得諼草？言樹之背❺。願言思伯，使我心痗❻。

【註釋】

❶ 伯：兄，婦人稱謂丈夫。朅：音ㄑㄧㄝˋ（qiè），武壯貌。桀：突出。
❷ 殳：音ㄕㄨ（shū），古代兵器，杖屬，無刃，多用作儀仗。
❸ 膏沐：古代婦女潤髮的油脂。
❹ 其：該。雨：下雨。杲杲：音ㄍㄠˇ ㄍㄠˇ（gǎo gǎo），明亮貌。
❺ 諼草：「諼」音ㄒㄩㄢ（xuān），即萱草，又名忘憂草。
❻ 痗：音ㄇㄟˋ（mèi），病，憂傷。

【傳略】《毛詩序》曰：「刺時也。言君子行役，為王前驅，過時而不反焉。」《鄭箋》曰：「衛宣公之時，蔡人、衛人、陳人從王伐鄭伯也。為王前驅久，故家人思之。」《詩經集傳》曰：「婦人以夫久從征役，而作是詩。言其君子之才之美如是。」

王風·中谷有蓷　　無名氏

中谷有蓷，暵其乾矣❶。有女仳離，嘅其歎矣❷！嘅其歎矣！遇人之艱難矣！

中谷有蓷，暵其脩矣❸。有女仳離，條其歗矣❹！條其歗矣！遇人之不淑矣❺！

中谷有蓷，暵其濕矣。有女仳離，啜其泣矣❻！啜其泣矣！何嗟及矣！

【註釋】

❶ 中谷：山谷中。蓷：音ㄊㄨㄟ（tuī），益母草，一年或二年生草本，全草或子實入藥。暵：音ㄏㄢˋ（hàn），曬。

❷ 仳離：音ㄆㄧˇ ㄌㄧˊ（pǐ lí），離別，亦指婦女被遺棄。嘅：音ㄎㄞˇ（kǎi），感慨。

❸ 脩：本義為肉乾，此處指「乾」。

❹ 條：長嘆息貌。歗：音ㄒㄧㄠˋ（xiào），長嘆。

❺ 不淑：謂女子所嫁的丈夫不好。

❻ 啜：音ㄔㄨㄛˋ（chuò），哭泣聲。

【傳略】《毛詩序》曰：「閩周也。夫婦日以衰薄，凶年饑饉，室家相棄爾。」《詩經集傳》曰：「凶年饑饉，室家相棄，婦人覽物起興，而自述其悲歎之詞也。……伊尹曰：匹夫匹婦，不獲自盡，民主罔與成厥功。故讀詩者，於一物失所，而知王政之惡。一女見棄，而知人民之困。周之政荒民散，而將無以為國，於此亦可見矣。」

鄭·子衿　　無名氏

青青子衿，悠悠我心❶。縱我不往，子寧不嗣音❷？

青青子佩，悠悠我思❸。縱我不往，子寧不來？

挑兮達兮❹！在城闕兮❺！一日不見，如三月兮。

【註釋】

❶ 青青子衿：《毛傳》：「青衿，青領也。學子之所服。」後因稱學子、生員為「子衿」，此處則用以指稱女子所思所愛者。

❷ 縱：即使。嗣音：《韓詩》作「貽音」，寄聲相問。

❸ 佩：士人佩璠珉、寶石，帶用青絲。

❹ 挑達：往來相見貌。

❺ 城闕：城門兩邊的望樓。

【傳略】《詩經集傳》曰：「此亦淫奔之詩。」朱公遷《詩經疏義》曰：「一章二章，致思而微責之，末章，切責而深思之。」牛運震《詩志》曰：「絕佳尺牘，直如面談。」

漢魏編

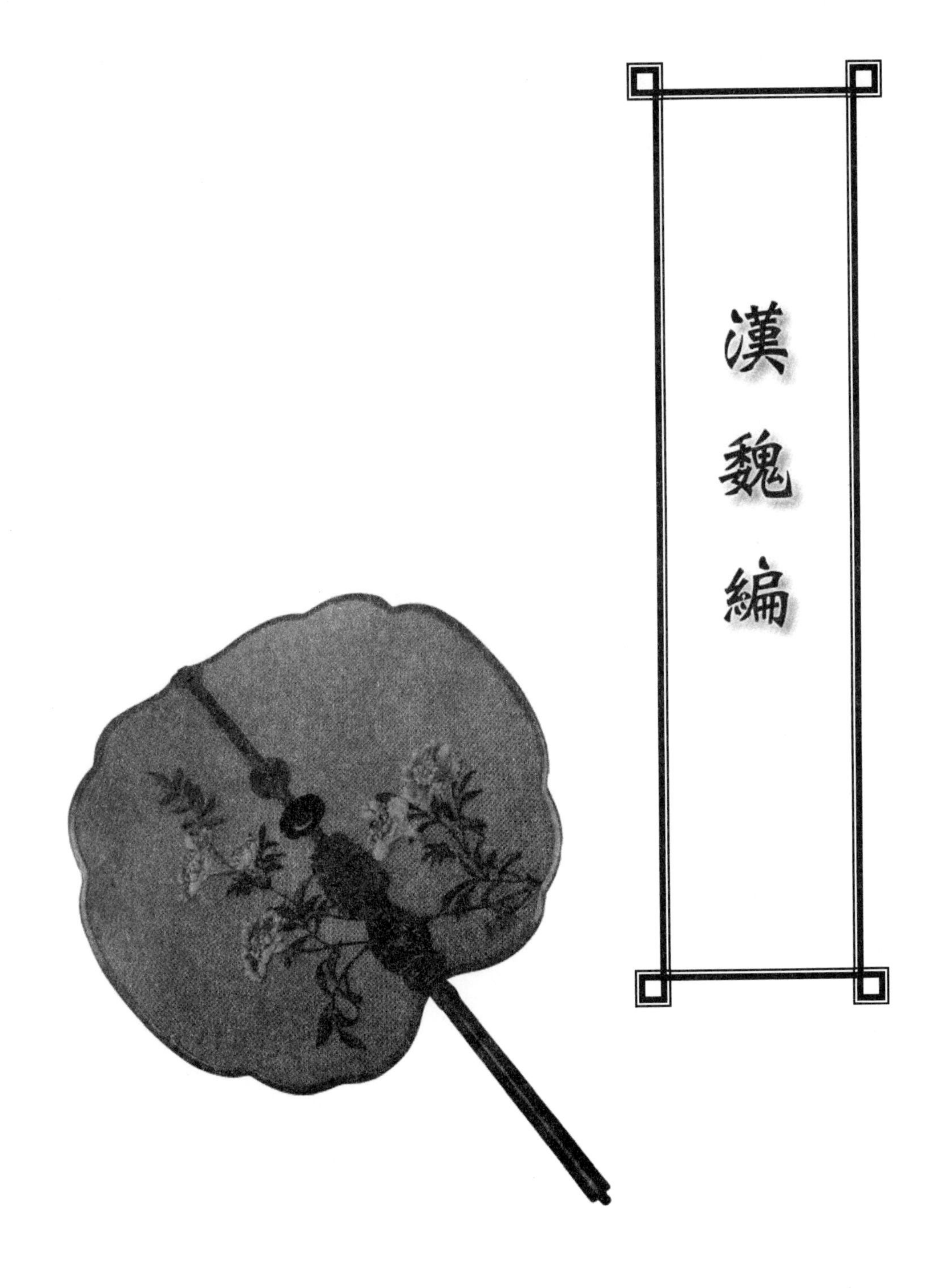

悲歌

烏孫公主

吾家嫁我兮天一方，遠托異國兮烏孫王❶，
穹廬為室兮氈為墻❷，以肉為食兮酪為漿❸。
常思漢土兮心內傷，願為黃鵠兮還故鄉❹！

【註釋】

❶ 《漢書・西域傳》：「匈奴聞其與漢通，怒欲擊之。又漢使烏孫，乃出其南，抵大宛、月氏，相屬不絕。烏孫於是恐，使使獻馬，願得尚漢公主，為昆弟。天子問群臣，議許。曰：『必先內聘，然後遣女。』烏孫以馬千匹聘。漢元封中，遣江都王建女細君為公主，以妻焉。……烏孫昆莫以為右夫人。」鍾評曰：「托字即倚托之托。古人作哀慘語，輒從鄭重言之，深情苦境，怨恨無聊。」

❷ 穹廬：音ㄑㄩㄥˊ　ㄌㄨˊ（qióng lú），古代游牧民族居住的氈帳。氈：音ㄓㄢ（zhān），通「旃」，羊毛或其它動物毛經濕、熱、壓力等作用，縮製而成的塊片狀材料，可用作鋪墊及製作禦寒物品、鞋帽料等。

❸ 食：主食。酪：用牛羊或馬乳製成的飲料。

❹ 黃鵠：神話傳說中的大鳥，能一舉千里。「鵠」音ㄏㄨˊ（hú）。還：歸。

【傳略】 武帝元封中，遣江都王建女細君為公主，以妻烏孫昆莫。公主至其國，自治宮室居，歲時一再與昆莫會，置酒飲食。昆莫年老，言語不通，公主悲，乃自作歌。

【鍾評】 此等事不得不備入其中，其詩亦酸楚，令讀者傷之。

怨詩

王嬙

秋木萋萋，其葉萎黃❶。有鳥處山，集於苞桑❷。
養育毛羽，形容生光❸。既得升雲，上游曲房❹。
離宮絕曠，身體摧藏❺。志念抑沉，不得頡頏❻。

雖得委食，心有徊徨❼。我獨伊何？來往變常❽。
翩翩之燕，遠集西羌❾。高山峨峨，河水泱泱❿。
父兮母兮，道里悠長⓫。嗚呼哀哉，憂心惻傷⓬。

【註釋】

❶ 萋萋：茂盛貌。萎黃：枯萎焦黃。
❷ 苞桑：根深柢固的桑樹。
❸ 形容：儀表，容貌。此處以鳥的羽毛豐滿喻己之容顏美麗。譚友夏云：「如好鳥在前，自待極峻，即本傳端正閑麗，未嘗窺門戶語也。」
❹ 既然被選入宮中，卻被關閉在深幽的後宮。曲房，深邃幽隱的密室。
❺ 絕曠：遼遠荒涼之地。摧藏：摧傷，挫傷。
❻ 抑沉：抑鬱消沉。頡頏：音ㄐㄧㄝˊ ㄏㄤˊ（jié háng），鳥飛上下貌。
❼ 雖然生活上有了依托，但心神總不安寧。委，托付。徊徨，猶「彷徨」，形容舉止不寧、猶疑不定。
❽ 伊：語助詞。來往變常：指遠嫁匈奴，改變了常規。
❾ 翩翩：飛舞貌。羌：少數民族名，主要分布在今甘、青、川一帶。秦、漢時，部落眾多，總稱西羌。此指匈奴。
❿ 峨峨：高峻貌。泱泱：水深廣貌。
⓫ 道里：道路。鍾評曰：「父母可明說，其他難言者甚多，當從此句想之。」
⓬ 憂心惻傷：心裡悲痛憂傷。

【傳略】 字昭君，齊國王穰女。端正閑麗，未嘗窺門戶。穰以其有異於人，求之者皆不與。年十七，獻之元帝。元帝以地遠不之幸，以備後宮。積五六年，帝以後宮既多，不得常見，乃使畫工圖其形，按圖召幸。宮人皆賂畫工，昭君自恃其貌，獨不肯與，工人乃醜圖之。後匈奴入朝，求美人為閼氏，帝按圖以昭君行。及入辭，光彩射人，悚動左右，天子方重信外國，悔恨不及。昭君既行，乃為書上帝曰：「臣妾得備員禁臠，謂身依日月，死有餘芳。而失意丹青，遠竄異域，誠得捐軀報主，何敢自憐？獨惜國家黜陟，移於賤工，南望闕庭，徒增愴結耳。有父有弟，惟陛下幸少憐之。」帝乃窮案其事，畫工有杜陵毛延壽棄市，籍其資財。昭君至匈奴，單于大悅，以為漢與我厚，縱酒作樂，遣使報漢白璧一雙，駿馬十匹，胡地珍寶之物。昭君恨帝始不見遇，乃作怨思之歌。單于死，子世達立，昭君謂之曰：「為胡者妻，毋為秦者更娶。」世達曰：「欲作胡禮。」昭君乃吞藥而死，胡地草色皆白，惟昭君墓草獨青。

【鍾評】 此明妃詞也。何等宛質，何至如後世膚冗。譚友夏云：石季倫詩明敘其事，明妃

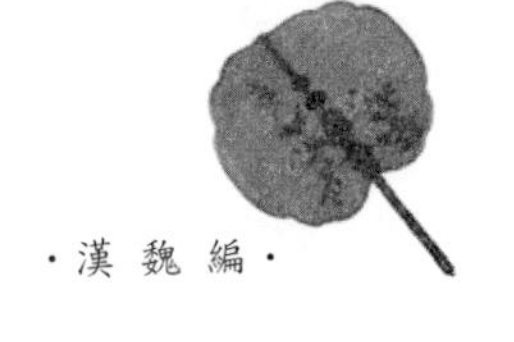

自作怨詩，反委曲旁引，一字不露，翻恨季倫有錢穀氣。明妃入胡，是千古傷心事，他人代他想不得，說不得，況自己乎！一說明便淺。

怨歌行

班婕妤

新裂齊紈素，鮮潔如霜雪❶。裁成合歡扇，團團似明月❷。
出入君懷袖，動搖微風發❸。常恐秋節至，涼飈敓炎熱❹。
棄捐篋笥中，恩情中道絕❺。

【註釋】

❶ 新裂：新裁。紈、素：都是絹。紈比素更精細，均產於齊地。
❷ 合歡扇：繪有合歡圖案的雙面團扇。合歡，一種對稱的圖案花紋，用以象徵和合歡樂之意。
❸ 君：此指君主。懷袖：古人衣服寬大，扇可以置於懷袖內。鍾評曰：「溫至之語，自與挾恩恃寵輩迥然不同。」
❹ 涼飈：涼風。「飈」音ㄅㄧㄠ（biāo）。敓：音ㄉㄨㄛˊ（duó），同「奪」，強取。
❺ 棄捐：拋棄；廢置。篋笥：音ㄑㄧㄝˋ ㄙˋ（qiè sì），藏物的竹器；竹箱。中道絕：半途而廢。此處以秋扇被捐棄喻己被君主遺棄的不幸命運。

【傳略】 左曹越騎校尉況之女，司空椽彪之姑也。少有才學，成帝選入宮。初為小使，俄而大幸，為婕妤，居增城宮。帝嘗遊後庭，欲與同輦載，辭之，上善其言而止。後趙飛燕姊弟，從微賤，寵冠於後宮，因譖婕妤，咒詛主上，考問之，對曰：「妾聞：修正尚未蒙福，為邪欲以何望？使鬼神有知，不受不臣之愬，如其無知，愬之何益？」上善其對。然自是失寵，稀復進見，恐久見危求，供養太后長信宮中，帝許焉。乃作自悼賦，又作紈扇詩以自傷。

【鍾評】 輕婉卑順，卻是婦人語，調亦平。左貴嬪贊婕妤有恭讓謙虛四字，不浮不溢，可稱知己。

歸風送遠操

趙飛燕

涼風起兮天隕霜❶，懷君子兮渺難望❷，感予心兮多慨慷❸。

【註釋】

❶ 隕：音ㄩㄣˇ（yǔn），墜落。

❷ 渺：邈遠，渺茫。

❸ 慨慷：感慨。

【傳略】 長安民家女，能內視還童之術。初私射鳥兒，後屬和陽主字。成帝召拜婕妤，有寵，尋拜皇后。帝未嗣，后日夜求子，多用小犢車，載年少子與通，帝疑頗疏之。后生日，昭儀為賀，帝亦同往，遇暮，方離后宮。后因帝幸，心為姦利，乃詐託有孕，上牋奏帝曰：「臣妾久備掖庭，先承幸御，遺肆大號，積有歲時。近因始生之日，復加善視之私。特屈乘輿，俯臨東掖，久侍宴私，再承幸御。臣妾數月來，內宮盈實，月脈不流，飲食美甘，不異常日。知聖躬之在體，辨天日之入懷。虹初貫，總是真符，龍據妾胸，茲為佳瑞，更期蕃育神嗣，抱日趨庭，瞻望聖明，踴躍臨賀，謹此以聞。」帝時在西宮，得奏，喜動顏色，即詔答之。踰期遺奏，臣妾昨夢龍臥，不幸聖嗣不育，帝但惋歎而已。

【鍾評】 自是一種賦手，開後人擬作之端。

陌上桑

羅敷

日出東南隅，照我秦氏樓❶。秦氏有好女，自名為羅敷❷。羅敷喜蠶桑，採桑城南隅。青絲為籠系，桂枝為籠鈎❸。頭上倭墮髻，耳中明月珠❹。緗綺為下裙，紫綺為上襦❺。行者見羅敷，下擔捋髭鬚❻。少年見羅敷，脫帽著帩頭❼。耕者忘其犁，鋤者忘其鋤。來歸相怨怒，但坐觀羅敷❽。使君從南來，五馬立踟躕❾。使君遣吏往，問是誰家姝❿。秦氏有好女，自名為羅敷。羅敷年幾何？二十

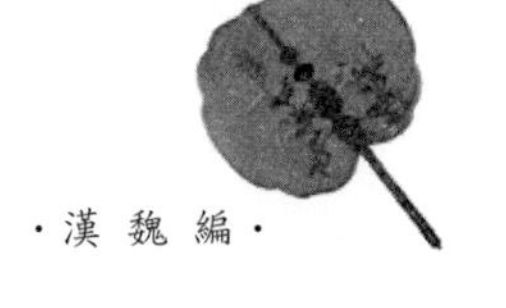

尚不足，十五頗有餘。使君謝羅敷：寧可共載不⓫？羅敷前致辭：使君一何愚⓬！使君自有婦，羅敷自有夫。東方千餘騎，夫婿居上頭⓭。何用識夫婿？白馬從驪駒。青絲繫馬尾，黃金絡馬頭。腰中鹿盧劍，可值千萬餘⓮。十五府小史，二十朝大夫。三十侍中郎，四十專城居⓯。為人潔白皙，鬑鬑頗有鬚。盈盈公府步，冉冉府中趨⓰。坐中數千人，皆言夫婿殊⓱。

【註釋】

❶ 東南隅：東南為偏義複詞，即東方。隅：方位。
❷ 好女：美女。羅敷：漢女子習用之名，是美女的泛稱。
❸ 籠：竹籃。系：即「繫」，繫繩。
❹ 倭墮髻：古代婦女的一種髮式，髮髻向額前俯偃。耳中明月珠：以明珠為耳飾。
❺ 緗：音ㄒㄧㄤ（xiāng），淺黃色。綺：有花紋的絲織品。襦：音ㄖㄨˊ（rú），短衣，短襖。襦有單、複，單襦則近乎衫，複襦則近襖。鍾評曰：「每事鋪張，人知其為下文觀者張本，不知其實為貞靜張本也。慧心豔質，往往風流戲動，使愚痴人見之，便將淫宕工目之矣。真豔麗人，胸中自有一段志節，儘有故作情態，顛倒愚惑，相為嗤笑，味羅敷語氣，早已籠絡盡許多人醜態。然非最上根器、最上才識女子不能。」
❻ 行者：經過的路人。捋：音ㄌㄜˋ（lè），用手撫摸。
❼ 帩頭：帩：音ㄑㄧㄠˋ（qiào），古代男子包頭髮的紗巾，即帕頭。
❽ 坐：因為。
❾ 使君：漢時稱太守、刺史為使君。五馬：漢時太守乘坐的車用五匹馬駕轅，因借指太守的車駕。踟躕：徘徊不前貌。
❿ 姝：音ㄕㄨ（shū），美女。
⓫ 謝：問，以言詞相告。不：即「否」。鍾評曰：「述使君一語，形容其愚狀，如在目前。」
⓬ 致辭：措詞、答話。一何：何其，何等。
⓭ 騎：音ㄐㄧˋ（jì），騎兵。上頭：前列，領隊。鍾評曰：「以下盛誇夫婿，妙妙。正以絕使君之望也。一字不必對使君矣。比不樂宋王語更省力，板人以為性情不正矣。」
⓮ 從：音ㄗㄨㄥˋ（zòng），跟隨。驪：深黑色的馬。駒：二歲的馬，泛指少壯的馬。黃金絡馬頭：以黃金裝飾的籠頭兜著馬首。絡：即絡頭、馬籠頭。鹿盧劍：古劍名，劍首以玉作轆轤形為飾，故名。轆轤：古時利用輪軸原理製成的井上汲水的起重裝置。
⓯ 府小吏：太守府中的小官吏。朝大夫：在朝為大夫。大夫：爵位名。秦漢分爵位為公

士、上造等二十級，其中大夫居第五級。侍中郎：古代職官名。秦始置，兩漢沿置，為正規官職外的加官之一。因侍從皇帝左右，出入宮廷，與聞朝政，逐漸變為親信貴重之職。專城居：專城而居，指獨掌一城之事、為一城之主，如太守一類官職。專：獨擅。

⓰ 鬑鬑：音ㄌㄧㄢˊ ㄌㄧㄢˊ（lián lián），鬚髮稀疏貌。盈盈：儀態美好、步伐翩然貌。公府步：邁著官步。冉冉：徐緩貌。府中趨：徐緩步趨於府中。鍾評曰：「出語溫然栗然。止說富貴還壓不定愚人情事，直說到文采韻致，使人再動不得邪淫念頭，使君至此，亦當羞殺。」

⓱ 殊：異，與眾不同。

【傳略】 舊說邯鄲女子，姓秦，名羅敷，為邑人千乘王仁妻。仁後為趙王家令。羅敷出採桑於陌上，趙王登臺，見而悅之，置酒欲奪之。羅敷善彈箏，作陌上桑以自明。案其歌辭，稱羅敷採桑陌上，為使君所邀，羅敷盛誇其夫為侍中郎以拒之，與舊說不同。

【鍾評】 妙在貞靜之情，即以風流豔詞發之，豔亦妨於正也。羅敷不特表貞，亦可謂善言情矣。凡情到至處，必非淫悍者所能，於此可想。

盤中詩

蘇伯玉妻

山樹高，鳥鳴悲❶。泉水深，鯉魚肥。空倉鵲，常苦饑❷。吏人婦，會夫稀❸。出門望，見白衣。謂當是，而更非。還入門，中心悲。北上堂，西入階。急機絞，杼聲催。長歎息，當語誰❹？君有行，妾念之。出有日，還無期。結巾帶，長相思。君忘妾，未知之。妾忘君，罪當治。妾有行，宜知之。黃者金，白者玉。高者山，下者谷。姓者蘇，字伯玉。人才多，知謀足。家居長安身在蜀❺，何惜馬蹄歸不數。羊肉千斛酒百斛，令君馬肥麥與粟❻。今時人，知四足。與其書，不能讀。當從中央周四角❼。

【註釋】

❶ 鳴悲：哀叫。

❷ 倉：收藏穀物的地方。鍾評曰：「六語比興之體，最厚最遠。譚友夏云：『字字是女子

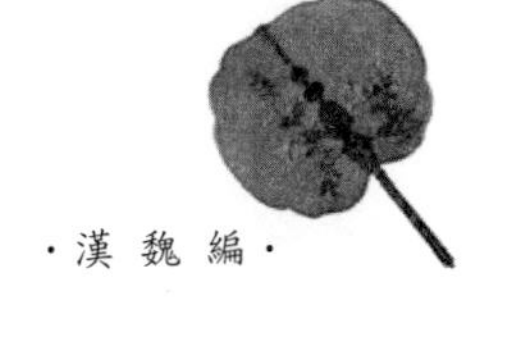

口中』。」

❸ 吏人：指官府中的胥吏或差役。會：面會，見面。鍾評曰：「忽入直語，胸中實是含蓄不得。」

❹ 機：指織布機。杼，音ㄓㄨˋ（zhù），織梭。

❺ 蜀：古族名、國名。分布在今四川西部。

❻ 觔：音ㄐㄧㄣ（jīn），同「斤」；斛：音ㄏㄨˊ（hú），二者皆量詞。古代一斛為十斗，南宋末年改為五斗。粟：穀物名，明·李時珍《本草綱目·穀二·粟》：「古者以粟為黍、稷、粱、秫之總稱。而今之粟，在古但呼為粱。後人乃專以粱之細者名粟，……北人謂之小米也。」鍾評曰：「婦人廚竈井白語，極風雅，極哀怨，愈俚近愈深婉。」

❼ 甪：音ㄌㄨˋ（lù），「角」的別字。此句或指讀法，由句意推測，盤為方形，詩在盤中如螺旋式的回旋，由中央及於四角。

【傳略】 失其姓氏。伯玉被使在蜀，久而不歸，其妻居長安，思念之，因作詩寫之盤中，屈曲成文，故云盤中詩也。

【鍾評】 盤中詩，詩奇，事奇，想奇。高文妙技，橫絕千古。相如、伯玉不作負心事，不能發二婦之音。然必待詩成而後易慮，可謂鈍根，曰才人有情，吾不信也。譚友夏云：女人氣幽語快，逼真文士秀士者，當以此為第一。房中歌，非婦人語，白頭吟、盤中詩，真婦人語。然皆非文士所易。此詩人知其桑秀，不知其質直。婦人感動君子，得其憐悔，全在柔婉，不在怨怒，以是知悍婦皆愚婦也。

古怨歌❶

竇玄妻

煢煢白兔，東走西顧❷。衣不如新，人不如故。

【註釋】

❶ 沈德潛注：「玄狀貌絕異，天子使出其妻，妻以公主。妻悲怨，寄書及歌與玄。時人憐之」。此詩寫棄婦之怨。

❷ 煢煢：音ㄑㄩㄥˊ ㄑㄩㄥˊ（qióng qióng），孤零貌。白兔：相傳為秦始皇的駿馬名。晉·崔豹《古今注·鳥獸》：「秦始皇有名馬七：一曰追風，二曰白兔，……七曰晨鳧。」鍾評曰：「形容無告之狀，可謂善於取喻。」

【傳略】玄字叔高，平陵人。形貌絕異，天子以公主妻之。舊妻為夫所棄，為書以別之曰：「棄妻斥女，敬白竇生：卑賤鄙陋，不如貴人。妾日以遠，彼日以親。何所控訴？仰呼蒼旻。悲哉竇生！衣不厭新，人不厭故。悲不可忍，怨不可去。彼何人斯，而居斯處！」並附以歌。

【鍾評】人惟求舊，器惟求新。翻作怨詩，情深宜妙。

白頭吟（二首）

卓文君

皚如山上雪，皎若雲間月❶。聞君有兩意，故來相決絕❷。生平共城中，何嘗斗酒會❸。今日斗酒會，明旦溝水頭❹。躞蹀御溝上，溝水東西流❺。郭東亦有樵，郭西亦有樵❻。兩樵相推與，無親為誰驕❼。淒淒復淒淒，嫁娶不須啼❽。願得一心人，白頭不相離❾。

其二

竹竿何嫋嫋，魚尾何簁簁❿。男兒重意氣，何用錢刀為⓫。齕如馬噉箕，川上高士嬉⓬。今日相對樂，延年萬歲期⓭。

【註釋】

❶ 皚：音ㄞˊ（ái），霜雪白貌。皎：潔白。此處以山上雪和雲間月之潔白喻己對丈夫純真的感情。

❷ 兩意：二心，即另有所愛。決絕：決然斷絕。鍾評曰：「語咄逼人。」

❸ 斗酒會：設酒聚會。斗，盛酒的器具。鍾評曰：「妙在無謂中，忽作此想。」

❹ 明旦溝水頭：明早就要在溝邊分手。鍾評曰：「今日、明旦字，說得歷歷可悲。」

❺ 躞蹀：音ㄒㄧㄝˋ ㄉㄧㄝˊ（xiè dié），小步行走貌。鍾評曰：「躞蹀二字感甚。」御溝：流過御苑或環繞宮墻而流的溝。鍾評曰：「強為無情作解，怨詈中時雜謔浪。」

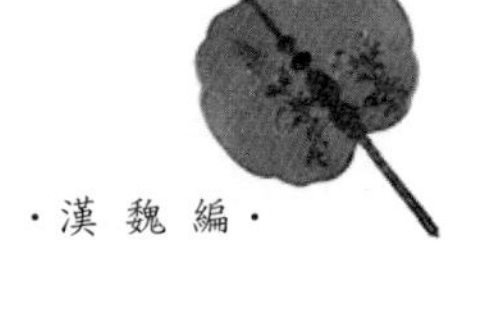

❻ 鍾評曰：「裂絕詞，每每說向不相關切處，令人猛然一想，不覺感動。」

❼ 鍾評曰：「相推與在冷眼中看出。」

❽ 淒淒：悲傷貌。嫁娶：偏義複詞，此取「嫁」意。鍾評曰：「五字是婦人口中語，女兒時則不然。」

❾ 鍾評曰：「文君此時為此語，若其初奔，止愛相如之才，非必以其為一心人也。然有才人亦自有情。」

❿ 竹竿：指釣竿。嫋嫋：音ㄋㄧㄠˇ ㄋㄧㄠˇ（niǎo niǎo），搖曳貌。簁簁：音ㄒㄧˇ ㄒㄧˇ（xǐ xǐ），猶「徙徙」，形容魚尾像羽毛濡溼粘合的樣子。鍾評曰：「生想都妙在用寬緩一著。」

⓫ 意氣：指感情，義氣。錢刀，古代的錢有鑄成馬刀形的，叫做刀錢，或叫錢刀。《漢魏樂府風箋》黃節：「竹竿以釣而得魚，猶男子以相知而得婦，不在錢刀也。意蓋誚富而易妻者。」鍾評曰：「譚友夏云：『說得長卿文人愧死，不意卓王孫女胸中，乃有此一片。虞姬歎項王，只說意氣盡；文君絕相如，亦只說重意氣，可見婦人死心在此。警動男子，亦只在此。』」

⓬ 齸：疑為「鹹」，齧也。《說文解字注》：「鹹」，音ㄒㄧㄢˊ（xián），齧也，從齒咸聲。啖：音ㄉㄢˋ（dàn），食，吃。箕：簸箕，揚米去糠的器具。高士：志行高潔之士。

⓭ 延年：延長壽命。萬歲：祝頌之詞，意為千秋萬世，永遠存在。鍾評曰：「讀此結語，想見其慘動無端。」

【傳略】 臨邛富人卓王孫女也。姣好，眉色如望遠山，臉際若芙蓉，肌膚柔滑如脂。十七而寡，為人放誕風流，好音樂。成都司馬相如，客遊臨邛，飲卓氏。文君竊從戶窺之，心悅而好之，因以琴心挑之，乃亡夜奔相如，與馳歸成都。及相如將聘茂陵人女為妾，文君作白頭吟以自絕。相如素有消渴疾，及還成都，悅文君之色，遂以痼疾，乃作美人賦，欲以自刺，而終不能改，卒以此疾至死，文君為之誄。

【鍾評】 譚友夏云：有此妙口妙筆，真長卿快偶也，不奔何待？又云：有一種極難為長卿語，長卿不得不止。文君之奔與妒，生於才耳，才如此方耐他妒，世上愚婦人如何妒得。

答秦嘉

徐淑

妾身兮不令，嬰疾兮來歸❶。沉滯兮家門，歷時兮不差❷。

曠廢兮侍覲，情敬兮有違❸。君今兮奉命，遠邈兮京師❹。
悠悠兮離別，無因兮敘懷。瞻望兮踴躍，佇立兮徘徊❺。
思君兮感結，夢想兮容暉❻。君發兮引邁，去我兮日乖❼。
恨無兮羽翼，高飛兮相追。長吟兮永歎，淚下兮沾衣。

【註釋】

❶ 不令：不善。嬰疾：患病。來歸：指歸回母家。
❷ 沉滯：凝滯。不差：病未癒。差：音ㄔㄚˋ（chà），同「瘥」，病癒。
❸ 曠廢：荒廢，耽誤。侍覲：陪從尊長身邊。覲，音ㄐㄧㄣˋ（jìn）。鍾評曰：「情敬二字，何等虛懷，何等欽想。若說愛敬恭敬等字，便膚淺極矣。」
❹ 遠邈：迢遞，遙遠。
❺ 踊躍：熱烈積極之狀。佇：久立而等待。
❻ 暉：光輝。二句意指思念夫君心感傷而糾結，夢中盼望夫君之光輝容貌。
❼ 引邁：啟程。日乖：日違。乖：分離；離別。

【傳略】秦嘉，字士會，隴西人也，為郡郡上椽，其妻淑，寢疾還家，不獲面別，嘉作詩贈別云：「人生譬朝露，居世多屯蹇。憂艱常早至，歡會嘗苦晚。念當奉時役，去爾日遙遠。遣車迎子還，空往復空返。省時情悽愴，臨食不能飯。獨坐空房中，誰與相勸勉？長夜不能眠，伏枕獨展轉。憂來如循環，匪席不可卷。」別後嘉作書遺之，兼以明鏡、寶釵、芳香、素琴贈焉。淑作書答之，而眷念之意，懸望之情，曲寫殆盡。

【鍾評】劉子玄《史通》云：東漢一代賢明婦人如徐氏，合動禮儀，言成規矩，毀形不嫁，哀慟傷生，此才德兼美者也。董祀妻蔡氏，載誕胡子，受辱虜廷，文詞有餘，節概不足，此言行相乖者也。蔚宗後漢傳標列女，徐淑不齒，而蔡琰見書。欲使彤管所載，將安準的？鍾參軍《詩品》云：漢上計秦嘉之妻徐淑詩，夫妻事既可備，為五言者不過數家，而婦人居二，徐淑敘別之作，亞於紈扇矣。

悲憤詩

蔡琰

漢季失權柄，董卓亂天常❶。志欲圖篡弒，先害諸賢良❷。
逼迫遷舊邦，擁主以自彊❸。海內興義師，欲共討不祥❹。

卓眾來東下，金甲耀日光❺。平土人脆弱，來具皆胡羌❻。
獵野圍城邑，所向悉破亡。斬截無孑遺，尸骸相撐拒❼。
馬邊懸人頭，馬後載婦女。長驅西入關，迥路險且阻❽。
還顧邈冥冥，肝脾為爛腐❾。所略有萬計，不得令屯聚。
或有骨肉俱，欲言不敢語。失意幾微間，輒言「斃降虜。
要當以亭刃，我曹不活汝。」❿豈復惜性命，不堪其詈罵⓫。
或便加棰杖，毒痛參並下⓬。旦則號泣行，夜則悲吟坐。
欲死不能得，欲生無一可。彼蒼者何辜？乃遭此戹禍⓭。
邊荒與華異，人俗少義理⓮。處所多霜雪，胡風春夏起。
翩翩吹我衣，肅肅入我耳⓯。感時念父母，哀嘆無窮已。
有客從外來，聞之常歡喜。迎問其消息，輒復非鄉里。
邂逅徼時願，骨肉來迎己⓰。己得自解免，當復棄兒子。
天屬綴人心，念別無會期⓱。存亡永乖隔，不忍與之辭⓲。
兒前抱我頸，問「母欲何之？人言母當去，豈復有還時？
阿母常仁惻，今何更不慈？我尚未成人，奈何不顧思！」
見此崩五內，恍惚生狂癡⓳。號泣手撫摩，當發復回疑。
兼有同時輩，相送告別離。慕我獨得歸，哀叫聲摧裂。
馬為立踟躕，車為不轉轍。觀者皆歔欷，行路亦嗚咽。
去去割情戀，遄征日遐邁⓴。悠悠三千里，何時復交會？
念我出腹子，胸臆為摧敗。既至家人盡，又復無中外㉑。
城郭為山林，庭宇生荊艾㉒。白骨不知誰，從橫莫覆蓋。
出門無人聲，豺狼號且吠。煢煢對孤景，怛咤糜肝肺㉓。
登高遠眺望，魂神忽飛逝。奄若壽命盡，旁人相寬大㉔。
為復彊視息，雖生何聊賴㉕？託命於新人，竭心自勖厲㉖。
流離成鄙賤，常恐復捐廢㉗。人生幾何時，懷憂終年歲。

【註釋】

❶ 天常：天之常道。亂天常：猶言悖天理。

❷ 篡弒：言殺君奪位。諸賢良：指被董卓殺害的丁原、周珌、任瓊等。鍾評曰：「譚友夏云：『此一語說盡亂賊本領，見女人胸中經濟。』首四句是悲憤之原，有來歷，有心血。」

❸ 舊邦：指長安。

❹ 興義師：指起兵討董卓。祥：善。

❺ 卓眾：指董卓部下的軍隊。金甲：金飾的鎧甲。

❻ 平土：指中原。胡羌：胡人和羌人，亦泛稱西方和北方各族。

❼ 斬截：斬殺。截：斬斷。孑：單獨。無孑遺：殺得不剩一個。相撐拒：互相支拄，此謂屍體眾多堆積雜亂。

❽ 西入關：指入函谷關。迥：音ㄐㄩㄥˇ（jiǒng），遙遠。

❾ 邈冥冥：渺遠迷茫貌。

❿ 斃：詈罵之詞。斃降虜：猶言「死囚」。我曹：我輩，兵士自稱。

⓫ 詈：音ㄌㄧˋ（lì），責罵。

⓬ 棰杖：猶棍棒。毒：恨。

⓭ 彼蒼者：指天。戹禍：災難禍殃。戹：音ㄜˋ（è），苦難。

⓮ 邊荒：邊遠之地，指南匈奴。少義理：言其地風俗野蠻。

⓯ 翩翩：風吹衣貌。肅肅：風聲。

⓰ 邂逅：不期而遇。徼：僥倖，意外地。骨肉：喻至親。作者苦念故鄉，見使者來迎，如見親人，故稱之為骨肉。或謂曹操假託其親屬名義遣使金贖蔡琰。

⓱ 天屬：天性相連；稱父子、兄弟、姊妹等有血緣關係之親屬。

⓲ 乖隔：隔離。鍾評曰：「譚友夏云：『自此以下母子依依、苦語苦境，全付之筆墨，覺少一語不慘。』敘亂離聚散，詳至反覆，極真而苦。老杜新婚、垂老、無家、彭衛、北征諸長篇本此。」

⓳ 五內：五中，五臟。恍惚：精神迷糊。生狂痴：發狂。

⓴ 遄征：疾行。遄，音ㄔㄨㄢˊ（chuán）。日遐邁：一天一天地走遠了。

㉑ 中外：猶中表，「中」指舅父的子女，為內兄弟，「外」指姑母的子女，為外兄弟。鍾評曰：「譚友夏云：『補得好』。至此截然一轉，將瑣碎語敘歸後事，前後絕不相犯。此便作長詩有力量處。」

㉒ 郭：外城。荊艾：荊棘、艾蒿，指雜草。

㉓ 煢煢：音ㄑㄩㄥˊ ㄑㄩㄥˊ（qióng qióng），孤獨無依的樣子。景：同「影」。怛咤：音ㄉㄚˊ ㄓㄚˋ（dá zhà），驚痛而發聲；驚呼。糜：爛、碎。

㉔ 奄若壽命盡：忽然感到壽命已經完結，再也無法生活下去。相寬大：勸她寬心。

㉕ 息：呼息。謂又勉強活下去。聊賴：依賴，指生活上的憑藉或精神上的寄托。

㉖ 新人：指蔡琰再嫁的丈夫董祀。竭心：盡心。勖：音ㄒㄩˋ（xù），勉勵。

㉗ 捐廢：拋棄，棄置不顧。鍾評曰：「歷盡險難，生出許多戒懼，苦心語，真心語。」

【傳略】 字文姬，邕之女也。博學有才辨，又善鼓琴，為離鸞別鶴之操。漢末大亂，胡虜犯中原，文姬為胡騎所獲，在左賢王部伍中。入番為王后，王甚重之。春月登胡殿，感茄之音，作詩言志。在胡中十二年，生二子。魏武帝痛邕無嗣，乃遣使以金璧贖之，而重嫁陳留董祀，後感傷離，追懷悲憤，作詩二章。

【鍾評】 譚友夏云：一副經史胸中，一雙古今明眼，作此辱事。讀其所自言，又覺不忍鄙之，反添憐惜而已。五言古長詩，雖漢人亦不易作，惟悲憤詩及廬江小吏妻耳。二詩之妙，亦略相當。妙在詳至而不冗漫，變化而不雜亂，斷續而不碎脫，若有意若無意，若無法又若有法，惟老杜頗優為之。元白長詩，人病其無法，拖沓可厭，不知實本於此，特其力疲而體率耳。

塘上行❶

甄皇后

蒲生我池中，其葉何離離❷。傍能行仁義，莫若妾自知❸。
眾口鑠黃金，使君生別離❹。念君去我時，獨愁常苦悲。
想見君顏色，感結傷心脾❺。念君常苦悲，夜夜不能寐❻。
莫以豪賢故，棄捐素所愛❼。莫以魚肉賤，棄捐蔥與薤❽。
莫以麻枲賤，棄捐菅與蒯❾。出亦復苦愁，入亦復苦愁。
邊地多悲風，樹木何翛翛❿。從君致獨樂，延年壽千秋。

【註釋】

❶ 黃節《漢魏樂府風箋》：「蒲生篇但為棄婦之詞，與魏武無當也，知其非魏武作矣。」認為本詩是甄后遭讒被棄之作。

❷ 蒲：植物名，蒲柳，即水楊。離離：盛多貌，下垂貌。

❸ 傍：旁人。謂旁人以為魏文帝能行仁義於我。

❹ 眾口鑠黃金：眾口可以熔金，喻人言可畏。鑠：音ㄕㄨㄛˋ（shuò），熔化。

❺ 感結：心情鬱結。心脾：心臟與脾臟，亦指心。

❻ 寐：睡。

❼ 棄捐：拋棄，廢置。素：向來。此喻婦女被丈夫遺棄。

❽ 薤：音ㄒㄧㄝˋ（xiè），多年生草本植物，葉細長，鱗莖和嫩葉可以吃。

❾ 枲：音ㄒㄧˇ（xǐ），大麻的雄株，纖維可織麻布，亦泛指麻。菅：音ㄐㄧㄢ（jiān），植物名，多年生草本，葉片線形、細長，根堅韌，可作掃帚。蒯：音ㄎㄨㄞˇ（kuǎi），草名，多年生草本，多叢生在水邊，莖可編席，也可造紙。《左傳·成公九年》：「雖有絲麻，無棄菅蒯。雖有姬姜，無棄蕉萃。」

❿ 翛翛：音ㄒㄧㄠ ㄒㄧㄠ（xiāo xiāo），一作「蕭蕭」，隨風搖動貌。

【傳略】 皇后，中山無極人，明帝母也。九歲喜書，視字輒識。數用諸兄筆硯，兄曰：「汝當作博士耶？」后答曰：「觀古者賢女，未有不覽前世成敗為己戒者，不知書，何繇見之？」袁紹據鄴，為中子熙納焉，及曹操破紹，文帝私納為夫人，後為郭后所譖，賜死。明帝即位，追謚文昭皇后也。魏書有司奏建長秋宮，帝璽書迎后，詣行在所，后上表稱謝曰：「妾聞三代之興，所以享國長久，垂祚後嗣，無不繇后妃焉。故必審選其人，以興內教今。踐祚之初，誠宜登進賢淑，統理六宮，妾自省愚陋，不任粢盛之事，加以寢疾，敢守微志。」璽書三至，而后三讓，言甚懇切。

【鍾評】 婉樸有漢樂府遺言。

兩晉南北朝隋代編

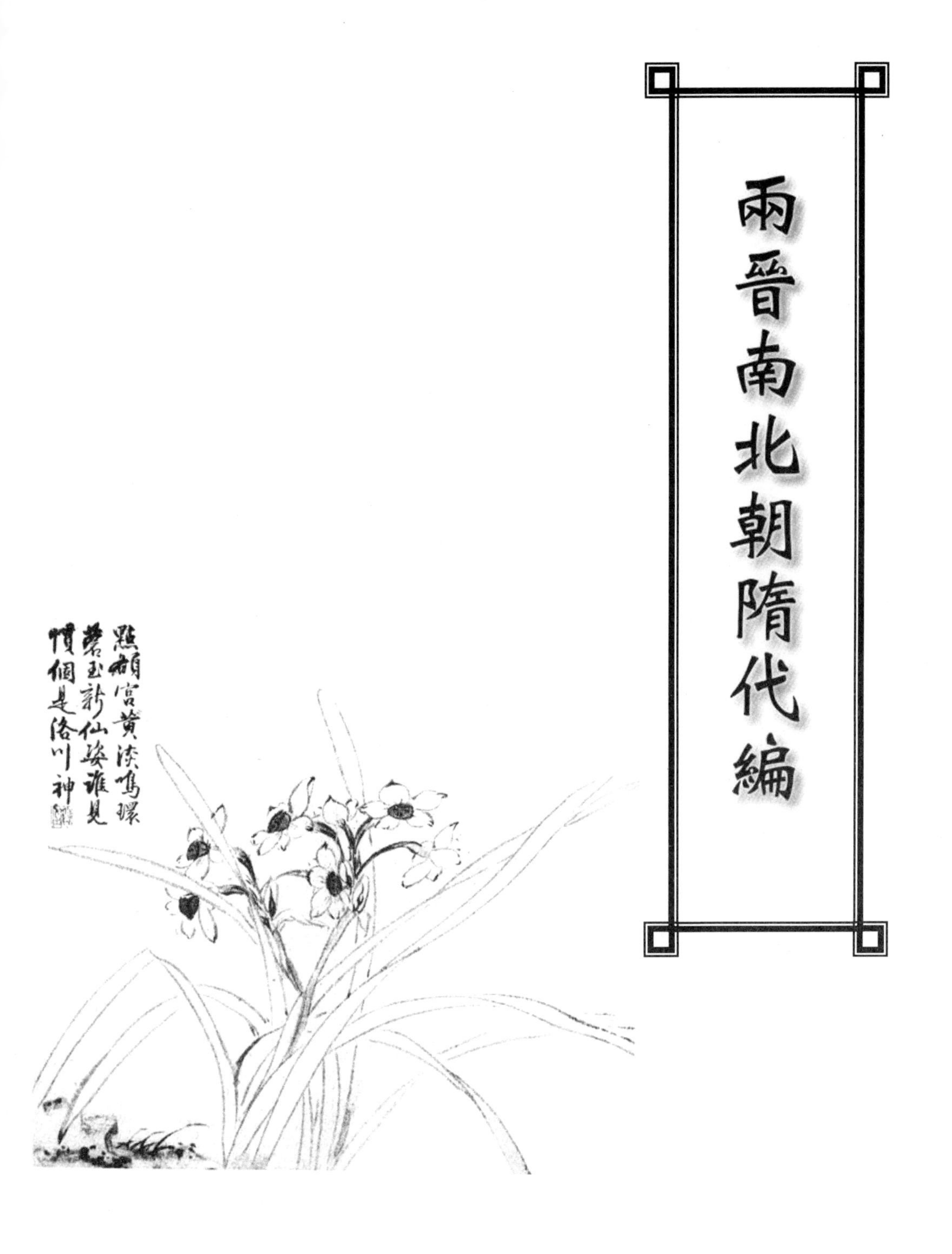

啄木詩

左貴嬪

南山有鳥，自名啄木❶。饑則啄樹，暮則巢宿。
無干於人，惟志所欲❷。性清者榮，性濁者辱❸。

【註釋】

❶ 啄木：鳥名，為樹棲攀禽。譚友夏云：「自名趣甚，與可憐鳥、白鳥，強言知天曙，亦趣在強言二字。」
❷ 干：求。
❸ 性清兩句：自言求性情之清而不濁、榮而不辱。鍾評曰：「譚友夏云：『淑女之言有品有識，從學問中出。』從性中分清濁，從清濁分榮辱。大賢明悟根本語，妙在說得斬截。」

【傳略】 名芬，兄思。芬少好學，善綴文，名亞於思，武帝聞而納之。泰始八年，拜修儀，受詔作愁思之文，因為〈離思賦〉。後為貴嬪，姿陋無寵，以才德見稱。體羸多患，常居薄室。帝每遊華林，輒回輦過之，言及文義，辭對清華，左右侍聽，莫不稱美。及元皇后楊氏崩，芬獻誄。咸寧三年，納悼后，芬於坐，受詔作頌。帝女萬年公主薨，帝痛悼不已，詔芬為誄，其文甚麗。帝重芬辭藻，方物異寶，必詔芬為賦頌，屢獲恩賜焉。芬兄詩書及雜賦數十篇，並行於世。

【鍾評】 詠物詩，說性情，妙矣。卻又以明達語與物理印證，唯杜工部詩獨擅其美，不知原本實在此。

答兄感離詩

左貴嬪

自我離膝下，倏忽踰載期❶。邈邈情彌遠，再奉將何時❷？披省所賜告，尋玩悼離詞❸。彷彿想容儀，歔欷不自持❹。何時當奉面，娛目於詩書❺。何以辨厥苦，告情於文辭❻。

【註釋】

❶ 倏忽：頃刻，指極短的時間。踰：超過。

❷ 邈邈：遙遠貌。彌：益，更加。奉：侍候。

❸ 披省：猶披覽。尋玩：推求玩味。悼離詞：哀悼死者的文章。

❹ 容儀：容貌舉止，容貌儀表。歔欷：音ㄒㄩ ㄒㄧ（xū xī），悲泣抽噎。自持：自我克制。

❺ 娛目：悅目。

❻ 厥：代詞，其。告情：表達情思。文辭：文章。

【鍾評】 至親感離，一言不及其他，止說向詩書上邊去。想見太沖兄妹淹雅沈博之氣，即閨門之內，亦以著書立言為己任。

登山

謝道韞

峨峨東嶽高，秀極沖青天❶。巖中間虛宇，寂寞幽以玄❷。非工復非匠，雲構發自然❸。氣象爾何物？遂令我屢遷❹。逝將宅斯宇，可以盡天年❺。

【註釋】

❶ 峨峨：山嶽高聳之貌。東嶽：指泰山。在今山東省境，又名岱宗、岱岳。

❷ 間：夾雜，穿插。虛宇：空穴。幽以玄：幽暗而深奧。

❸ 工、匠：指人工造就。雲構：高山上的巖洞。

❹ 氣象：宇宙造化之景象。屢遷：多次遷徙。鍾評曰：「我屢遷，非屢遷我也。情性正定，即目前變幻，不足以亂之，故微隱言之，其理自足。」

❺ 宅斯宇：以岩穴為居室。宅：居住。盡天年：安享天年。天年：自然的壽數。

【傳略】 東晉安西將軍謝奕女，左將軍王凝妻也，聰識有辯。叔父安石內集，與兒女講論文義，俄而雪驟下，公欣然倡曰：「大雪紛紛何所似？」安兄子朗曰：「撒鹽空中差可擬。」道韞曰：「未若柳絮因風起。」安大悅，世稱謝庭聯句。韞所作詩賦誄頌，並傳於世。

擬嵇中散詠松❶

謝道韞

遙望山上松，隆冬不能凋。願想遊下憩，瞻彼萬仞條❷。騰躍未能升，頓足俟王喬❸。時哉不我與，大運所飄颻❹。

【註釋】

❶ 嵇中散：三國魏嵇康，官至中散大夫，故世稱「嵇中散」。好老、莊之學，擅四言詩。與山濤、阮籍等人為友，世稱「竹林七賢」。曾作〈游仙詩〉，首二句為「遙望山上松，隆谷郁青葱」。

❷ 遊下憩：在青松下遨遊休息。萬仞條：立於高山上的松樹枝條。仞：古代長度單位。七尺為一仞；一說，八尺為一仞。

❸ 頓足：以腳跺地，形容著急、無奈之貌。俟：等待。王喬：神話傳說中的仙人。漢·劉向《列仙傳》：「王子喬者，周靈王太子晉也。好吹笙作鳳凰鳴，遊伊洛之間，道士浮丘公接以上嵩高山。三十餘年後，求之於山上，見柏良，曰：『告我家，七月七日，待我於緱氏山巔。』至時，果乘白鶴駐山頭。望之不得到，舉手謝時人，數日而去。」亦稱為「王喬」、「王子晉」。

❹ 大運所飄颻：隨著命運飄蕩。颻：隨風飄動。

【鍾評】 雅靜無囂煩之氣，正以擬似為工。

團扇歌（三首）

桃葉

七寶畫團扇，燦爛明月光❶。與郎卻暄暑，相憶莫相忘❷。

其二

青青林中竹，可作白團扇。動搖郎玉手，因風托方便❸。

其三

團扇復團扇，許持自障面❹。憔悴無復理，羞與郎相見❺。

【註釋】

❶ 七寶：多種寶物繪飾。團扇：圓形有柄的扇子，古代宮內多用之，又稱宮扇。
❷ 卻暄暑：消除暑熱之氣。
❸ 玉手：潔白如玉的手。方便：便利。鍾評曰：「十字中，有有無限感恩托愛念頭。」
❹ 障面：遮蔽面孔。
❺ 憔悴：黃瘦，瘦損。理：梳理，整理。

【傳略】王獻之妾也。獻之歌曰：「桃葉復桃葉，渡江不用楫。但渡無所苦，我自來迎接。」桃葉遂答團扇歌三首。

【鍾評】三首俱有微順自將意。樂府桃葉歌有感郎獨採我句，感字獨字俱體貼得情事出。

懊儂歌❶

綠珠

絲布澀難縫，令儂十指穿❷。黃牛細犢車，游戲出孟津❸。

【註釋】

❶ 懊儂：亦作「懊憹」，語出《傷寒論》。據汪必昌《醫階辨證》曰：「懊儂之狀，心下熱如火灼不寧，得吐則止」。是胸臆間一種燒灼雜感的症狀。一般指心中煩悶，心亂之感。
❷ 絲布：絲綢與布，古代布為麻織品。澀：不滑潤。儂：我。鍾評曰：「勤心苦力，不復綴怨。」
❸ 犢：小牛。孟津：古黃河津渡名，在今河南省孟津縣東北。相傳周武王在此盟會諸侯並渡河，故一名盟津。

【傳略】南海梁氏女，有容貌，石崇以珍珠三斛買之，因號綠珠。大將軍孫秀求之，竟不許，崇曰：「我為爾得罪。」珠泣曰：「當效死於君前。」因自投於金谷樓下而死。秀怒誅

崇，珠嘗作懊儂歌。

【鍾評】 愉意甚閒，殊有達人深致。若使怨恨無端，便覺情事不衷，不能視死如歸矣！石家金谷俗豔事乃有此人。

宛轉歌（二首）　　劉妙容

月既明，西軒琴復清。寸心斗酒爭芳夜，千秋萬歲同一情❶。
歌宛轉，宛轉淒以哀❷。願為星與漢，形影共徘徊❸。

其二

悲且傷，參差淚成行❹。低紅掩翠方無色❺，金徽玉軫為誰鏘❻。
歌宛轉，宛轉清復悲。願為煙與霧，氤氳對容姿❼。

【註釋】

❶ 寸心：指心，舊時認為心的大小在方寸之間，故名。斗，古代酒器。千秋萬歲：千年萬年，形容歲月長久。譚友夏云：「前四語，如花如水。」
❷ 宛轉：委婉隨和，曲折變化。
❸ 漢：指銀漢，即天河。影：光影。徘徊：流連，留戀。
❹ 參差：長短不齊貌。
❺ 鍾評曰：「此句幽細處，在一方字，然亦漸有鬼魅氣。」
❻ 徽：琴徽，此指琴。軫：音ㄓㄣˇ（zhěn），弦樂器上繫弦線的小柱，可轉動以調節弦的鬆緊；此指弦。鏘：音ㄑㄧㄤ（qiāng），金玉相擊聲。
❼ 氤氳：音ㄧㄣ ㄩㄣ（yīn yūn），氣或光色混和動蕩貌。鍾評曰：「煙霧氤氳，不用掩字、映字，卻用對字，知其落想高妙。」

【傳略】 字稚華，賢令劉惠明女也。大婢春條，小婢桃枝，皆善箜篌，歌宛轉歌，相繼俱卒。後有會稽王敬伯者，為東宮衛佐，過吳，登中渚亭，望月倚琴歌泣露之詩，俄見一女子，謂敬伯曰：「女郎悅君之琴，願共撫之。」既而女郎至，委宛婉麗，綽有餘態。從二少女，女郎命大婢酌酒，小婢彈箜篌，女郎脫金釵，扣絃而和之。將去，留錦臥具、繡香囊遺敬伯，敬伯報以牙火籠、玉琴軫，悵然別去。敬伯至虎牢戍，會惠明舟中亡臥具，於敬伯舡獲焉。敬伯具以告，果於帳中得火籠、琴軫，乃知三女為妙容、春條、桃枝也。

定情聯句

李夫人

室中是阿誰❶，歎息聲正悲。歎息亦何為？但恐大義虧❷。大義同膠漆，匪石心不移❸。人誰不慮終？日月有合離❹。我心子所達，子心我所知❺。若能不食言，與君同所宜❻。

【註釋】

❶ 鍾評曰：「情薄處，正在此一問。」

❷ 大義：夫婦之義，謂婚姻。

❸ 膠漆：膠與漆，黏結之物，比喻情誼極深，親密無間。匪石：非石，不像石頭那樣可以轉動，形容堅定不移。鍾評曰：「昧心漢，專借古人經傳語飾非。」

❹ 合離：聚合與分離。鍾評曰：「善於自處，非故作寬解語也。學問經濟正在用寬緩一著，郭槐妒婦，那得不屈膝。」

❺ 鍾評曰：「謬作知心語，令人作嘔。」

❻ 食言：言已出而又吞沒之，謂言而無信。所宜：適宜，妥當。鍾評曰：「若能二字冷，不食言三字深，只就上兩句，已洞徹充胸中事矣。若他人定情時，邀盟設誓，便非英雄有志節事。」

【傳略】 賈充前妻李氏，淑美有才行，生二女，一名荃，一名濬。父豐誅，李氏坐流徙。後娶城陽太守郭配女，即廣城君槐也。武帝踐祚，李以大赦得還，帝特詔充置左右夫人，充母亦敕充迎李氏。郭槐怒，攘袂數充曰：「佐命之功，我有其分，李那得與我竝！」充乃答詔，託以謙沖，不敢當兩夫人盛禮，實畏槐也。而荃為齊攸王妃，欲令充遣郭而還其母，充乃為李築室於永年里而不往來。荃、濬每號泣請充，充竟不往。會充當鎮關右，公卿供帳祖道，荃、濬懼充遂去，乃排幔出於坐中，叩頭流血，向充及群僚陳母應還之意。眾以荃王妃，皆驚起而散，充甚愧愕。既而郭槐女為皇太子妃，帝乃下詔斷如李氏皆不得還，後荃恚憤而薨。初，槐欲省李氏，充曰：「彼有才氣，卿往，不如不往。」及女為妃，槐乃盛威儀而去。既入戶，李氏出迎，槐不覺腳屈，因遂再拜。自是充每出行，槐輒使人尋之，恐其過

李也。初，充母柳見古今重節義，竟不知充與成濟事，以濟不忠，數遣罵之。侍者聞之，無不竊笑。及將亡，充問所欲言，柳曰：「我教汝迎李新婦尚不肯，安問他事！」遂無言。及充薨後，李氏二女乃欲令其母祔葬，賈后弗之許也。及后廢，李氏乃得合葬。李氏作《女訓》行於世。

【鍾評】 此等對答，寧獨奪妒婦之膽，即奸貪作用，已被他籠絡盡矣！此正不繇才氣過人，當緣性情堅密耳。乃知柳母令辱成濟，卻不知李夫人之早智也。

子夜歌（選四）

子夜

其一

芳是香所為，冶容不敢當❶。天不奪人願，故使儂見郎❷。

其二

宿昔不梳頭，絲髮被兩肩❸。婉伸郎膝上，何處不可憐❹。

其三

始欲識郎時，兩心望如一❺。理絲入殘機，何寤不成匹❻。

其四

儂作北星辰，千年無轉移❼。歡行白日心，朝東暮還西❽。

【註釋】

❶ 香：香奩，婦女妝具，是盛放香粉、鏡子等物的匣子。冶容：艷麗的容貌。
❷ 儂：吳地人自稱，意即「我」。
❸ 宿昔：從前，往日。被：覆蓋。鍾評曰：「寫出嬌懶。」
❹ 可憐：值得憐惜，可愛。
❺ 鍾評曰：「望字即仰望望字，『兩心望如一』，比『願得一心人』更曲更媚。」
❻ 絲：諧「情思」之「思」。與匹諧「匹配」的「匹」意同。寤：醒悟，覺醒。
❼ 北星辰：北極星。
❽ 歡：男女用來稱呼其所愛者。還：音ㄏㄨㄢˊ（huán），轉，旋即。

【傳略】 子夜，晉女子也。嘗造曲，聲過哀苦，因有四時行樂之詞，謂之子夜四時歌。

【鍾評】（其一）譚友夏云：女郎有極誇口語，有極謙讓語。總之，遇有情人，誇口亦妙，謙讓亦妙。

擬青青河畔草

鮑令暉

裊裊凌窗竹，藹藹垂門桐❶。灼灼青軒女，泠泠高堂中❷。明志逸秋霜，玉顏掩春紅❸。人生誰不別，恨君早從戎❹。鳴弦慚夜月，紺黛羞春風❺。

【註釋】

❶ 裊裊：音ㄋㄧㄠˇ ㄋㄧㄠˇ（niǎo niǎo），搖曳不定貌。藹藹：茂盛貌。
❷ 灼灼：鮮明貌。泠泠：幽深闃寂。高堂：高大的廳堂，大堂；借指華屋。鍾評曰：「泠泠二字，在高堂上看出，幽深闃寂，如有人孤坐其中，此與空閨易成響。小膽空房怯，皆妙於以屋宇形容美人愁怨之態。」
❸ 玉顏：形容美麗的容貌，多指美女。
❹ 從戎：投身軍旅。鍾評曰：「作此解嘆，下句方深。」
❺ 鳴弦：撥動琴弦，使之作響。紺：音ㄍㄢˋ（gàn），天青色，深青透紅之色。黛：青黑色的顏料，古時女子用以畫眉。

【傳略】 鮑照之妹，歌詩卓絕清巧，擬古尤勝。明遠嘗答武帝云：「臣妹才自亞於左芬、臣才不及太沖耳。」

擬客從遠方來

鮑令暉

客從遠方來，贈我漆鳴琴。木有相思文，鳴有別離音❶。
終身執此調❷，歲寒不改心❸。願作陽春曲，宮商長相尋❹。

【註釋】

❶ 相思：彼此想念，相思又可指相思木。《述異記》：「昔戰國時，魏國苦秦之難，有以民從征，戍秦久不返，妻思而卒。既葬，冢上生大木，枝葉皆向夫所在而傾，因謂之相思木。」鍾評曰：「兩句興意相反，兩有字相呼應，三百篇興亦有此。」

❷ 鍾評曰：「語氣勁直，不敢負心，只此五字盡之，不必有下句矣。」

❸ 歲寒：原指寒冬歲末，以喻老年。

❹ 陽春曲：古代歌曲名，是一種高雅難學的曲調。宮商：我國古代五聲音階宮、商、角、徵、羽，是樂律之本。宮商是其中兩個鄰近音階。相尋：相隨。謂如陽春曲中的宮商音階，永相依附。

【鍾評】擬作正以深古為佳，而奧響奇情尤須高出於原作之上。令暉清細簡約，雖不足繼響前人，要不似時體活套也。

寄行人

鮑令暉

桂吐兩三枝，蘭開四五葉。是時君不歸，春風徒笑妾❶。

【註釋】

❶ 徒：副詞；但，僅，只。鍾評曰：「情思警敏，在是時字、徒字。」

青溪小姑歌（二首）

青溪小姑

日暮風吹，落葉依枝。丹心寸意，愁君未知❶。

其二

歌闕夜已久，繁霜侵曉幕❷。何意空相守？坐待繁霜落。

【註釋】

❶ 丹心：赤誠的心。

❷ 繁霜：濃霜。

【傳略】青溪，地名，小姑所居，蔣子文第三妹也。

【鍾評】譚友夏云：上二語詠之有味，下遂吞吐情深。

西陵歌

蘇小小

妾乘油壁車❶，郎騎青驄馬❷。何處結同心？西陵松柏下❸。

【註釋】

❶ 油壁車：古人乘坐的一種華麗車子，因車壁用油塗飾，故名。為古代貴婦人所乘坐。

❷ 青驄：毛色青白相雜的駿馬。驄：音ㄘㄨㄥ（cōng）。

❸ 西陵：陵墓名。南朝齊錢塘名妓蘇小小之墓。

【傳略】樂府廣詩曰：「蘇小小，錢塘名倡也，蓋南齊時人。西陵在錢塘江西，歌云：『西陵松柏下』是也。」一云：「蘇小小，一名簡簡。錢塘名妓也。」宋司馬槱時夢小小搴帷而作歌，後蘇子瞻出遊西陵，尋其墓，在西陵山下，立碑記焉。

【鍾評】淫氣鬼氣，只可作夢中事。不然，何得有此褻昵聲口。

婕妤怨❶

劉令嫻

日落應門閉，愁思百端生❷。況復昭陽近，風傳歌吹聲❸。寵移終不恨，讒枉太無情❹。只言爭分理，非妒舞腰輕❺。

【註釋】

❶ 一作「和班婕妤」。

❷ 百端：百感；眾多思緒。鍾評曰：「愁思百端生，著別處不妙，愁苦真境，正在落日閉門時，非聰明閱歷人不能知。應字想去尤悲。」
❸ 昭陽：漢宮殿名，後泛指后妃所住的宮殿。《三輔黃圖·未央宮》：「武帝時，後宮八區，有昭陽……等殿。」歌吹：歌聲和樂聲。
❹ 讒枉：誹毀冤屈。鍾評曰：「說自家品地，責備他人短行，聲口皆委曲。」
❺ 舞腰輕：指漢成帝皇后趙飛燕。善歌舞，因體輕如燕，故稱為「飛燕」。成帝時入宮，為婕妤，極得成帝寵幸，許后廢，被立為皇后，擅寵十餘年。

【傳略】 劉孝綽之妹，徐悱妻也。孝標三妹，並有才學，而令嫻最幼，所稱劉三娘者是也。其兄孝綽罷官不出，為詩題其門曰：「閉門罷慶弔，高臥謝公卿。」令嫻續之曰：「落花掃仍合，聚蘭摘復生。」文尤清拔。悱為晉安郡卒，喪還建鄴，令嫻為文祭之，辭甚悽愴。父勉本欲為哀辭，即見此文，乃閣筆。蕭詔稱劉孝儀諸妹文彩艷質，甚於神人也。

【鍾評】 女人作女人詩，專妙在曲於回護。

聽百舌

劉令嫻

庭樹旦新晴，臨鏡出雕楹❶。風吹桃李氣❷，過傳春鳥聲❸。盡寫山陽笛，全作洛濱笙❹。注意留歡聽❺，誤令粧不成。

【註釋】

❶ 旦：天，某日。新晴：天剛放晴。雕楹：飾有浮雕彩繪的柱子。
❷ 桃李氣：桃花、李花的香氣。
❸ 鍾評曰：「桃李氣、春鳥聲，分出已奇。桃李氣，不過傳出春鳥聲，此中生想，豈他人能知，亦實實真境，非此等慧心，便擲卻不省。」
❹ 山陽笛：晉·向秀經山陽舊居，聽到鄰人吹笛，不禁追念亡友嵇康、呂安，因作《思舊賦》。後因以「山陽笛」為懷念故友的典實。洛濱笙：語出漢·劉向《列仙傳·王子喬》：「王子喬者，周靈王太子晉也。好吹笙作鳳凰鳴，遊伊洛之間。」後借指仙人吹笙聲。
❺ 鍾評曰：「有此細心體會，方能寫出風吹桃李氣，過傳春鳥聲十字。」

【鍾評】 幽吟靜想，自然情深。有此佳篇，真不愧一代閨秀。

詠燈

沈滿願

綺筵日已暮，羅幃月未歸❶。開花散鶴采，含光出九微❷。風軒動丹燄❸，水檻淡清暉❹。不畏輕蛾繞，惟恐曉蠅飛❺。

【註釋】

❶ 綺筵：華麗豐盛的筵席。羅幃：羅帳。鍾評曰：「歸字，有情在。」
❷ 鶴采：鶴鳥之風采。含光：蘊含光輝。九微：一棵薇樹最多可以開出九種顏色的花朵：紅橙黃綠青藍紫，外加銀、粉二色，故稱之九微。二句形容燈花璀璨。
❸ 風軒：有窗檻的長廊或小室。丹燄：紅色的火苗，火花。
❹ 水檻：臨水的欄杆。清暉：明淨的光輝。鍾評曰：「此句不說燈字，已明明是矣。詠物詩必如此不即不離，方覺情想俱到。」
❺ 蛾於夜間旋繞，蠅於晨晝撲飛。二句言燈燦於夜間，晨曉則失去光彩。

【傳略】范靖妻也，長於詩，所著甚富。

詠步搖花

沈滿願

珠花縈翡翠❶，寶葉間金瓊❷。剪荷不似製，為花如自生。低枝拂繡領，微步動搖瑛❸。但令雲髻插，蛾眉本易成❹。

【註釋】

❶ 珠花：用珠穿綴而成的花狀頭飾。翡翠：即硬玉，色彩鮮艷的天然礦石，主要用作裝飾品和工藝美術品。
❷ 寶葉：佛家寶樹如菩提樹的葉子。金瓊：黃金和美玉，比喻珍貴之物品。
❸ 瑛：美玉，美石。
❹ 雲髻：高聳的髮髻。蛾眉：蠶蛾觸鬚細長而彎曲，因以比喻女子美麗的眉毛。

【鍾評】此首尚有秀處，雖平調自佳。

木蘭詩

木蘭

唧唧復唧唧，木蘭當戶織。不聞機杼聲，唯聞女歎息❶。問女何所思？問女何所憶？女亦無所思，女亦無所憶。昨夜見軍帖，可汗大點兵❷。軍書十二卷，卷卷有爺名❸。阿爺無大兒，木蘭無長兄。願為市鞍馬，從此替爺征。東市買駿馬，西市買鞍韉。南市買轡頭，北市買長鞭❹。朝辭爺孃去❺，暮宿黃河邊。不聞爺孃喚女聲，但聞黃河流水鳴濺濺❻。旦辭黃河去❼，暮至黑水頭。不聞爺孃喚女聲，但聞燕山胡騎聲啾啾❽。萬里赴戎機❾，關山度若飛。朔氣傳金柝，寒光照鐵衣❿。將軍百戰死，壯士十年歸。歸來見天子，天子坐明堂⓫。策勳十二轉，賞賜百千彊⓬。可汗問所欲，木蘭不用尚書郎⓭。願借明駝千里足，送兒還故鄉⓮。爺孃聞女來，出郭相扶將⓯。阿姊聞妹來，當戶理紅妝。小弟聞姊來，磨刀霍霍向豬羊⓰。開我東閣門，坐我西間床。脫我戰時袍，著我舊時裳。當窗理雲鬢，對鏡貼花黃⓱。出門看火伴，火伴始驚惶⓲：同行十二年，不知木蘭是女郎⓳。雄兔腳撲朔，雌兔眼迷離⓴。兩兔傍地走，安能辨我是雄雌㉑？

【註釋】

❶ 唧唧：歎息聲。機杼：指織機。杼：織梭。

❷ 軍帖：「軍書」，徵兵的文書、名冊。可汗：古代鮮卑、柔然、突厥、回紇、蒙古等民族中最高統治者的稱號。

❸ 十二卷：許多卷。十二形容其多，非指實數。爺：父親。鍾評曰：「質得妙，似焦仲卿詩法。譚友夏云：此等敘法，不詳不妙。」

❹ 市：買。鞍韉：馬鞍下的墊子。轡頭：馬籠頭。

❺ 孃：「娘」，母親。

❻ 濺濺：激流發出的聲響。

❼ 鍾評曰：「辭黃河與辭爺孃，句法變得妙。」

❽ 燕山：一說指自天津市薊縣東南綿延而東直至海濱的燕山山脈。胡騎：胡人的騎兵、軍隊。啾啾：馬鳴聲。譚友夏云：「瑣瑣路程中語，寫離家顧戀如訴。尤妙在語帶香奩，無男子征戍氣。」

❾ 戎機：軍事行動。

❿ 朔氣：北方之寒氣。金柝：即刁斗，古代軍中夜間報更用器。一說金為刁斗，柝為木柝。柝：音ㄊㄨㄛˋ（tuò）。鐵衣：戰士穿戴的鐵甲戰袍。

⓫ 明堂：古代帝王宣明政教的地方。凡朝會、祭祀、慶賞、選士、養老、教學等大典，都在此舉行。

⓬ 策勳：記功勛於策書之上。十二轉：軍功每加一等，官爵隨升一級稱一轉。十二轉極言其功大位高。百千「疆」：一說同「鏹」，音ㄑㄧㄤˇ（qiǎng），成串的錢。一說有餘之意。

⓭ 尚書：官名。始置於戰國時，秦為少府屬官，漢武帝提高皇權，因尚書在皇帝左右辦事，掌管文書奏章，地位逐漸重要。漢成帝時設尚書五人，開始分曹辦事。東漢時正式成為協助皇帝處理政務的官員。魏晉以後，尚書事務益繁。

⓮ 明駝：善走的駱駝。兒：木蘭自稱。

⓯ 扶將：扶持。

⓰ 霍霍：磨刀急速聲。鍾評曰：「七句如見。杜兵車行用爺孃喚女聲等語，而復自注之。草堂舊犬喜我歸，四段亦用此語法，想亦極喜此詩耳。」

⓱ 雲鬢：形容婦女濃黑而柔美的鬢髮。花黃：古時婦女的面飾。

⓲ 火伴：指同行的士兵。古代兵制，軍人以十人為火，共灶飲食，故稱同火者為火伴（伙伴）。驚惶：震驚惶恐，驚慌。

⓳ 鍾評曰：「寫英雄處眾中，光景如見。」

⓴ 撲朔：指雄兔腳毛蓬鬆。迷離：模糊不明，難以分辨。

㉑ 傍地走：在地上相併而跑。傍：倚，依附。譚友夏云：「四語倒在後詠歎一番，木蘭機警英烈之氣，在紙上矣，未可以閒閒比喻讀之。」

【傳略】 梁時人也，代父戍邊十二年，人不知其為女，歸賦戍邊詩一篇。君子曰：「若木蘭者，亦壯而廉矣。使載之《列女傳》，緹縈、曹娥將遜之，蔡琰當低頭愧汗，不敢比肩。」范曄載之本傳。蘇氏以為後人擬作。《古文苑》為此詩直述無含蓄意，又在悲憤一詩之下，信為木蘭所作無疑也。杜牧題木蘭唐詩云：「彎弓征戰作男兒，夢裡曾經學畫眉。幾度思量還把酒，拂雲堆上祝明妃。」

【鍾評】 英雄本色，卻字字不離女兒情事。便有聖賢作用，不是一味英雄人所為。木蘭何人？作木蘭詩者何人也？譚友夏云：從來說生男不如生女，只是作后妃富貴想耳。即健婦持

門戶，亦未及忠孝，緹縈、木蘭、曹娥諸女郎實之。

莫愁樂（二首）　莫愁

莫愁在何處？莫愁石城西❶。艇子打兩槳❷，催送莫愁來。

其二

聞歡下揚州，相送楚山頭。探手抱腰看，江水斷不流。

【註釋】

❶ 莫愁：古樂府中傳說的女子。一說為洛陽人，為盧家少婦。南朝·梁武帝〈河中之水歌〉：「河中之水向東流，洛陽女兒名莫愁。……十五嫁為盧家婦，十六生兒字阿侯。」另一說為石城人（在今湖北省鍾祥縣）。

❷ 艇子：船夫。

【傳略】《唐書·樂志》云：「莫愁樂者，出於石城樂。石城有女子名莫愁，善歌謠。石城樂和中復有忘愁聲，因有此歌。」《古今樂錄》曰：「莫愁樂，亦云蠻樂，舊舞十六人，梁八人。」《樂府題解》曰：「古歌亦有莫愁，洛陽女，與此不同。」

【鍾評】質而變，似古逸諸諺。

寄外詩　陳少女

自君上河梁❶，蓬首臥蘭房❷。安得一樽酒❸，慰妾九迴腸❹。

【註釋】

❶ 河梁：借指送別之地。

❷ 蓬首：形容頭髮散亂如飛蓬。蘭房：猶香閨，舊時婦女所居之室。
❸ 樽酒：杯酒。樽，音ㄗㄨㄣ（zūn）。
❹ 九迴腸：愁腸反覆翻轉，比喻憂思鬱結難解。

【鍾評】 取其語意疏冷，不入怨情，是寄外詩。

餞別自解❶

樂昌公主

今日何遷次❷，新官對舊官。哭啼俱不敢，方信作人難。

【註釋】

❶ 餞別：設酒送別。鍾評曰：「無限情事，在遷次二字。」
❷ 遷次：謂依次提升官職。

【傳略】 陳後主之妹也，封樂昌公主，色豔麗，歸太子舍人徐德言。會陳政方亂，德言知不相保，謂妻曰：「以君之才容，國亡必入權豪之家，斯永絕矣。儻情緣未斷，猶期相見，宜有以信之。」乃破一鏡，各執其半，約曰：「他日比以正月望日賣於都市，我即以訪之。」及陳亡，其妻果歸越公楊素之家。德言至京，如期訪於都市，有蒼頭賣半鏡者，大高其價，人皆笑之。德言引至旅邸，遂言其故，出半鏡以合之，仍題詩曰：「鏡與人俱去，鏡歸人未歸。無復嫦娥影，空留明月輝。」公主得書，悲泣，素因訊之，公主迺以實對。素於是召德言與使，素命公主賦詩，口占一絕，素迺厚遺之，送還江南，聞者莫不感歎。

【鍾評】 老於涉世語，幾於女鄉愿矣！然是苦境迫出。不喜其慷慨，正喜其宛曲，不然則不復合鏡矣。

贈王肅

王肅妻謝氏

本為箔上蠶，今作機上絲❶。得絡逐勝去，頗憶纏綿時❷。

【註釋】

❶ 箔上蠶：箔上被養的蠶。機上絲：織機上的絲。箔：養蠶用的竹篩子或竹席。

❷ 絡：粗絮，此處以絡喻己。勝：玉勝，古時婦女的首飾，此處以喻公主。纏綿：猶綢繆，緊密纏縛貌；指愛悅、親近、情意深厚。鍾評曰：「頗憶兩字，諷喻深厚。」

【傳略】 王肅，字恭懿，瑯琊人，為齊秘書，亟聘江南謝氏為妻。太和十八年，北歸後魏，魏高祖擢肅為尚書令，以長公主妻之，謝氏於是入道為尼，因以詩贈肅，肅甚惆悵，遂造正覺寺憩焉。

【鍾評】 幽情細語，不欲直自陳說，但作引喻，提醒辭意。可想棄婦胸中有一段冷暖自知，不敢向薄倖人叨叨絮絮也。

代王肅答謝氏❶　　陳留長公主

針是貫絲物❶，目中當紝絲❷。得帛縫新去❸，何能納故時？

【註釋】

❶ 詩前序曰：「謝氏，肅故妻也，贈肅以詩，有棄故之怨，因代肅以答之。」

❶ 貫：穿通。

❷ 紝：音ㄖㄣˋ（rèn），織布帛的絲縷。此處指用線穿針孔。

❸ 帛：古代絲織物的通稱。鍾評曰：「新故二字甚狠，何能二字回得直截，令人不堪。此非答謝氏也，直欲牢籠王肅耳。」

【傳略】 王肅後妻也。

【鍾評】 二詩只似子夜讀曲諸歌中妙語耳。其兩相吞吐處，皆露急疾口角，恩怨中俱有淒涼之慮，不得不爾。

醴面辭❶　　盧士琛妻崔氏

取紅花，取白雪，與兒洗面作光悅❷；取白雪，取紅花，與兒洗面作妍華❸。

取花紅，取雪白，與兒洗面作光澤；取雪白，取花紅，與兒洗面作華容❹。

【註釋】

❶ 靧面：「靧」音ㄏㄨㄟˋ（huì），洗臉。古代春日取花和雪水滌面，謂可使面生華容。
❷ 鍾評曰：「光悅著面上奇矣，妙在實實倚著紅花白雪上痴情嬌想，確然有此。」
❸ 妍華：美艷，華麗。
❹ 華容：華麗的姿容。鍾評曰：「四段四轉，不覺其複筆妙。」

【傳略】盧士琛之妻，崔林義之女也。有才學，春日以桃花和雪，與兒靧面，辭以祝之。

【鍾評】如此韻事，須得如此韻文。妍動婉細，可以想其風調。

感琵琶絃斷贈代王達

馮小憐

雖蒙今日寵，猶憶昔時憐。欲知心斷絕，應看膝上絃。

【傳略】後主馮淑妃，大穆后從婢也。穆后愛衰，以五月五日進之，號曰：「續命」。慧黠，能彈琵琶，工歌舞。後主惑之，坐則同席，出則並馬，願得生死一處，命淑妃處隆基堂。淑妃惡曹昭儀所常居也，悉令反換其地。周師之取平陽，帝獵於三堆，晉州亟告急，帝將還，淑妃請更殺一圍，帝從其言。識者以為後主名緯，殺圍言非吉徵。及帝至晉州，城已欲沒矣，作地道攻之，城陷十餘步，將士乘勢欲入。帝敕且止，召淑妃共觀之。淑妃妝點，不獲時至。周人以木拒塞，城遂不下。舊相傳晉州城西上有聖人跡，淑妃欲往觀之。帝恐弩矢及橋，故抽攻城木造遠橋，監作舍人以不速成受罰。帝與淑妃度橋，橋壞，至夜乃還。稱妃有功勳，將立為左皇后，即令使馳取褘翟等皇后服御，仍與之並騎觀戰。東偏少却，淑妃怖曰：「軍敗矣。」帝遂以淑妃奔還。至洪洞戍，淑妃以粉鏡自玩，後聲唱亂賊至，於是復走。內參自晉陽以皇后衣至，帝為按轡，命淑妃著之，然後去。帝奔鄴，太后後至，帝不出迎，淑妃將至，鑿城北門，出十里迎之，復以淑妃奔青州。後主至長安，請周武帝乞淑妃，帝曰：「朕視天下如脫屣，一老嫗豈與公惜也！」仍以賜之。及帝遇害，以淑妃賜代王達，達甚嬖之。達妃為淑妃所譖，幾致於死。隋文帝將賜達妃兄李詢，令著布裙配舂，詢母逼令

自殺。

【鍾評】 幽怨綿邈，寫出亡國之恨，獨不能一死以報後王，卒至名隳身辱，不得與綠珠、貴兒等並傳，惜哉。

自傷

侯夫人

初入承明日❶，深深報未央❷。長門七八載❸，無復見君王。寒春入骨清❹，獨臥愁空房。躧履步庭下❺，幽懷空感傷。平日所愛惜，自待卻非常❻。色美反成棄，命薄何可量。君恩實疏遠，妾意徒徬徨❼。家豈無骨肉，偏親老北堂❽。此身無羽翼，何計出高牆。性命誠所重，棄割誠可傷。懸帛朱棟上，肝腸如沸湯。引頸又自惜，有若絲牽腸。毅然就死地，從此歸冥鄉❾。

【註釋】

❶ 承明：漢代殿名，在未央宮中。此指隋煬帝時王朝宮殿。

❷ 未央：宮名。故址在今陝西省西安市西北長安城故城內西南隅。鍾評曰：「只此一句，寫盡初入時恩怨未明，癡癡迷迷意想。」

❸ 長門：漢武帝陳皇后失寵，別在長門宮。此為侯夫人借陳皇后被棄自喻。

❹ 鍾評曰：「寒春字，便與春寒不同。更妙在入骨清三字，嬌身慧性，轉動自忖，覺紈綺稠疊，似有落落不相屬處，此真薄命有才情女子，經歷盡，方想出。」

❺ 躧履：靸著鞋走。躧：音ㄒㄧˇ（xǐ）。

❻ 鍾評曰：「此等語，皆有志節女子立身處。不然一味爭妍競寵，抹殺不得鄙賤二字。」

❼ 徬徨：徘徊，游移不定。鍾評曰：「要之女人不得不爭妍競寵，亦只畏徒徬徨三字，難過侯夫人決計一死，亦只此三字。」

❽ 偏親：有父無母、或有母無父均叫「偏親」。此指有母無父。北堂：古代士大夫家主婦常居留之處。

❾ 冥鄉：指死後所居之處。

【傳略】 煬帝建迷樓，選良家女數千，以居其中，由是後宮多不得進御。宮女侯夫人有美色，一日自經於棟下，臂繫錦囊，中有文，左右取以進，帝見其詩，反覆傷感，往視其屍曰：「此已死，顏色猶美如桃花。」乃急召中使許廷輔曰：「朕向遣汝擇後宮女入迷樓，汝何故獨棄此人也？」乃令廷輔就獄，賜自盡，厚禮葬侯夫人。帝日誦詩，酷好其文，乃令樂府歌之。

【鍾評】觀其處置一身，亦用許多躊躕顧惜，但寄託不苟人。胸中眼中有不可看處，不可耐處，總難排遣。止為一身，牽纏到底，生出許多挾恩恃寵念頭，又生出許多憂移自固念頭。迺至怨望悲思，亦是無聊中遷延自解，了無實際，何等可愧！侯夫人決計一死，卻使恩寵隆重，真覺他人畏死。本無英雄手段，於此尋思一過，知忠臣節婦，亦非難事。

看梅（二首）　　侯夫人

砌雪無消日，捲簾時自顰❶。庭梅對我有憐意，先露枝頭一點春。

其二

香清寒豔好❷，誰惜似天真。玉梅謝後陽和動❸，散與群芳自在春❹。

【註釋】

❶ 砌雪：堆疊的雪。顰：皺眉。
❷ 寒豔：冷艷。
❸ 玉梅：白梅花。陽和：春天的暖氣。鍾評曰：「此句竟是讖語。」
❹ 群芳：各種花草。

【鍾評】（其一）此處覺不能忘情，有妒羨兩意在。（其二）怨情深處，反在能平，平則漸漸說向理與命上去。蓋其鍛鍊自家情性，甘苦自知，不唯不願人憐，人亦不欲憐之，此從學問工夫，探討實歷便見得。他人榮寵，有穢濁氣；自家冷淡，有矜貴氣也。

書屏風詩

大義公主

盛衰等朝暮，世道若浮萍❶。榮華實難守，池臺終自平❷。
富貴今何在？空事寫丹青❸。盃酒恆無樂，弦歌詎有聲❹。
余本皇家子，飄流入虜庭❺。一朝睹成敗，懷抱忽縱橫❻。
古來共如此，非我獨申名。唯有明君曲，偏傷遠嫁情。

【註釋】

❶ 世道：世間，社會。鍾評曰：「起得悲感寬大。」
❷ 池臺：池苑樓臺。
❸ 丹青：丹，丹冊，記載功勛。青，青史，紀錄史事。丹青泛指史籍。
❹ 詎：副詞，表示反詰，相當於「豈」、「難道」。鍾評曰：「深篤，似漢魏人語。」
❺ 虜庭：古時對少數民族所建政權的貶稱。
❻ 譚友夏云：「千古事二姓人，同愧此語。」

【傳略】 大義公主者，趙王昭女千金公主也。周主贇以之妻突厥。和親後，趙王昭惡楊堅專政，邀堅酣飲，將刺殺之。不克，反為堅所誣殺。及楊堅篡周，公主傷宗祀覆滅，言於西面突厥沙鉢略，統兵伐隋。後因突厥勢弱，講和。公主乃請改姓楊氏，隋遂封之為大義公主。及滅陳後，以陳叔寶屏風賜公主，公主傷感，題詩屏上，隋主聞而惡之，禮賜益薄。公主復連結西面突厥，隋主慮其為患，遣長孫晟發公主私事廢之，恐突厥不從，遣牛弘將美妓四人啖之。適沙鉢略之姪染于，號突利可汗求婚，隋主使裴炬謂之曰：「當殺大義公主方許。」突利乃譖而殺之。

【鍾評】 公主以一女子嫁虜，家國破亡，志篤君親，克復不遂，情見乎詩。與唐竇后何異？竇事成而上竟為隋所忌搆死。然千古女英雄豈可以成敗論也。其詩壯樸，亦豈陳隋人所及？

十索曲（前四首）

丁六娘

其一

裙裁孔雀羅，紅綠相參對❶。映以蛟龍錦❷，分明奇可愛。麤細君自知❸，從郎索衣帶。

其二

為性愛風光，生憎良夜促❹。曼眼腕中嬌，相看無厭足❺。歡情不奈眠，從郎索花燭❻。

其三

君言花勝人，人今去花近。寄語落花風，莫吹花落盡。欲作勝花嬌，從郎索紅粉❼。

其四

二八好容顏❽，非意得相關。逢桑欲採折，尋枝倒嬾攀。欲呈纖纖手，從郎索指環❾。

【註釋】

❶ 孔雀：鳥名。頭上有羽冠。雄鳥頸部羽毛呈綠色，多帶有金屬光澤。尾羽延長成巨大尾屏，上具五色金翠錢紋，開屏時如彩扇，尤為艷麗。鍾評曰：「古人作詩，專于濃處作疏宕語，今人便不復為此矣。即有意為之，亦不復如此靈動。」

❷ 蛟龍：古代傳說的兩種動物，居深水中。相傳蛟能發洪水，龍能興雲雨。

❸ 麤：即粗。

❹ 良夜：美好的夜晚。

❺ 曼眼：曼妙的眼神。厭足：即饜足，滿足。

❻ 歡情：歡愛的感情，歡樂的心情。花燭：猶彩燭。舊多用於結婚的新房中，上面多用龍鳳圖案為飾，故稱。

❼ 紅粉：婦女化妝用的胭脂和鉛粉。

❽ 二八：即十六歲，謂正當青春年少，多言女子。

❾ 纖纖：女手柔細貌。指環：以金屬或寶石製成的小環，約於指上，作為飾物或信物。今稱戒指。

唐五代編

秋風函谷關應詔

徐賢妃

秋風起函谷❶，朔氣動河山❷。偃松千嶺上❸，雜雨二陵間。低雲愁廣隰❹，落日慘重關❺。此時飄紫氣❻，應念真人還❼。

【註釋】

❶ 函谷：關名，古關為戰國秦置，在今河南靈寶縣境。因其路在谷中，深險如函，故名。漢元鼎三年移至今河南新安縣境，去故關三百里。
❷ 朔氣：北方的寒氣。
❸ 偃：音ㄧㄢˇ（yǎn），仰臥，安臥。
❹ 隰：音ㄒㄧˊ（xí），低濕的地方。
❺ 重關：一重又一重的關塞，形容路途遙遠艱險。重，音ㄔㄨㄥˊ（chóng）。
❻ 紫氣：紫色雲氣，古代以為祥瑞之氣，亦附會為帝王、聖賢等出現的預兆。
❼ 真人：道家所言存養本性或修真得道的人；或謂奉天命降生人世的真命天子。

【傳略】 賢妃，名惠，湖州人，孝德女也。四歲誦《論語》及詩，八歲善屬文，父嘗使擬《離騷》，即為〈小山篇〉，太宗聞之，納為才人。貞觀末，上疏極諫征伐土木之煩，帝善其言，優賜之。帝崩，哀慕成疾，不肯進藥，曰：「上遇我厚，得先侍園寢，吾志也。」復為詩連珠以見意。永徽元年卒，贈賢妃。

長門怨❶

徐賢妃

舊愛柏梁臺❷，新寵昭陽殿❸。守分辭芳輦❹，含情泣團扇❺。一朝歌舞榮，夙昔詩書賤❻。頹恩誠已矣❼，覆水難重薦❽。

【註釋】

❶ 長門：漢代宮名。陳皇后失寵，別在長門宮，後以「長門」借指失寵女子所居寂寥淒清之宮院。又樂府《相和歌辭》中亦有〈長門賦〉者，相傳為司馬相如代陳皇后所作，後人因其賦而為〈長門怨〉也。

❷ 柏梁臺：漢代臺名，漢武帝時建立，以香柏為梁，故稱為「柏梁臺」。故址在今陝西省長安縣西北長安故城內。此泛指宮殿。
❸ 昭陽殿：漢代宮殿名，本為漢武帝所築，成帝時，為趙飛燕姐妹所居住；後泛指皇后或受寵幸的嬪妃所住的宮殿。
❹ 守分：安守本分。輦：音ㄋㄧㄢˇ（niǎn），本指以人力挽行、推拉的車，秦漢後專指帝王后妃之座車。
❺ 團扇：圓形有柄的扇子，古代宮內多用之，又稱宮扇。漢・班婕妤曾作〈怨歌行〉一詩，有「裁為合歡扇，團團似明月」之句，故見捐團扇被喻為失歡、失寵的人。
❻ 夙昔：泛指昔時，往日。賤：廢棄，謂棄而不用。
❼ 頹恩：指逝去的恩寵。頹：音ㄊㄨㄟˊ（tuí）。誠：的確，確實。
❽ 覆水：已倒出的水，喻事已成定局，即既定的事實很難再改變。重薦：屢次，重複。

如意曲

武后

看朱成碧思紛紛❶，憔悴支離為憶君。不信比來常下淚❷，開箱驗取石榴裙❸。

【註釋】

❶ 看朱成碧：把紅的看成綠的，比喻心思迷亂，目眩而不辨五色。紛紛：多而雜亂的樣子。
❷ 不信：猶言難道。比來：從前，原來。
❸ 石榴裙：朱紅色圓裙，泛指婦女的裙子。

【傳略】 名曌，則天皇后也。文水人，初為太宗才人，賜號武媚。帝崩，為比丘尼，高宗引納后宮，拜為昭儀，後竟廢王皇后而立為后。然性多淫亂，嬖幸諸臣，紊亂朝政。及中宗立，徙上陽宮，年八十一崩。

【鍾評】 老狐媚甚，不媚不惡。

遣使宣詔幸上苑

武后

明朝遊上苑❶，火速報春知❷。花須連夜發❸，莫待曉風吹❹。

【註釋】

❶ 上苑：供帝王遊賞或打獵之皇家園囿。
❷ 火速：急速，謂以極快的速度。
❸ 連夜：徹夜。
❹ 曉風：清晨的微風。

【鍾評】 如此宣使，無謂得可笑，而卒使神其事，未必非天之助虐也。天地間一種事，總由天使，非人之所能為也。

綵書怨

上官婉兒

葉下洞庭初，思君萬里餘。露濃香被冷，月落錦屏虛❶。欲奏江南曲❷，貪封薊北書❸。書中無別意，惟悵久離居❹。

【註釋】

❶ 香被：薰香的被褥；錦屏：華麗的屏風，二者借代為女子閨房。
❷ 江南曲：樂府〈相和曲〉名，也稱〈江南可采蓮〉，古辭寫江南采蓮時的景色，純用白描。
❸ 貪封：急切地封好欲寄之信。薊：音ㄐㄧˋ（jì），古地名，在今北京城西南隅。
❹ 悵：音ㄔㄤˋ（chàng），怨望，失意。

【傳略】 婉兒，西臺侍郎儀之孫女，父應芝，母鄭氏，太常少卿休遠之姊。方娠時，夢巨人畀大秤曰：「持以秤量天下。」及生踰月，母戲曰：「秤量者，豈爾耶？」啞然應。婉兒始生，即與母配入掖庭。既長，辯慧能文，習吏事，武后愛之，拜婕妤，秉機政。中宗即位，為昭容，掌制命。景龍初，勸帝置修文館，選公卿善為文者，李嶠等二十餘人為之。帝每引名儒賜宴賦詩，令昭容第其甲乙，悉符大秤之夢。又常代帝及后、長寧、安樂二公主諸篇，采麗益新。時屬辭者，大抵浮靡，然所得皆有可觀，昭容力也。與崔湜亂，韋后敗，斬闕下。有集二十卷，開元初，裒次其文章，詔張說為之序。

【鍾評】 能得如此一氣清老，便不必奇思佳句矣，此唐人所以力追聲格之妙也。既無此高渾，卻復鏟削精彩，難乎其為詩矣。

送兄

七歲女子

別路雲初起❶，離亭葉正飛❷。所嗟人異雁，不作一行歸❸。

【註釋】

❶ 別路：離別的道路。
❷ 離亭：古代建於離城稍遠的道旁供人歇息的亭子，古人往往於此送別。
❸ 一行歸：本指群雁飛行的行列，排列整齊、井然有序的樣子。古禮則用「雁行」以比喻兄弟關係，見《禮記·王制》云：「父之齒隨行，兄之齒雁行，朋友不相踰。」

【傳略】 如意中有七歲女子能詩，武后令賦〈別兄詩〉，應聲而成。

【鍾評】 幽情歷亂，黯黯難言，偶舉所見言之，正使離緒難平。何以七歲女子，便情深意激了爾，惜其姓名不傳也。

戰袍詩

兵士妻

沙場征戍客，寒苦若為眠❶。戰袍經手作❷，知落阿誰邊❸？蓄意多添線❹，含情更著綿❺。今生已過也，願結後生緣。

【註釋】

❶ 若為：怎能。
❷ 經手：親自經管、辦理之意，此指親手製作戰袍。
❸ 阿誰：疑問代詞，猶言誰，何人。

❹ 蓄意：存心，有意，指蘊積已久的意念，亦作「蓄念」。
❺ 指織戰袍者帶著情意鋪袍中之棉。

【傳略】 開元中賜邊軍纊衣，製於宮人。有兵士袍中得詩，以白帥，帥呈明皇，明皇以詩遍示宮中，曰：「作者勿隱，不汝罪也。」一宮人自言萬死，明皇深閔之，遂以嫁兵士，曰：「吾與爾結今生緣也。」邊人感悅。

【鍾評】 此中止著得憐字，初未嘗有他志也，後人正以其出配一節，便生幾許有情之事。觀其氣語，亦甚靜正，且其偶然作詩，亦不料及如何結束，若必一詩可以作合，則欲效顰者不少矣，何至今尚寥寥也？

臨鏡曉妝

楊容華

宿鳥驚眠罷❶，房櫳乘曉開❷。鳳釵金作縷❸，鸞鏡玉為臺❹。妝似臨池出❺，人疑向月來❻。自憐方未已❼，欲去復徘徊❽。

【註釋】

❶ 宿鳥：歸巢棲息的鳥。驚眠：驚破睡眠。
❷ 房櫳：亦作「房籠」，指窗櫺。櫳、籠古通，音ㄌㄨㄥˊ（lóng）。乘曉：趁著天亮。
❸ 鳳釵：釵的一種，古代婦女高貴的頭飾，有挽髻和美化儀容雙重用途。初秦始皇命人用金銀製成鳳形釵頭，用玳瑁為釵身，稱為「鳳釵」，作為宮人的頭飾。其後歷代風俗亦多用作貴婦之頭飾，唯形狀隨時代喜好，並無一定造形。縷：本指線，麻線，泛指細而長的東西；這裡做為量詞，用於細而長的事物。
❹ 鸞鏡：指鸞鳥形製的妝鏡。鸞，音ㄌㄨㄢˊ（luán）。
❺ 臨池：俯視溪池。
❻ 疑：疑似，似是似非之間。
❼ 自憐：自傷，自我憐惜。
❽ 徘徊：猶彷徨，游移不定貌。指女子心裡紛雜起落、猶豫不決的情緒。

【傳略】 華陰人，楊炯姪女。

詠破簾　　喬氏

已漏風聲罷❶，繩持也不禁❷。一從經絡節❸，無復有貞心❹。

【註釋】

❶ 漏：液體、氣體、光線等從孔隙中滲出或透出。
❷ 持：維持，支撐。不禁：經受不住，禁不起。
❸ 一從：自從。經絡：比喻縱橫，指簾子表面直橫交織的紋路。節：節段。形容簾子由經緯交織的節段中斷落破散。
❹ 無復：指不再有，不能恢復。貞心：堅貞不移的心。

【傳略】喬知之妹。

【鍾評】詠物題，時帶規諷語，妙在草率寫去，自然有情。此為初盛大家，猶然難之，不謂得之此也。

題梧葉詩❶　　天寶宮人

一入深宮裏❷，年年不見春。聊題一片葉❸，寄與有情人❹。

【註釋】

❶ 唐代以「御溝題葉」結成良緣的故事較多，情節略同而人事各異，後也以「御溝題葉」的主題為托物傳情之典。唐孟棨《本事詩》載曰：「玄宗時顧況於苑中流水上得一大梧葉。」其上題詩即為本詩，況亦於葉上題詩和之。另亦有〈題落葉詩〉（如下附），可與本詩合觀。
❷ 深宮：宮禁之中。
❸ 聊題：姑且，暫且於葉上題詩。
❹ 寄與：傳送給。有情人：指懂自己心事的人。

【傳略】天寶末，宮人憔悴，不願備宮掖者，因落葉上題詩，隨御溝而出。顧況聞而和

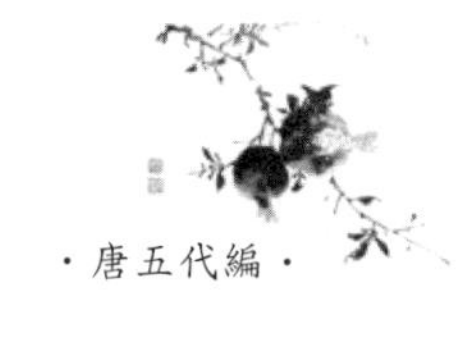

之，曰：「愁見鶯花柳絮飛，上陽宮裏斷腸時。君恩不禁東流水，葉上題詩寄與誰？」既達宸聽，由是遣出。

題落葉詩

天寶宮人

舊寵悲秋扇❶，新恩寄早春。聊題一紅葉❷，將寄接流人❸。

【註釋】

❶ 秋扇：涼爽的秋天一到，扇子就被棄置不用。團扇一說，出自漢·班婕妤〈怨歌行〉。後因以「秋扇」比喻婦女年老色衰而見棄。

❷ 聊題：姑且，暫且於葉上題詩。

❸ 此句指作者將心事題寫於御溝之紅葉，希望接收者能喻曉其心。

【鍾評】 本二事，敘入一處，總無姓氏可考耳。此等事，有一事而傳說之誤者，取其詩之入情，餘可不必論也。

紅葉詩

宣宗宮人韓氏

流水何太急，深宮盡日閒❶。慇勤謝紅葉❷，好去到人間❸。

【註釋】

❶ 指居住深宮的宮女心情寂寞樣態。

❷ 慇勤：情意懇切。慇，音ㄧㄣ（yīn）。謝：語，告訴，告知。

❸ 人間：民間（相對於詩中的深宮），指深宮之外。

【傳略】 宣宗時，盧渥應舉，偶臨御溝，得一紅葉，有詩云云。及放宮人，許從百官司吏。渥獲氏，韓氏睹紅葉，嗟吁久之，曰：「當時偶題，君迺得之。」復感而作詩云：「一聯佳句隨流水，十載幽思滿素懷。今日卻成鸞鳳友，方知紅葉是良媒。」一說僖宗時，于祐晚步禁衢，得一紅葉，上有詩二句云：「慇勤謝紅葉，好去到人間。」祐亦題一葉云：「曾聞葉上題紅怨，葉上題詩寄阿誰？」後娶宮人韓氏，見葉，驚曰：「此妾所作，妾水中亦得一葉。」驗驗相合，因感泣曰：「事皆前定也。」《北窗瑣言》又載進士李茵得紅葉，娶韓氏。三說不同，皆不可曉，故並紀於此。

【鍾評】只此四句，波波折折，深情委曲，微而澹，宕而遠。非細心女子，寫不出如此幽懷，做不出如此幽事。

奉和御製麟德殿燕百僚　　宋若昭

垂衣臨八極❶，肅穆四門通❷。自是無為化❸，非關輔弼功❹。修文招隱伏❺，尚武殄妖兇❻。德立韶光熾❼，恩沾雨露濃❽。衣冠陪御燕❾，禮樂盛朝宗❿。萬壽觴朝日，千年信一同⓫。

【註釋】

❶ 垂衣：謂定衣服之制，示天下以禮；後用以稱頌帝王無為而治。八極：八方極遠之處；極：極點。

❷ 肅穆：指事物所產生的氣氛，謂使人有凜然之感。四門：指明堂四方的門。

❸ 自是：自然是，原來是。無為化：謂無為而治，《老子》：「我無為而民自化。」

❹ 非關：不是因為，無關。輔弼：輔佐，輔助，指輔佐君主的人。

❺ 隱伏：隱居的人，招隱伏指徵召隱居者出仕。

❻ 殄：音ㄊㄧㄢˇ（tiǎn），滅絕，絕盡。妖兇：妖魅兇物，喻奸邪兇惡的人。

❼ 韶光：美好的時光。熾：音ㄔˋ（chì），本指火勢旺盛；引申為昌盛，興盛。

❽ 雨露：本指雨和露；這裡比喻恩澤。

❾ 衣冠：本指衣和冠，古代士以上戴冠，用指士以上的服裝；或代稱為縉紳、士大夫。燕：同「宴」。

❿ 禮樂：禮節和音樂，古代帝王常用興禮樂為手段，以求達到尊卑有序、遠近和合的統治目的。朝宗：古代諸侯春夏朝見天子，後泛稱臣下朝見帝王。

⓫ 萬壽：長壽，祝福之詞。觴：音ㄕㄤ（shāng），盛滿酒的杯，亦泛指酒器。鍾評曰：「觴朝日，即如日之升意。」二句意指百僚舉杯祝福皇帝萬壽，歡欣盛意一如朝日之升起，如此歡盛之意，堅信過了千年仍然相同。

【傳略】貝州人，世以儒聞。父棻，能詞章，有五女：若華、若倫、若憲、若荀，皆慧。長若華，善屬文。若昭其次也，文尤高潔，不願歸人，欲以學名家。若華著《女論語》，若

昭申釋之。貞元中，昭義節度使李抱貞表其才。德宗召入禁中，試文章、問經史，帝每與侍臣賡和，五人皆預焉。蒙賞賚，又高其風操，不以妾侍命之，呼為學士。穆宗以若昭尤通，練拜尚官。歷憲穆敬三朝，皆待以師禮。寶曆初卒，贈梁國夫人。

【鍾評】 若昭姊妹詩，皆凝深靜穆，有大臣端立之象。使人誦之，亦如對蒼松古柏，欽其古肅之氣，不復以煩艷經心也。

奉和御製麟德殿燕百僚　　宋若憲

端拱承休命❶，時清荷聖皇❷。四聰聞受諫❸，五服遠朝王❹。景媚暄初轉❺，春殘日正長❻。御筵多濟濟❼，盛樂復鏘鏘❽。酆鎬誰能敵❾，橫汾未可方❿。願齊山岳壽，福祉永無疆⓫。

【註釋】

❶ 端拱：本指正身拱手，指恭敬有禮，莊重不苟；此指帝王莊嚴臨朝，清簡為政。休命：美善的命令，多指天子或神明的旨意。

❷ 荷聖皇：指承受古聖先王的恩澤。

❸ 四聰：能遠聞四方的聽覺。《書・舜典》有云：「明四目，達四聰。」諫：諫諍，規勸。

❹ 五服：古代王畿外圍，以五百里為一區劃，由近及遠分為侯服、甸服、綏服、要服、荒服，合稱五服，此指遙遠邦國對帝王的誠服。

❺ 暄：溫暖，或指春末。

❻ 春殘：春將盡。日正長：未來的日子還很長，比喻未來大有可為。

❼ 御筵：皇帝命設的酒席。濟濟：眾多貌，形容人多，陣容盛大。

❽ 鏘鏘：狀聲詞，樂聲。鏘，音ㄑㄧㄤ（qiāng）。

❾ 酆：音ㄈㄥ（fēng），古地名。本為商代崇侯虎邑，周文王滅崇後曾都於此，後為周武王弟之封國，故地在今陝西省戶縣北。鎬：音ㄏㄠˋ（hào），古都名。西周國都，故址在今陝西省西安市西南灃水東岸，周武王既滅商，自酆徙都於此，謂之宗周，又稱西都。

❿ 橫汾：音ㄏㄥˊ ㄈㄣˊ（héng fén），典出《漢武故事》，漢武帝嘗巡幸河東郡，在汾水樓船上與群臣宴飲，自作〈秋風辭〉，中有「泛樓舡兮濟汾河，橫中流兮揚素波」

句。後因以「橫汾」為典，用以稱頌皇帝。

⓫ 福祉：幸福，福利。

【傳略】 若昭妹也。若昭屬若憲代司秘書，文宗以其善文辭，尤禮焉。

【鍾評】 若憲詩，較之若昭，稍覺靈轉。若昭神體皆豐，故鎮重而無運動之妙。若憲則能標神於淡，約體於遠，時時行以疏暢之氣，使其聲情不復粘滯，反覺綿密縝緻，此正虛實相衍之間也，不可不知之。

催妝詩❶

宋若憲

雲安公主貴，出嫁五侯家❷。天母親調粉❸，日兄憐賜花❹。催鋪百子帳❺，待障七香車❻。借問妝成未❼？東方欲曉霞❽。

【註釋】

❶ 據田藝蘅《詩女史》曰：「雲安公主下嫁，詔陸暢作催妝詩曰：『（按即本詩）。』內人以其吳音捷才，以詩嘲之曰：『十二層樓倚翠空，鳳鸞相對立梧桐。雙成走報監門衛，莫使吳歈入漢宮。』或曰：宋氏姐妹作也。暢酬詩曰：『粉面仙郎選正朝，偶逢秦女學吹簫。須教翡翠聞王母，不禁烏鳶噪鵲橋。』六官大咍。」鍾惺評〈暢酬詩〉曰：「偶逢字說得閒遠，兩相開說，漸漸有輕薄之意矣。」

❷ 五侯：泛指權貴豪門。

❸ 調粉：調弄脂粉，指婦女整容打扮。

❹ 日兄：古代以日比喻帝王，故帝王之弟、妹稱帝王為「日兄」。憐：喜愛，疼愛。

❺ 催：促使行動開始，或加速進行。百子帳：本為北方遊牧民族用來供宴樂或居住的帳子，後來古人在舉行婚禮時也用之。

❻ 障：遮擋，遮蔽。七香車：用多種香料塗飾或用多種香木製作的車，泛指華美的車。

❼ 借問：詢問，古詩中常見的假設性問語，一般用於上句，下句即作者自答。

❽ 鍾評曰：「如此結，韶秀娟采，忽然說出，他人擬議欲言，便不復能靈動乃爾。」

【鍾評】 後四句直體貼催字，時作催妝詩者，徒以麗語鋪張，已不復存此意矣。看他作艷體詩，亦復敦重典厚，不作脂粉夭裊之氣，當由情想嚴肅，不落輕佻鄙褻耳。然敦重典厚，亦何嘗不嫵媚也。

關山月❶

鮑君徽

高高秋月明，北照遼陽城。寒迥光初滿❷，風多暈更生❸。征人望鄉思❹，戰馬聞鼙驚❺。朔風悲邊草❻，沙漠昏虜營❼。霜凝匣中劍❽，風憊原上旌❾。早晚謁金闕❿，不聞刁斗聲⓫。

【註釋】

❶ 關山月：漢樂府橫吹曲名。《樂府詩集・橫吹曲辭三・關山月》題解：「《樂府解題》曰：『〈關山月〉，傷離別也。古〈木蘭詩〉曰：「萬里赴戎機，關山度若飛。朔氣傳金柝，寒光照鐵衣。」』按相和曲有〈度關山〉，亦類此也。」

❷ 迥：音ㄐㄩㄥˇ（jiǒng），遙遠，僻遠。光初滿：指滿月。

❸ 暈：月暈，指月周圍的光圈。

❹ 征人：指出征或戍邊的軍人。

❺ 鼙：音ㄆㄧˊ（pí），古代軍中所用的一種小鼓，漢以後亦名騎鼓。

❻ 朔風：北風，寒風。

❼ 昏：使昏暗。虜營：古時對北方外族或南人對北方人的蔑稱為「虜」，此指敵人或叛逆者的軍營。

❽ 匣中劍：裝在匣裡或藏在匣裡的寶劍。匣：音ㄒㄧㄚˊ（xiá），盛物器具，大的叫箱，小的叫匣，一般呈方形，有蓋。鍾評曰：「霜凝作實字看，始於匣中有情。若如俗解作秋霜、明霜影語，便不消看詩矣。於風憊二字證之。」

❾ 憊：疲乏，困頓。旌：音ㄐㄧㄥ（jīng），古代用犛牛尾或兼五采羽毛飾竿頭的旗子，泛稱旗幟。

❿ 謁：音ㄧㄝˋ（yè），晉見，拜見，特指臣子朝見的一種禮節。金闕：指天子所居的宮闕。

⓫ 此指希冀早點結束戰爭。刁斗：古代行軍用具，斗形有柄，銅質；白天用作炊具，晚上擊以巡更。

【傳略】 字文姬，善詩賦，與宋尚宮姊妹齊名。德宗召入禁中，試文章，留與侍臣賡和，賞賚甚厚。

東亭茶燕

鮑君徽

閑朝向晚出簾櫳❶，茗燕東亭四望通❷。遠眺城池山色裏❸，俯聆弦管水聲中❹。幽篁引治抽新翠❺，芳槿低簷欲吐紅❻。坐久此中無限興，更憐團扇起秋風❼。

【註釋】

❶ 向晚：傍晚。簾櫳：亦作「簾籠」，窗簾和窗牖，也泛指門窗的簾子，此為閨閣。櫳：音ㄌㄨㄥˊ（lóng），窗上櫺木，窗戶。鍾評曰：「起句難得如此安雅，妙在向晚二字，有飄動之致。」

❷ 茗燕：即「茗宴」，茶會。四望：眺望四方。

❸ 遠眺：向遠處看。

❹ 俯聆：俯首而聽。弦管：弦樂器和管樂器，泛指樂器，亦指歌吹彈唱。鍾評曰：「絃管在水聲之中，便無囂煩之氣。此用事用物，能出脫之妙。」

❺ 幽篁：指幽深的竹林。篁：音ㄏㄨㄤˊ（huáng），竹叢，竹林，泛指竹子。抽：萌發，長出。新翠：猶新綠。

❻ 槿：植物名。落葉灌木或小喬木。葉卵形，互生；夏秋開花，花鐘形，單生，有白、紅、紫等色，朝開暮落。栽培供觀賞兼作綠籬。樹皮和花可入藥，莖的纖維可造紙。簷：屋檐，屋頂邊緣突出牆壁的部分。

❼ 憐：哀憐，憐憫。團扇：圓形有柄的扇子，古代宮內多用之，又稱宮扇。漢·班婕妤曾作〈怨歌行〉一詩，因詩中有「裁為合歡扇，團團似明月」等詩句，故團扇又比喻為失歡、失寵的人。

沙上鷺

張文姬

沙頭一水禽❶，鼓翼揚清音❷。只待高風便❸，非無雲漢心。

【註釋】

❶ 沙頭：沙灘邊，沙洲邊。水禽：水鳥，即詩中所指之「鷺」，鳥類的一科，嘴直而尖，

頸長，飛翔時縮頸，白鷺、蒼鷺較為常見。

❷ 鼓翼：猶振翅。清音：清越的聲音。

❸ 高風：強勁的風。便：使有利；此指適宜的時機或順便的機會。

【傳略】鮑參軍妻。

【鍾評】直把自字說出。

溪口雲

張文姬

一片溪口雲，纔向溪中吐❶。不復歸溪中，還作溪頭雨❷。

【註釋】

❶ 纔：音ㄘㄞˊ（cái），方始，剛剛。

❷ 溪頭雨：猶溪邊雨。

【鍾評】一氣說來，渾渾難分，正在一氣截不斷。

謝賜珍珠

江采蘋

桂葉雙眉久不描❶，殘妝和淚濕紅綃❷。長門盡日無梳洗❸，何必珍珠慰寂寥❹。

【註釋】

❶ 桂葉：桂樹的葉，以此形容女子之眉。

❷ 殘妝：指女子容妝殘褪的脂粉。紅綃：紅色薄綢。綃，音ㄒㄧㄠ（xiāo）。

❸ 長門：漢代宮名，陳皇后失寵，別在長門宮，此以「長門」暗指失寵的女子。盡日：猶終日，整天。

❹ 寂寥：指女子寂靜空虛的心境。

【傳略】興化人，九歲能誦二〈南〉，父奇之，故名采蘋。開元中，高力士使興化，得以進明皇，大見寵幸。尤善屬文，自比謝女，淡妝雅服而姿態明秀。性喜梅，所居悉植梅，上因其所好，戲名梅妃。妃有〈蕭蘭〉、〈梨園〉、〈梅花〉、〈鳳笛〉、〈玻杯〉、〈剪刀〉、〈綺牕〉八賦。會太真寵愛日隆，遷于上陽東宮，帝每念之，時在花萼樓東。夷使貢珍珠者至，命封一斛密賜妃，妃不受，以詩付使者，曰：「為我進御前也。」上覽詩，悵然不樂，令樂府以新聲度之，號〈一斛珠〉，曲名蓋始於此。

贈張雲容舞　　楊貴妃

羅袖動香香不已❶，紅蕖裊裊秋煙裏❷。輕雲嶺上乍搖風❸，嫩柳池邊初拂水❹。

【註釋】

❶ 形容女子跳舞時婀娜的舞姿。羅袖：輕軟絲織品製成的衣袖，代指婦女衣服。羅：輕軟的絲織品。

❷ 紅蕖：紅荷；蕖：音ㄑㄩˊ（qú），芙蕖。裊裊：指煙霧縈迴繚繞的樣子。

❸ 輕雲：薄雲，淡雲。乍：突然，忽然。搖風：謂風吹擺動。

❹ 拂：掠過，輕輕擦過或飄動。

【傳略】明皇妃也，賜名太真，寵幸冠於一時。與安祿山通，出入宮中，後祿山作亂，竟賜死。

【鍾評】女人看女人無情，非為聰明女子言也。我見猶憐，此豈男子語耶？悟此可讀太真此詩。

製履贈楊達　　姚月華

金刀剪紫羢❶，與郎作輕履❷。願化雙飛鳧❸，飛來入閨裏❹。

【註釋】

❶ 金刀：指剪子。狨：音ㄖㄨㄥˊ（róng），細羊毛，引申為動物身上短而柔軟的毛。

❷ 輕履：輕便的鞋子。

❸ 飛鳧：飛翔的野鴨。鳧：音ㄈㄨˊ（fú），野鴨，狀如家鴨而略小，肉味甚美。

❹ 闈：本指宮中小門或宮室、內室，此特指為婦女的居室。

【傳略】月華少失母，忽夢月輪墜於妝臺，覺而大悟。自幼聰慧，組織饋饎，不習而能。未嘗讀書，搦管輒有所得，所為古文詞，妙絕當時。嘗隨父寓楊子江，鄰舟書生楊達，見而慕之。一日月華見達〈昭君怨〉詩，有「匣中縱有菱花鏡，羞向單于照舊顏」之句，情不能已，遂命侍兒乞其舊稿，楊乃立綴艷體詩，以致其情。自後各以尺牘往來，月華每得達書，有密語，皆伏讀數過，燒灰入醇酎飲之，謂之欽中散。月華嘗以石華遺達，云：「出丹洞玉池，異於他處，色如水晶，清明而瑩，久服延年。」達以詩謝之，曰：「青袿僊女隔蓬萊，珠樹金窗向曉開。燕子羽毛非廣袖，殷勤也帶石花來。」月華復工於丹青、羽毛、花卉，世所鮮及。筆札之暇，聊以自娛，人不可得而見也。一日正揮毫作芙蓉匹鳥圖，忽侍兒持達箋至，云：「奉送不律隃麋」，月華即以所畫芙蓉圖答之。達見其約略濃淡，生態逼真，喜不自持，覓銀光紙裁書謝之，其大略云：「連枝欲長，忽阻山蹊。比翼將翔，遽乖雲路。思結章臺垂柳，心馳普救啼鶯。幸傳尺素之丹青，豈任寸心之銘刻。江湖恍在案，波浪忽翻窗。植寫斷腸，飛揮交頸。繭紙發其枝幹，兔管借之羽毛。雌戲芊川，雄依苔石。色與露花同照爛，翼將風葉共低昂。明鏡曉開，苦憶文君之面；疏螢夜度，遙思織女之機。所冀吾人，獲同斯畫。越溪吳水之上，常得雙開；漢樹秦草之間，永教對舞。」月華讀之，稱賞不已。以灑海剌二尺贈達曰：「為郎作履，凡履霜雪，則應履而解，乃西蕃物也。」並贈以詩。達與月華雖久輸相通，而終未一晤，至是見詩，心醉若狂，乃賂女侍而得一會焉。臨別，謂月華曰：「少日即來。」不覺爽約。及至，姚不即見，楊戲書一句，調之曰：「女姚雖美，只如半朵桃花。」姚正怒，索筆對曰：「人信為高，莫費一翻言說。」楊愈奇之，遂至往來無間。凡久會，謂之「大會」；暫會，謂之「小會」。又大會謂之「鵜鶘會」；小會謂之「白鷁會」。忽其父有江右之行，彼此遂絕。達後整裝江右蹤跡之，亦竟無可尋矣。

【鍾評】只見其深情，漸忘其淫氣，以其願化，尚作想念耳。

楚妃怨❶

姚月華

梧桐葉下黃金井❷，橫架轆轤牽素綆❸。美人初起天未明，手拂銀瓶秋水冷❹。

【註釋】

❶ 一說作者為唐・張籍，樂府詩《相和歌辭》之一，收入《全唐詩》卷 382。

❷ 梧桐：木名，落葉喬木，種子可食，亦可榨油，供製皂或潤滑油用；木質輕而韌，可製傢俱及樂器。

❸ 橫架轆轤：古人常於井上立架置軸，貫以長木，上面嵌上曲木，纏綆其上，下懸汲水用斗，用手轉之汲水。轆轤：音ㄌㄨˋ ㄌㄨˊ（lù lú），利用輪軸原理製成的井上汲水的起重裝置。素綆：汲水桶上的繩索。綆，音ㄍㄥˇ（gěng）。

❹ 拂：觸到，接近。銀瓶：銀質的水瓶，本指汲水器，常用以比喻男女情事。語出唐・白居易〈井底引銀瓶〉詩：「井底引銀瓶，銀瓶欲上絲繩絕。石上磨玉簪，玉簪欲成中央折。瓶沉簪折知奈何？似妾今朝與君別。」

【鍾評】只說秋水恁般無情，卻從梧桐葉領出秋字。感歎中澹澹寫盡，覺有宛轉難明，繚繞在其想際。

繡迴文龜形詩❶

張暌妻侯氏

暌離已是十秋強，對鏡那堪重理妝❷。聞雁幾回修尺素❸，見霜先為製衣裳❹。開箱疊練時垂淚❺，拂杵調砧更斷腸❻。繡作龜形獻天子，願教征客早還鄉❼。

【註釋】

❶ 指織有迴文詩的繡品，其縱橫反覆迴環的詩句格式，貌似龜形紋。迴文詩：亦作「迴紋詩」。十六國時前秦竇滔久戍不歸，其妻蘇蕙思念心切，織錦為〈回文璇璣詩〉以贈，凡 840 字，縱橫反覆皆成章句，詞甚哀惋，見《晉書・列女傳・竇滔妻蘇氏》。後用以指抒發別情、懷念遠人的詩作；也指以一定形式排列，回環往復均可誦讀之詩。

❷ 那堪：怎堪，怎能禁受。理妝：整理妝飾、容貌。

❸ 修尺素：此指撰寫好了的書信。尺素：小幅的絹帛，古人多用以寫信或文章。

❹ 霜：在氣溫降到攝氏零度以下時，靠近地面空氣中所含的水汽凝結成的白色冰晶，此指天氣寒冷貌。

❺ 疊練：指層層堆聚的潔白絲絹。練：練過的布帛，一般指白絹，泛指絲織品。

❻ 拂杵調砧：指搗衣時的動作。杵：音ㄔㄨˇ（chǔ），舂搗穀物、藥物及築土、搗衣等用的棒槌。砧：音ㄓㄣ（zhēn），搗衣石，洗衣時用來輕搥衣服的石塊。

❼ 征客：作客他鄉的人，此指出征或戍邊的軍人。

【傳略】邊將張暌，防戍十餘年，侯氏繡迴文，作龜形，詣闕進之。帝覽詩，放暌還鄉，賜絹三百疋，以彰才美。

寄朱放❶

李冶

望水試登山❷，山高湖又闊。相思無曉夕❸，想望經年月❹。鬱鬱山木青❺，綿綿野花發❻。別後無限情❼，相逢一時說❽。

【註釋】

❶ 朱放：字長通，唐襄州人。建中三年，辟為江西節度參謀，未幾告還，隱居剡縣。貞元二年，拜左拾遺，辭不就。其詩風度清越，多與當時詩人交游。著有詩集一卷。

❷ 望水：指望遠之意。試：副詞，相當於姑且，試著。

❸ 曉夕：猶日夜。

❹ 想望：渴想盼望，思念仰慕。經年月：指經歷了很多的歲月。

❺ 鬱鬱：繁多貌，茂盛貌。

❻ 綿綿：連續不斷貌。

❼ 無限情：無窮盡的思念。

❽ 一時說：指即刻的愉悅之情。

【傳略】字季蘭，女冠也。五六歲時，其父抱於庭中，詠薔薇云：「經時未架卻，心緒亂縱橫。」父恚曰：「此必為失行婦也。」竟如其言。嘗與諸賢會烏程開元寺，劉長卿有陰瘻疾，冶調之曰：「山氣日夕佳。」長卿對曰：「眾鳥欣有託。」舉坐大笑，論者美之。長卿曰：「季蘭，女中詩豪也。」高仲武亦云：「季蘭形氣既雄，詩意亦蕩，自鮑照以下，罕有其倫。如『遠水浮仙棹，寒星伴使車』，蓋五言之佳也。上倣班姬則不足，下比韓英則有餘。不以遲暮，亦一俊姬。」

【鍾評】情敏，故能艷發，而迅氣足以副之。他人只知其蕩，而不知其蓄，所蓄既深，欲其不蕩不可得也。凡婦人情重者，稍多宛轉，則蕩字中之矣。

相思怨

李冶

人道海水深，不抵相思半❶。海水尚有涯❷，相思渺無畔❸。攜琴上高樓，樓虛月華滿❹。彈得相思曲❺，絃腸一時斷❻。

【註釋】

❶ 不抵：不及，比不上。
❷ 有涯：有邊際，有限。
❸ 渺：邈遠，渺茫。畔：界限，疆界。
❹ 虛：空出，空著，空無所有，與「實」相對。月華：月光，月色，或指月暈時，四周鮮瑩的彩色雲氣，此處「月華滿」意指滿月。
❺ 相思曲：古樂府曲名，可見於《樂府詩集・清商曲辭三・懊儂歌》，郭茂倩題解引南朝・陳智匠《古今樂錄》云：「〈懊儂歌〉者，晉石崇、綠珠所作，惟〈絲布澀難縫〉一曲而已，後皆隆安初民間訛謠之曲。宋少帝更製新歌三十六曲，齊太祖常謂之〈中朝曲〉，梁天監十一年，武帝敕法雲改為〈相思曲〉。」
❻ 一時：即時，立刻。

【鍾評】 直語能轉，便生出情來，此全從靈氣排宕耳。

聽蕭叔子彈琴賦得三峽流泉歌❶

李冶

妾家本住巫山雲❷，巫山流泉常自聞。玉琴彈出轉寂寞❸，宜是當時夢中聽❹。巫峽迢迢幾千里❺，一時流入深閨裏❻。巨石崩崖指下生❼，飛泉走浪絃中起❽。初疑憤怒含雷風❾，又似嗚咽流不通❿。回湍曲瀨勢將盡⓫，時復滴瀝平沙中⓬。憶昔阮公為此曲⓭，能使仲容聽不足⓮。一彈既罷還一彈，願比流名鎮相續⓯。

【註釋】

❶ 賦得：凡摘取古人成句為詩題，題首多冠以「賦得」二字。又科舉時代的試帖詩，因試題多取成句，故題前均有「賦得」二字，亦用於應製之作及詩人集會分題。後遂將「賦得」視為一種詩體，而即景賦詩者也往往以「賦得」為題。三峽：四川、湖北兩省境內，長江上游的瞿塘峽、巫峽和西陵峽的合稱。〈三峽流泉歌〉屬《琴曲歌辭》，《樂府詩集》引《琴集》曰：「〈三峽流泉〉，晉阮咸所作也。」此詩題意為以琴曲仿三峽中流動的泉水聲。

❷ 巫山：山名，在四川、湖北兩省邊境，北與大巴山相連，形如「巫」字，故名。長江穿流其中，形成三峽。此處借用巫山神女的典故，見於戰國・宋玉〈高唐賦・序〉曰：「昔者先王嘗遊高唐，怠而晝寢。夢見一婦人，曰：『妾巫山之女也，為高唐之客。聞君遊高唐，願薦枕席。』王因幸之。去而辭曰：『妾在巫山之陽，高丘之阻，旦為朝雲，暮為行雨，朝朝暮暮，陽臺之下。』旦朝視之，如言，故為之立廟，號曰朝雲。」後遂用為男女幽會的典實，或以巫山中的雲雨比喻男女歡合。

❸ 玉琴：玉飾的琴，亦為琴的美稱。彈出：用手指撥弄琴弦。寂敻：形容琴聲幽遠。敻：音ㄒㄩㄥˋ（xiòng），廣闊遙遠。

❹ 宜是：似乎，應該。

❺ 迢迢：道路遙遠貌，水流綿長貌。

❻ 流入深閨：以巫峽之路遙遠，比喻琴聲清遠悠長。深閨：舊時指女子居住的內室。

❼ 巨石崩崖：以大石的崩落毀壞，比喻琴聲鏗鏘有力。

❽ 飛泉走浪：以泉水浪打之聲，比喻琴聲柔婉悠揚。

❾ 憤怒含雷風：以風狂電吼聲，比喻琴聲悲壯激昂。

❿ 嗚咽句：以時斷時續的低聲哭泣狀，比喻琴聲低沉淒切。

⓫ 回湍：回旋的急流。湍：音ㄊㄨㄢ（tuān），急流的水。曲瀨：彎曲的水流之處。瀨：音ㄌㄞˋ（lài），沙或石上淺而急的流水。勢將盡：指水勢漸漸平緩貌。此句以急流水的漸趨平隱，比喻琴聲由急至緩。

⓬ 滴瀝：象聲詞，形容水滴落下的聲音。以上八句皆以物象比喻琴聲的變化。

⓭ 阮公：阮籍，字嗣宗，阮瑀之子，三國時魏尉氏人，為竹林七賢之一。有雋才，性放誕，好老莊而嗜酒，反名教，曠達不拘禮俗。因有賢名，世稱為「大阮」，與其姪阮咸齊名。

⓮ 仲容：晉阮咸的字，三國時魏國陳留尉氏（今河南開封東南）人，阮籍之姪。性任達不拘，長於音律。唐代流行的琴曲〈三峽流泉〉相傳為他的作品。擅長彈奏直項琵琶，為竹林七賢之一。《晉書・阮咸傳》云：「咸妙解音律，善彈琵琶。雖處世不交人事，惟共親知絃歌酣宴而已。」不足：不夠。

⓯ 願比：願同，願似。流名：名聲流傳。鎮：常，長久。

【鍾評】清適轉便，亦不必委曲艱深。觀其情生氣動，想見流美之度。

送韓揆之江西

李冶

相看指楊柳❶，別恨轉依依❷。萬里西江水❸，孤舟何處歸❹？湓城潮不到❺，夏口信應稀❻。唯有衡陽雁❼，年年來去飛。

【註釋】

❶ 楊柳：楊樹和柳樹的並稱，明·李時珍《本草綱目·木二·柳》：「楊枝硬而揚起，故謂之楊。柳枝弱而垂流，故謂之柳，蓋一類二種也。……又《爾雅》云：『楊，蒲柳也。旄，澤柳也。檉，河柳也。』觀此，則楊可稱柳，柳亦可稱楊，故今南人猶併稱楊柳。」此指楊柳的枝條，舊俗於分別之際常折以送行。

❷ 別恨：離別之愁。依依：本指楊柳枝葉柔弱的樣子，《詩經·小雅·采薇》曰：「昔我往矣，楊柳依依；今我來思，雨雪霏霏。」此處指離別後依戀不捨的樣子。

❸ 西江：長江的別稱，唐人多稱長江中下游為西江。

❹ 孤舟：孤獨的船。

❺ 湓城：即今江西九江市。湓，音ㄆㄣˊ（pén）。潮不到：以眼前潮水流不到九江的說法，暗指兩人今後相隔之路非常遙遠。

❻ 夏口：古地名，即今漢口，地當漢水入長江之口。信應稀：指音信難通。

❼ 衡陽雁：湖南衡陽有回雁峰，傳說雁至此峰，不再續飛，遇春而回。故以衡陽雁年年去來反襯上句相隔兩地之音信渺茫。

【鍾評】情深則語特寄耳。只四十字中，往復難盡，想其直書別況，全不作怨恨語，而怨恨之氣自有忿然不平在。

暮春有感寄友人

魚玄機

鶯語驚殘夢❶，輕妝改淚容❷。竹陰初月薄❸，江靜晚煙濃。濕嘴銜泥燕❹，香鬚採蕊蜂❺。獨憐無限思❻，吟罷亞枝松❼。

【註釋】

❶ 殘夢：謂零亂不全之夢。

❷ 輕妝：淡妝。淚容：謂臉上有淚或有淚痕。

❸ 竹陰：謂竹林中光照射不到的地方。初月：新月，農曆每月初出的彎月。

❹ 銜：用嘴含物或叼物。燕：鳥綱燕科種類的通稱，體型小，翅膀尖而長，尾巴分叉像剪刀，飛行時捕食昆蟲，對農作物有益，屬候鳥，常見的有家燕。

❺ 鬚：昆蟲的觸鬚。

❻ 獨憐：特別哀憐。

❼ 亞枝松：指松枝低垂貌。亞：低於，垂，壓。

【傳略】玄機，姓魚氏，字幼微，甚有才思，善屬文。咸通中，為補闕李億執箕箒，及愛衰，入咸宣觀為女道士。後以笞殺女童綠翹事下獄，獄中有詩云：「明月照幽隙，清風開短襟。」為京兆溫璋所殺，有集行世。

【鍾評】全首穩麗，不須裁贅，即劉文房、盧允言輩，亦未易臻也。

贈鄰女

魚玄機

羞日遮羅袖❶，愁春懶起妝❷。易求無價寶❸，難得有心郎❹。枕上潛垂淚❺，花間暗斷腸❻。自能窺宋玉❼，不必恨王昌❽。

【註釋】

❶ 羅袖：代指婦女的衣服。羅：質地輕軟的絲織品。

❷ 愁春：思春，指心中掛念男女互相慕悅之事。懶起妝：女子尚未梳化自己的妝顏。

❸ 無價寶：謂極珍貴的東西，此處指男女情事。

❹ 有心郎：指有情郎。

❺ 潛：隱藏，隱蔽。

❻ 暗：默不作聲，隱密。斷腸：形容極度思念或悲痛。

❼ 宋玉：戰國時楚人，辭賦家，或謂屈原弟子，曾為楚頃襄王大夫。關於鄰女登牆窺視之說，宋玉〈好色賦〉有云：「天下之佳人，莫若楚國；楚國之麗者，莫若臣里；臣里之美者，莫若臣東家之子。……然此女登牆窺臣三年，至今未許也。」

❽ 王昌：指情郎之代稱。

【鍾評】嬌在無端生想，便有癡在。全由慧性使成，非有才、有色人，不能容易到也。

賣殘牡丹

魚玄機

臨風興嘆落花頻❶，芳意潛消又一春❷。應為價高人不問，卻緣香甚蝶難親❸。紅英只稱生宮裏❹，翠葉那堪染路塵❺。及至移根上林苑❻，王孫方恨買無因❼。

【註釋】

❶ 臨風：迎風。興嘆：因情緒引起的感嘆。頻：屢次，接連。
❷ 潛消：本為暗中消除，此有逐漸衰退之意。
❸ 緣：憑藉，依據，因為。香甚：指花香味濃烈。
❹ 紅英：紅花。生宮：即深宮，宮禁之中。
❺ 那堪：怎堪，怎能禁受。路塵：道路上飛揚的灰塵，也喻艱難的世途。
❻ 及至：等到，到了。上林苑：古宮苑名，秦舊苑，漢初荒廢，至漢武帝時重新擴建，故址在今西安市西及周至、戶縣界。
❼ 王孫：泛指貴族子弟。

【鍾評】如此語，豈但寄託，漸說向忿恨上去。千古有情人，所託非偶，便有不能自持以正意，此豈其人之罪哉？亦有以使之者矣。

閨怨

魚玄機

蘼蕪盈手泣斜暉❶，聞道鄰家夫婿歸❷。別日南鴻纔北去❸，今朝北雁又南歸❹。春來秋去相思在，秋去春來信息稀。扃閉朱門人不到❺，砧聲何事透羅幃❻。

【註釋】

❶ 蘼蕪：植物名，繖形科假蛇床子屬，多年生草本，莖高尺許，葉為羽狀複葉，以芹葉而分裂更細，風乾後可以做香料，花白色，古人相信蘼蕪可使婦人多子。古樂府亦有〈上山採蘼蕪〉，描寫棄婦之詩。盈手：滿手。斜暉：指傍晚西斜的陽光。
❷ 聞道：聽說。
❸ 鴻：動物名，鳥綱雁形目，體型較雁大，背頸灰色，翅黑色，腹白色。纔：音ㄘㄞˊ（cái），方始，剛剛。
❹ 今朝：指目前，現今。
❺ 扃：音ㄐㄩㄥ（jiōng），本指安裝在門外的門閂或環鈕，引申為關之意。朱門：紅漆大門，指貴族豪富之家。
❻ 砧聲：亦作碪聲，搗衣聲。砧：音ㄓㄣ（zhēn），搗衣石，洗衣時用來輕搥衣服的石塊。羅幃：羅帳，絲織的簾幕、帳幕，一般指床帳。

【鍾評】「扃閉朱門人不到」，念頭何等靜正，逗出下句來，又不知何等傷情矣。總之，有情人立念未嘗不正，只為一情字往復牽纏，不能斬截，故病處多也。

冬夜寄溫飛卿❶

魚玄機

苦意搜思燈下吟，不眠長夜怕寒衾❷。滿庭木葉愁風起❸，透幌紗窗惜月沈❹。疏散未閒終遂願❺，盛衰空見本來心❻。幽棲莫定梧桐處❼，暮鵲啾啾空繞林❽。

【註釋】

❶ 溫飛卿：唐代詩人、詞人作家溫庭筠，字飛卿，太原人。才思敏捷，精通音律，詩詞兼工，風格濃豔精麗。
❷ 寒衾：冰冷的被子。衾：音ㄑㄧㄣ（qīn），大被。
❸ 滿庭木葉：語出《楚辭・九歌・湘夫人》：「嫋嫋兮秋風，洞庭波兮木葉下。」木葉：即樹葉。愁風：此指秋風。
❹ 幌：音ㄏㄨㄤˇ（huǎng），簾幔，多以絲帛或布做成。惜：哀傷，可惜。
❺ 疏散：分離，離散。未閒：沒有空閒。遂願：順遂其心願，指在獨自生活中得到滿足。
❻ 盛衰：指事物的興盛與衰敗變化。
❼ 幽棲：幽僻的栖止之處。莫定：此處有尚未決定棲居之所意。

❽ 鵲：鳥名，頭背黑褐色，背有青紫色光澤，肩、頸、腹等白色，尾巴長，鳴聲唶唶，通稱喜鵲。此句或以鵲鳥譬喻男女和合之冀願。

【鍾評】「怕」字直得妙，如此度夜，亦覺苦月臨懷，嚴霜犯夜，於此消磨得過。豈特貞女志士，學問功夫，只此便是成佛作祖，向上修證矣。淒淡中亦見真性，所謂散仙證聖也。如此反非怨恨之情矣。幽意自閒，深情既冷，可使歡怨兩忘。

秋思

魚玄機

落葉紛紛暮雨和❶，朱絲獨撫自清歌❷。放情休恨無心友❸，養性空拋苦海波❹。長者車音門外有❺，道家書卷枕前多。布衣終作雲霄客❻，綠水青山時一過。

【註釋】

❶ 暮雨：傍晚的雨。
❷ 朱絲：朱弦，用熟絲製的琴弦，借指琴瑟。清歌：不用樂器伴奏的歌唱。
❸ 放情：縱情。
❹ 養性：謂修養身心，涵養天性，此處指佛教修行。苦海：本比喻無窮的苦境，在佛教上則指塵世間的煩惱和苦難。
❺ 此句指常有顯貴者來訪。長者：指顯貴的人。
❻ 布衣：借指平民，古代平民不能衣錦繡，故稱。雲霄客：指心境逍遙如上雲霄之人。

浣紗廟❶

魚玄機

吳越相謀計策多❷，浣紗神女已相和❸。一雙笑靨纔回面❹，十萬精兵盡倒戈❺。范蠡功成身隱遁❻，子胥諫死國消磨❼。只今諸暨長江畔❽，空有青山號苧蘿❾。

【註釋】

❶ 浣紗廟：祭祀西施之廟，今西施殿，位在浙江省諸暨縣南，為西施的故里。西施，春秋末年越國苧蘿（今浙江諸暨南）人，越王勾踐敗於會稽，范蠡取西施獻吳王夫差，使其迷惑忘政，越遂亡吳。

❷ 指越國使用西施傾吳之美人計一事。此事漢·趙曄《吳越春秋·勾踐陰謀外傳》有載：「十二年，越王謂大夫種曰：『孤聞吳王淫而好色，惑亂沈湎，不領政事，因此而謀，可乎？』種曰：『可破。夫吳王淫而好色，宰嚭佞以曳心，往獻美女，其必受之。惟王選擇美女二人而進之。』越王曰：『善。』乃使相者國中得苧蘿山鬻薪之女，曰西施、鄭旦。飾以羅穀，教以容步，習於土城，臨於都巷。三年學服而獻於吳。乃使相國范蠡進曰：『越王勾踐竊有二遺女，越國洿下困迫，不敢稽留，謹使臣蠡獻之。大王不以鄙陋寢容，願納以供箕之用。』吳王大悅，曰：『越貢二女，乃勾踐之盡忠於吳之證也。』」

❸ 浣紗神女：西施也，相傳西施曾於故里溪畔浣紗，故有「浣紗女」之稱。相和：互相應和，呼應。

❹ 笑靨：笑容，笑顏。靨：音ㄧㄝˋ（yè），嘴兩旁的小圓窩。纔：音ㄘㄞˊ（cái），方始，剛剛。回面：轉過臉。

❺ 精兵：精銳的士卒。倒戈：放下武器，指投降敵方。

❻ 范蠡：人名，字少伯，春秋楚人，與文種同事越王勾踐二十餘年，苦身戮力，卒以滅吳，尊為上將軍。蠡以大名之下，難以久居，且勾踐為人，可與共患難，難與同安樂，遂乘舟浮海以行，此事可見《史記·越王勾踐世家》。另外，亦有越亡吳後，西施與范蠡，同泛五湖一說。蠡，音ㄌㄧˊ（lí）。

❼ 子胥：伍子胥也，春秋楚國大臣伍員，曾語諫受西施一事，此事見漢·趙曄《吳越春秋·勾踐陰謀外傳》。諫死：吳王夫差滅越後，欲釋越王勾踐回國，不聽子胥之諫，後子胥因信讒殺之，其死前預言越必滅吳，後九年越果滅吳。

❽ 諸暨：縣名，位於浙江省杭州市東南、浦陽江西北岸，因境內有諸山、暨浦而得名。為西施故里之處。

❾ 空：只，僅僅。苧蘿：山名，在浙江省諸暨市南，相傳西施為此山鬻薪者之女。苧，音ㄓㄨˋ（zhù）。

情書寄子安❶

魚玄機

飲冰食蘗志無功❷，晉水壺關在夢中❸。秦鏡欲分愁墮鵲❹，舜琴將弄怨飛鴻❺。井邊桐葉鳴秋雨❻，窗下銀燈暗曉風❼。書信茫茫何處問，持竿盡日碧江空❽。

【註釋】

❶ 子安：即補闕李億，魚玄機曾為李億妾。

❷ 飲冰食蘗：亦作「飲冰茹蘗」，喝冷水、吃苦物，比喻生活極為清苦，後多用以稱婦女耐苦守節。蘗：音ㄅㄛˋ（bò），木名，即黃蘗，也稱黃柏。落葉喬木，木材堅硬，莖可以製黃色染料，樹皮厚，可製軟木，亦可入藥。

❸ 晉水壺關：泛指山西一帶。壺關：以山勢似壺而得名。

❹ 秦鏡：南朝陳·徐德言與妻樂昌公主於戰亂分散時，有各執半鏡作為他日相見信物的故事，此處以秦鏡喻夫妻分離。另《神異經》有云：「昔有夫婦，將別，破鏡，人執半以為信。其妻忽與人通，鏡化鵲飛至夫前，其夫乃知之。後人因鑄鏡為鵲安背上也。」愁墮鵲：喜鵲搭成鵲橋，使有情男女終成連理，本句用此典言鵲橋一旦中斷，將使有情男女不再相見而生愁緒。

❺ 舜琴：五弦琴，相傳為舜為創，故云。《禮記·樂記》云：「昔者舜作五絃之琴，以歌《南風》。」又前蜀·韋莊有〈悼亡姬〉一詩：「湘江水闊蒼梧遠，何處相思弄舜琴。」此處以舜死在蒼梧與其妻永別之事，喻夫妻的分離。怨飛鴻：指盼不到對方的書信；因《漢書·蘇武傳》載有鴻雁傳書之事，後因以指鴻雁為書信。

❻ 鳴：使物發聲，指秋雨打在梧桐葉上的聲音。

❼ 暗：光線不足，不明亮，與「明」相對。曉風：清晨的微風。

❽ 持竿：執持釣竿，指釣魚；古代以「魚雁」代稱書信，此處以釣魚喻信未至，有盼信之意。

【鍾評】緣情綺靡，使事偏能艷動，此李義山能為之，而玄機可與之匹。

遊崇眞觀南樓覩新及第題名處❶　魚玄機

雲峰滿目放春晴❷，歷歷銀鉤指下生❸。自恨羅衣掩詩句❹，舉頭空羨榜中名❺。

【註釋】

❶ 崇真觀：道教廟宇。覩：看見，觀看。及第：科舉應試中選，因榜上題名有甲乙次第，故名。題名：古人為紀念科場登錄、旅遊行程等，在石碑或壁柱上題記姓名。
❷ 滿目：充滿視野。
❸ 歷歷：清晰貌，清楚明白，分明可數。銀鉤：形容書法曲勁有力。
❹ 羅衣：軟絲裁製而成的衣服，代指女子。掩：遮沒，遮蔽。
❺ 榜：應試錄取的告示名單。

【鍾評】風流艷治，偏與文士相宜，故其語亦矜重自喜。

江陵愁望寄子安❶　魚玄機

楓葉千枝復萬枝，江橋掩映暮帆遲❷。憶君心似西江水❸，日夜東流無歇時❹。

【註釋】

❶ 子安：參見〈情書寄子安〉詩註。
❷ 掩映：遮蔽，隱蔽，在光影相互映照下，若隱若現貌。
❸ 西江：長江的別稱，唐人多稱長江中下游為西江。此處可泛解為「西來」之水，以與下句「東流」相互對仗。
❹ 無歇：指對男子的思念如西來江水般東流無息。

獄中書情上使君❶

程長文

妾家本住鄱陽曲❷，一片堅心比孤竹❸。當年二八盛容儀❹，紅箋草隸恰如飛❺。盡日閒窗刺繡坐，有時極浦採蓮歸❻。誰道貧居守都邑❼，幽居寂寞無人入❽。海燕朝歸枕席寒❾，山花夜落堦墀濕❿。強暴之男何所為，手持白刃向簾幃⓫。一命任從刀下死⓬，千金豈受暗中欺⓭。我心匪石情難轉⓮，志奪秋霜意不移⓯。血濺羅衣終不恨⓰，瘡粘錦袖亦何辭⓱。縣僚曾未知情緒，即使教人繫囹圄⓲。朱脣滴瀝獨含冤⓳，玉筋闌干歎非所⓴。十月寒更更愁人㉑，一聞擊柝一傷神㉒。高髻不梳雲已散㉓，蛾眉淡掃月仍新㉔。三尺嚴章焉可越㉕，百年心事向誰說。但看洗雪出圜扉㉖，始信白圭無玷缺㉗。

【註釋】

❶ 使君：對官吏、長官的尊稱。
❷ 曲：偏僻的處所、鄉里。
❸ 堅心：堅定的心志。孤竹：獨生的竹，此處以竹的高潔之性，比喻自己的堅貞。
❹ 容儀：容貌舉止，容貌儀表，此指女子的外貌。
❺ 紅箋：紅色箋紙，多用以題寫詩詞或作名片等。草隸：專指草隸書，初期草書乃為隸書的草寫體，故名。
❻ 極浦：遙遠的水濱。
❼ 貧居：謂窮居困處。都邑：指京城，京都。
❽ 幽居：一作「幽閨」，即深閨，多指女子的臥室。
❾ 海燕：燕子的別稱，古人認為燕子產於南方，須渡海而至，故名。枕席寒：指女子獨居生活。
❿ 堦墀：臺階，亦指階面。「堦」，音ㄐㄧㄝ（jiē），同「階」。墀：音ㄔˊ（chí），臺階上的空地。
⓫ 白刃：鋒利的刀。簾幃：音ㄌㄧㄢˊ ㄨㄟˊ（lián wéi），猶簾幕。
⓬ 任從：任隨，聽憑。

⓭ 千金：舊時敬稱富家的女孩兒，今多用作對別人女孩兒的美稱，此處為女子自稱。豈：難道，怎麼，表示反詰、疑問。

⓮ 我心匪石：言石頭雖堅尚可轉，而我心堅，故情不可轉。匪石：非石，不像石頭那樣可以轉動，形容堅定不移。

⓯ 秋霜：常用以比喻威勢盛大、品質高潔、言辭嚴厲、心志壯烈，此處則用來形容女子對貞節的堅持。

⓰ 羅衣：軟絲裁製而成的衣服，泛指婦女華服。羅：質地輕軟的絲織品。

⓱ 瘡：音ㄔㄨㄤ（chuāng），創傷，創口。錦袖：指華美的服飾。錦：有彩色花紋的絲織品。

⓲ 縶：音ㄓˊ（zhí），拘囚，拘捕。囹圄：音ㄌㄧㄥˊ ㄩˇ（líng yǔ），監獄，監牢。

⓳ 朱唇：紅色的口唇，形容貌美。滴瀝：象聲詞，形容水滴落下的聲音，此指女子的淚水滴落。

⓴ 玉筋：指女子白皙如玉的臉。筋：肌肉、肌腱或附在骨頭上的韌帶，亦引申指身體。闌干：本指用竹、木、磚石或金屬等構製而成，設於亭臺樓閣或路邊、水邊等處作遮攔用，此處意為防範犯人逃走的監牢。

㉑ 寒更：寒夜的更點，借指寒夜。

㉒ 擊柝：敲梆子巡夜。柝：音ㄊㄨㄛˋ（tuò），古代巡夜人敲以報更的木梆，引申凡巡夜所敲之器皆稱柝。

㉓ 高髻：高綰之髮髻。髻，音ㄐㄧˋ（jì）。雲：喻指輕柔舒卷如雲之物，此指頭髮。

㉔ 蛾眉淡掃：淡雅的妝扮。月仍新：形容女子的美貌依舊。

㉕ 嚴章：苛刻的法規、條例。

㉖ 洗雪：除掉冤屈、恥辱等。圜扉：獄門，亦借指為牢獄。

㉗ 白圭：本指古代白玉製的禮器，此處喻清白之身。玷：音ㄉㄧㄢˋ（diàn），本指玉的斑點、瑕疵，此處喻為缺點、玷污、污辱。

【傳略】 鄱陽人。

【鍾評】 引情敘事，不亢不激，每從憤烈處作排遣語。而慷慨自明，仍不傷溫厚之氣。如此事，如此詩，學問與性情兼至，尤不當以舍生取義目之矣。

銅雀臺❶

程長文

君王去後行人絕，簫箏不響歌喉咽❷。雄劍無威光彩沈，寶琴零落金星滅❸。玉階寂寞墜秋露❹，月照當時歌舞處❺。當時歌舞人不回，化為今日西陵灰❻。

【註釋】

❶ 銅雀臺：據《三國志・魏志・武帝紀》云：「（建安十五年）冬，作銅雀臺。」為曹操所建。周圍殿屋一百二十間，連接榱棟，侵徹雲漢。鑄大孔雀置於樓頂，舒翼奮尾，勢若飛動，故名銅雀台。故址在今河北省臨漳縣西南古鄴城的西北隅，與金虎、冰井合稱三臺。又「銅雀臺」亦為樂府平調曲名，又名「銅雀妓」。宋郭茂倩《樂府詩集・相和歌辭六・銅雀臺》題解：「一曰〈銅雀妓〉。《鄴都故事》曰：『魏武帝遺命諸子曰：吾死之後，葬於鄴之西崗上，與西門豹祠相近，無藏金玉珠寶。餘香可分諸夫人，不命祭吾。妾與伎人，皆著銅雀臺，臺上施六尺床，下繐帳，朝晡上酒脯粻糒之屬。每月朝十五，輒向帳前作伎，汝等時登臺，望吾西陵墓田。』……後人悲其意，而為之詠也。」

❷ 蕭：寂寥，冷清。箏：撥弦樂器，形似瑟。咽：謂聲音滯澀，多用於形容悲切。

❸ 零落：衰頽，敗落。金星：指琴上的金色軫。鍾評曰：「威字說得深，卻宕出光彩兩字。如此寫事，不必情傷，便已淒然淚下。」

❹ 秋露：秋日的露水。

❺ 鍾評曰：「可憐可恨總在常時行樂處想出。」

❻ 回：還，返，歸。西陵：陵墓名，三國・魏武帝陵寢，在河南省臨漳縣西。《彰德府志・地理志二》：「操且死，令施繐帳於上，朝晡，上酒及糗糧，使宮人歌吹帳中，望吾西陵。西陵即高平陵也，在縣西南三十里，周回一百七十步，高一丈六尺。」鍾評曰：「只說不回，何等輕揚，覺易一字便呆。」

上成都即事

張窈窕

昨日賣衣裳，今日賣衣裳。衣裳渾賣盡❶，羞見嫁時箱❷。有賣愁

仍緩，無時心轉傷。故園有虜隔❸，何處事蠶桑❹？

【註釋】

❶ 渾：完全，簡直。
❷ 嫁時箱：結婚當時的衣箱。
❸ 故園：舊家園，故鄉。虜：古時對北方外族或南人對北方人的蔑稱。
❹ 蠶桑：養蠶與種桑，代指安居樂業的生活。

【傳略】窈窕居蜀，善詩賦，殊無脂粉氣，當時詩人雅相推重。

【鍾評】語氣古質，有似樂府中敘事。一轉真覺愁心欲絕。

春思

張窈窕

門前桃柳爛春輝❶，閉妾深閨繡舞衣❷。兩燕不知腸欲斷❸，銜泥故故傍人飛❹。

【註釋】

❶ 爛：色彩絢麗。春輝：猶春陽。
❷ 妾：舊時女子自稱的謙詞。深閨：舊時指女子居住的內室。繡：用彩色絲線在綢緞上刺上各種花紋。鍾評曰：「用閉妾二字，若有使之閉者，虛事作實事，妙在聲情蘊藉耳。」
❸ 腸欲斷：形容極度思念或悲痛。
❹ 銜：此指前句的兩燕用嘴含物或叼物。故故：屢屢，常常。傍人：非當事人。鍾評曰：「兩字難堪，故故字疊得怨。」

懷良人

葛亞兒

蓬鬢荊釵世所稀❶，布裙猶是嫁時衣❷。胡麻好種無人種❸，正是歸時不見歸。

【註釋】

❶ 蓬鬢：形容雜亂的頭髮。荊釵：荊枝製作的髻釵，古代貧家婦女常用之。
❷ 布裙：以用粗布為裙。「荊釵布裙」指貧窮或節儉婦女粗劣的服飾。
❸ 胡麻：即芝麻，相傳漢·張騫得其種於西域，故名。好種：正是適合播種的時機。

【鍾評】淡然世外，了不涉塵世，而懷思之念自殷。

早梅

劉元載妻

南枝向暖北枝寒❶，一種春風有兩般❷。憑仗高樓莫吹笛❸，大家留取倚闌干❹。

【註釋】

❶ 南枝北枝：指梅花，南枝向陽而暖，北枝遭風霜而寒。比喻人的境遇順逆不同。鍾評曰：「以向背分寒暖，想路幽絕。然有北枝寒三字，始形容出早梅意。」
❷ 兩般：兩樣，不同。
❸ 憑仗：依賴，倚仗。吹笛：追思曩昔遊宴之好（典出晉·向秀〈思舊賦·序〉），以喻傷逝懷舊。
❹ 留取：猶留存。闌干：欄杆，用竹、木、磚石或金屬等構製而成，設於亭臺樓閣或路邊、水邊等處作遮攔用。

寄征衣

裴羽仙

深閨乍冷開香匣❶，玉筋微微濕紅頰❷。一陣香風殺柳條❸，濃煙半夜成黃葉❹。重重白練如霜雪❺，獨下寒階轉淒切❻。祇知抱杵搗秋砧❼，不覺西樓已無月。時聞寒雁聲呼喚❽，紗窗只有燈相

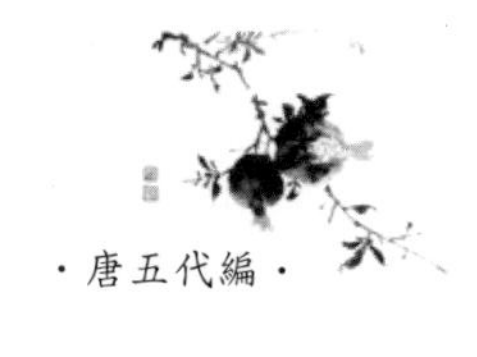

伴。幾展齊紈又懶裁❾，離腸空逐金刀斷❿。細想儀形執刀尺⓫，回刀剪破澄江色⓬。愁捻銀針信手縫⓭，惆悵無人試寬窄⓮。時時舉袖勻殘淚⓯，紅箋謾有千行字⓰。書中不盡心中事，一半殷勤托邊使⓱。

【註釋】

❶ 深閨：舊時指女子居住的內室。乍冷：指氣溫突然變冷。香匣：指女子化妝用的脂粉盒。匣：音ㄒㄧㄚˊ（xiá），盛物器具，大的叫箱，小的叫匣，一般呈方形，有蓋。

❷ 玉筯：指女子白皙如玉的臉。筯：肌肉、肌腱或附在骨頭上的韌帶，亦引申指身體。微微：輕微，稍微。濕紅頰：指女子淚流滿面。頰：臉的兩側從眼到下頷部分。

❸ 香風：帶有香氣的風。殺：指秋季陰氣肅殺，引申指草木枯萎。柳條：柳樹的枝條。

❹ 黃葉：枯黃的樹葉，亦借指將落之葉。

❺ 白練：白色熟絹。

❻ 階：臺階。淒切：淒涼而悲切。

❼ 抱杵搗砧：指搗衣時的動作。古代秋涼時，家家婦女為親人趕冬衣而搗衣。杵：音ㄔㄨˇ（chǔ），舂搗穀物、藥物及築土、搗衣等用的棒槌。砧：音ㄓㄣ（zhēn），搗衣石，洗衣時用來輕搥衣服的石塊。

❽ 寒雁：寒天的雁，亦作「寒鴈」，詩文中常以襯托淒涼的氣氛。呼喚：呼叫，喊叫。

❾ 展：陳列，鋪放。齊紈：齊地出產的白細絹，後亦泛指名貴的絲織品。懶裁：怠惰於剪裁。

❿ 離腸：充滿離愁的心腸。金刀：剪子。

⓫ 儀形：儀容，形體，此指征夫的身形樣態。刀尺：剪刀和尺，裁剪工具，此指服裝的製作。

⓬ 澄江色：此形容布匹顏色清澈如江水。

⓭ 捻：音ㄋㄧㄢˇ（niǎn），用手指搓或轉動之意。（或作ㄋㄧㄝ（niē），同「捏」，用拇指與其餘手指夾住。）銀針：指縫衣用針。信手：隨手。

⓮ 惆悵：因失意或失望而傷感、懊惱。試寬窄：試穿衣服的寬度。

⓯ 勻：謂均勻地揩拭。

⓰ 紅箋：紅色箋紙，多用以題寫詩詞或作名片等。謾：音ㄇㄢˋ（màn），通「漫」，空，徒，徒然。

⓱ 殷勤：指巴結討好。托：囑托，托付。邊使：來自邊地的使者。

【傳略】裴悅之妻，悅征匈奴不歸，思慕悲切，賦邊將詩以寫其意。

【鍾評】細密溫欸，情詞俱曲，寒暖深淺，遂若步步經心，凝想一過，亦使涕零雙墮矣。

銅雀臺❶

張琰

君王冥寞不可見❷，銅雀歌舞空徘徊❸。西陵嘖嘖悲宿鳥❹，空殿沈沈閉青苔❺。青苔無人跡，紅粉空相哀❻。

【註釋】

❶ 銅雀臺：詳參程長文〈銅雀臺〉詩註釋。
❷ 君王：即魏武王曹操。冥寞：謂死亡。
❸ 徘徊：流連，留戀。
❹ 西陵：詳參程長文〈銅雀臺〉詩註釋。嘖嘖：象聲詞，形容聲音輕細，多指鳥蟲鳴聲。宿鳥：歸巢栖息的鳥。
❺ 沈沈：形容深沉。閉：隱覆，埋沒。
❻ 紅粉：婦女化妝用的胭脂和鉛粉，借指美女。

【鍾評】有宛約愁動之態，偶舉一事言之，殊不能盡，比他人鋪敘成篇者，便有雅俗之別。

銅雀臺❶

梁瓊

歌扇向陵開，齊行奠玉杯❷。舞時飛燕列❸，夢裏片雲來❹。月色空遺恨❺，松聲莫更哀❻。誰憐未死妾，掩袂下銅臺❼。

【註釋】

❶ 銅雀臺：詳程長文〈銅雀臺〉詩註釋。
❷ 齊行：同樣行動。奠：祭獻，此指用祭品向死者致祭。玉杯：玉製的杯或杯的美稱。
❸ 飛燕：形容舞姿曼妙、姿態輕盈如飛翔的燕子。
❹ 片雲：極少的雲。

❺ 遺恨：餘恨，謂事情已過去但還留下的悔恨。
❻ 松聲：松濤聲。
❼ 掩袂：用衣袖遮面，此指以衣袖掩面拭淚。袂：音ㄇㄟˋ（mèi），衣袖。

【鍾評】輕婉細怯，有回翔之致，無質重之病，可以藥滯材。

寄遠

田娥

憶昨會詩酒❶，終日相逢迎❷。今來成故事❸，歲月令人驚。淚流紅粉薄❹，風度羅衣輕❺。難為子猷志❻，虛負文君名❼。

【註釋】

❶ 詩酒：賦詩與飲酒。
❷ 終日：整天。逢迎：迎接，接待。
❸ 故事：舊事，舊業。
❹ 紅粉：婦女化妝用的胭脂和鉛粉。
❺ 風度：風吹拂過。
❻ 子猷：晉·王徽之的字，王羲之之子。性愛竹，曾說：「何可一日無此君！」居會稽時，雪夜泛舟剡溪，訪戴逵，至其門不入而返。人問其故，則曰：「本乘興而行，興盡而返，何必見戴！」見南朝宋·劉義慶《世說新語·任誕》。遂傳為佳話。
❼ 文君：指卓文君。漢臨邛富翁卓王孫之女，貌美，有才學。司馬相如飲於卓氏，文君新寡，相如以琴曲挑之，文君遂夜奔相如。見《史記·司馬相如列傳》。

【鍾評】雅人事，留作佳話，每是如此。用兩實事作結，不俚不膚，質處能鬆，全由難為虛負四字得力耳。

攜手曲❶

田娥

攜手共惜芳菲節❷，鶯啼錦花滿城闕❸。行樂逶迤念容色❹，色衰祇恐君恩歇❺。鳳笙龍管白日陰❻，盈虧自感中天月❼。

【註釋】

❶ 攜手曲：樂府歌曲名，屬雜曲歌辭。可見於《樂府詩集·雜曲歌辭十六·攜手曲》。郭茂倩題解：「〈攜手曲〉，梁沈約所制也。《樂府解題》曰：『〈攜手曲〉，言攜手行樂，恐芳時不留，君恩將歇也。』」
❷ 攜手：牽手。芳菲：花草盛美。
❸ 闕：宮門、城門兩側的高臺，中間有道路，臺上起樓觀。借指宮廷，帝王所居之處，後也借指京城。
❹ 逶迤：音ㄨㄟ 一ˊ（wēi yí），游移徘徊貌，徐行貌。容色：容貌神色，此指女子的容顏。
❺ 色衰：即色衰愛弛，因姿色衰退而失去寵愛。君恩：本指君王的恩惠，此為失寵之意。
❻ 鳳笙：漢·應劭《風俗通·聲音·笙》：「《世本》：『隨作笙。』長四寸、十二簧、像鳳之身，正月之音也。」後因稱笙為「鳳笙」。此指笙曲。龍管：笛的美稱。陰：幽暗，昏暗，不見陽光的地方。
❼ 盈虧：指月之圓缺。

【鍾評】從共惜說到自感，不倫不次，悅忽難盡，是無聊中嘆惜幽情。然妙處在憒，不憒不媚，不情深不憒。

春望詞（四首）　　薛濤

花開不相賞，花落不同悲❶。欲問相思處，花開花落時。

其二

檻草結同心❷，將以遺知音❸。春愁正斷絕❹，春鳥復哀鳴。

其三

風花日將老❺，佳期猶渺渺❻。不結同心人，空結同心草。

其四

那堪花滿枝❼，翻作兩相思。玉箸垂朝鏡❽，春風知不知。

【註釋】

❶ 此二句言：心中思念的人不能與自己一起觀看花開花落。
❷ 檻：音ㄐㄧㄢˋ（jiàn），欄杆。同心：指同心結，舊時用錦帶編成，連環回文樣式的結子，用以象徵堅貞的愛情。
❸ 遺：音ㄨㄟˋ（wèi），給予，餽贈。
❹ 春愁：春日的愁緒。
❺ 風花：風中的花。
❻ 佳期：婚期。渺渺：遙遠無期。
❼ 那堪：怎堪，怎能禁受。
❽ 玉箸：喻眼淚。

【傳略】 薛濤，字洪度，本長安良家女。父鄖，因官寓蜀。濤八、九歲知聲律，其父一日坐庭中，指井梧示之，曰：「庭除一古桐，聳幹入雲中。」令濤續之，即應聲曰：「枝迎南北鳥，葉送往來風。」父愀然。久之，父卒，母孀養濤。及笄，以詩聞外，又能掃眉塗粉，與士俗不侔，客有竊與之燕語。時韋皋鎮蜀，召令侍酒賦詩，僚佐多士，為之改觀。朞歲，皋議以校書郎奏請之，護軍不可而止。濤出入幕府，自皋至李德裕，凡歷事十一鎮，皆以詩名受知，故胡魯詩曰：「萬里樓台女校書，琵琶花下閉門居。掃眉才子知多少，領取春風總不如。」其間與濤倡和者：元稹、白居易、牛僧孺、令狐楚、裴度、嚴綬、張籍、杜牧、劉禹錫、吳武陵、張佑，餘皆名士。初元稹知有薛濤，未嘗識面，及授監察御史，出使西蜀，得與濤相見。自後，元公赴京，薛濤歸浣花所，其浣花之人，多造十色采箋。於是濤別造新樣小幅松花紙，多用題詩，因寄獻元公百餘幅。元於松花紙上寄贈一篇曰：「錦江滑膩岷峨秀，幻作文君及薛濤。言語巧偷鸚鵡舌，文章分得鳳凰毛。紛紛詞客皆停筆，箇箇公侯欲夢刀。別後相思隔煙水，菖蒲花發五雲高。」薛濤嘗好種菖蒲，故有是句。濤好製小詩，惜其幅大，躬撰深紅小采箋裁書，時謂之薛濤箋。晚歲居碧雞坊，創吟詩樓，偃息於上。後段文昌再鎮成都，濤卒，年七十五。文昌為撰墓誌。

【鍾評】細諷四時，覺有望字意在。若率然讀去，但知其幽恨，不知其悵嘆。

罰赴邊有懷上韋令公❶（二首）　薛濤

聞說邊城苦❷，如今始到知。好將筵上曲❸，唱與隴頭兒❹。

其二

黠虜猶違命❺，烽烟直北愁❻。卻教嚴譴妾❼，不敢向松州。

【註釋】

❶ 薛濤於唐貞元年間，被罰赴松州（今四川松潘縣）。松州處於唐與吐蕃的邊境上。韋令公即韋皋，貞元元年任劍南西川節度使。令公，對中書令的尊稱，中唐以來，節度使多累加中書令、尚書令之稱，其下皆以令公稱之，後遂為節度使之稱。

❷ 聞說：猶聽說。

❸ 筵上曲：宴席間所唱之曲。

❹ 隴頭：即隴山，借指邊塞。隴頭兒指戍守邊防的戰士。

❺ 黠虜：狡猾的敵人，唐代特用以指吐蕃。此指貞元十七年吐蕃寇隴蜀事，女詩人或於此時被罰赴松州營中。違命：指違背天命。

❻ 烽烟：烽烟臺報警之煙，借指戰爭。直北：指正北方，吐蕃當時已佔據今青海、甘肅一帶，正當四川北部。

❼ 嚴譴：嚴厲譴責。

【鍾評】二詩如邊城畫角，別是一番哀怨。

試新服裁制初成（二首）

薛濤

紫陽宮裏試紅綃❶，仙霧朦朧隔海遙❷。霜兔毳寒冰繭靜❸，嫦娥笑指織星橋❹。

其二

九氣分為九色霞，五雲仙馭五雲車❺。春風因過東君舍❻，偷樣人間染百花❼。

其三

長裙本是上清儀❽，會逐群花把玉芝❾。每到宮中歌舞會，折腰齊唱步虛詞❿。

【註釋】

❶ 紫陽宮：傳說中古代神仙常以紫陽為稱號，紫陽宮意指神仙的居所。綃：音ㄒㄧㄠ（xiāo），薄綢。

❷ 仙霧：指縹緲的霧氣。朦朧：模糊不清的樣子。

❸ 霜兔：指白兔。毳：音ㄘㄨㄟˋ（cuì），鳥獸的細毛。冰繭：冰蠶所結的繭。常用作普通蠶繭的美稱。晉·王嘉《拾遺記·員嶠山》：「有冰蠶長七寸，黑色，有角有鱗，以霜雪覆之，然後作繭，長一尺，其色五彩，織為文錦，入水不濡，以之投火，經宿不燎。」靜：清潔，乾淨。

❹ 織星：織女星。織星橋：神話中牛郎星與織女星相會之鵲橋。

❺ 五靈：謂麟、鳳、神龜、龍、白虎，古代傳說中五種靈異鳥獸。仙馭：駕馭。五雲車：指青、白、赤、黑、黃五種雲色的車輛。

❺ 因：趁著。東君：司掌春天之神。

❻ 樣：式樣，標準。指九霞、五雲等屬於天上的斑斕色彩。
❼ 上清：道家所稱的三清境之一。儀：儀表容止。
❽ 逐：隨，相隨。把：握持。玉芝：芝草的一種，又稱白芝。
❾ 折腰：原指拜揖，鞠躬下拜，表示屈辱之意。此則以彎腰作為舞蹈的姿態。步虛詞：樂府雜曲歌名。《樂府詩集・雜曲歌辭十八・步虛詞》郭茂倩題解引唐・吳兢《樂府解題》云：「《步虛詞》，道家曲也。備言眾仙縹緲輕舉之美。」庾信、隋煬帝、顧況、劉禹錫等均有擬作。

【鍾評】（其一）沉著語，又須宛媚流闊，始無偏輕偏重之病。此其意義：以他人事作我情，以我情作他人事耳。明此意，即作長篇不難矣。（其二）春風東君，人每互用耳，此以分用，說出奇情。聲情細艷，嫣然作致。（其三）只將借意發出正意，情神宛肖。

秋泉

薛濤

泠色初澄一帶烟❶，幽聲遙瀉十絲絃❷。長來枕上牽情思，不使愁人半夜眠❸。

【註釋】

❶ 泠色：清澈、明淨的顏色。泠，音ㄌㄧㄥˊ（líng）。澄：澄清，使清明。鍾評曰：「泠色用澄字妙矣。又用初澄，卻於何處分看？全在一帶煙氤氳幽杳中見之。」
❷ 幽聲：幽咽的水聲。瀉：流洩。絲弦：弦樂器上用以發音的琴弦，亦借指弦樂器。
❸ 鍾評曰：「『不使』字亦爽然。」

柳絮

薛濤

二月楊花輕復微❶，春風搖蕩惹人衣❷。他家本是無情物，一向南飛又北飛。

【註釋】

❶ 楊花：指柳絮。
❷ 惹：沾染，染上。

【鍾評】「他家」、「一向」本是俗語，靈心映帶，便覺飄洒不盡。

十離詩

薛濤

元微之使蜀，嚴司空遣濤往侍。後因事獲怨，遠之。濤作十離詩以獻，因復善焉❶。

其一　犬離主

馴擾朱門四五年❷，毛香足淨主人憐❸。無端咬著親情客❹，不得紅絲毯上眠。

其二　筆離手

越管宣毫始稱情❺，紅箋紙上撒花瓊❻。都緣用久鋒頭盡❼，不得羲之手裡擎❽。

其三　馬離廄

雪耳紅花淺碧蹄❾，追風曾到日東西❿。為驚玉貌郎君墜⓫，不得華軒更一嘶⓬。

其四　鸚鵡離籠

隴西獨自一孤身⓭，飛去飛來上錦茵⓮。都緣出語無方便⓯，不得籠中再喚人。

其五　燕離巢

出入朱門未忍拋⓰，主人常愛語嬌嬌⓱。銜泥穢污珊瑚枕⓲，不得梁間更壘巢⓳。

其六　珠離掌

皎潔圓明內外通，清光似照水晶宮⓴。都緣一點瑕相穢㉑，不得終宵在掌中㉒。

其七　魚離池

戲躍蓮池四五秋㉓，常搖朱尾弄銀鉤㉔。無緣擺罷芙蓉朵㉕，不得清波更一游。

其八　鷹離鞲㉖

爪利如鋒眼似鈴㉗，平原捉兔稱高情㉘。無端竄向青雲外㉙，不得君王臂上擎㉚。

其九　竹離亭

蓊鬱新栽四五行㉛，常將勁節負秋霜㉜。為緣春筍鑽牆破，不得垂陰覆玉堂㉝。

其十　鏡離臺

鑄瀉黃金鏡始開㉞，初生三五月徘徊㉟。為遭無限塵蒙蔽㊱，不得華堂上玉臺㊲。

【註釋】

❶ 元微之：元稹，字微之。元和四年（西元 809 年），以監察御史出使東川，與濤交往甚密，時有詩篇往還。遣：差遣。往：去。侍：伺候。遠：音ㄩㄢˋ（yuàn），不親近。據上引《名媛詩歸》詩序所言，〈十離詩〉的獻作對象似為元稹，然田藝蘅《詩女史》曰：「濤曾連帥所喜，因事獲怒而遠之，作十離詩以獻。」則另指連帥。又《全唐詩》此詩注曰：「濤因醉爭令擲注子，誤傷相公猶子，去幕，故云。」說明了獲怒而遠的事件，唯不知二者所指是否為同一人？

❷ 馴擾：又作「馴撓」，一作「出入」，指攪擾馴伏。朱門：紅漆大門，指貴族豪富之家。

❸ 憐：喜愛，疼愛。

❹ 無端：無緣無故。親情客：以親情之誼待人者。

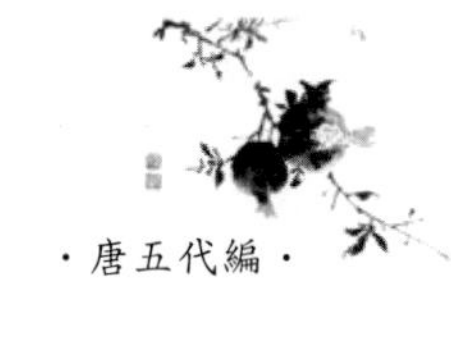

❺ 越管：指浙江湖州所製之筆桿；宣毫：指安徽宣城所產之筆毫，二地所產之筆名聞遐邇，用以代稱上等好筆。稱情：音ㄔㄣˋ ㄑㄧㄥˊ（chèn qíng），猶稱心，符合心意。

❻ 箋：音ㄐㄧㄢ（jiān），用以題寫詩詞或作名片之紙幅。撒：此指揮灑文墨之意。花瓊：此指文采如美玉般燦爛。

❼ 緣：因為。鋒頭：指筆尖。

❽ 羲之：東晉著名書法家王羲之。擎：音ㄑㄧㄥˊ（qíng），持，取。

❾ 紅花：指馬身上的紅色花紋。碧蹄：馬蹄。

❿ 追風：形容馬行之速。東西：東邊與西邊，形容距離之遠。

⓫ 為：因為，由於。驚：馬受突然的刺激而行動失常。玉貌：謂貌美如玉。郎君：通稱貴家子弟為郎君。

⓬ 華軒：指富貴者所乘的華美座車。軒，古代一種前頂較高而有帷幕的車子，供大夫以上乘坐。嘶：牲畜鳴叫，亦特指馬鳴。

⓭ 隴西：古代郡名，甘肅東部一帶。孤身：單身。

⓮ 錦茵：錦製的墊褥。

⓯ 出語：出言。方便：合適，適宜。

⓰ 出入：往來。

⓱ 嬌嬌：形容燕子的叫聲親切可人。

⓲ 銜：音ㄒㄧㄢˊ（xián），含在嘴裡，用嘴咬。穢汙：不潔，骯髒。珊瑚枕：指繡有珊瑚紋飾的華貴枕頭。

⓳ 梁：屋梁。纍：因ㄌㄟˇ（lěi），堆積，積聚。

⓴ 清光：清亮的光輝。水晶宮：傳說中的月宮。

㉑ 瑕：此句指明珠上的斑點或裂痕。

㉒ 終宵：徹夜，通宵。

㉓ 戲：游戲。躍：跳躍。秋：一年的時間。

㉔ 銀鉤：銀質或銀色的鉤子。

㉕ 無緣：沒來由，無從。罷：音ㄅㄧˇ（bǐ），離散，分散。一作「無端擺斷」。芙蓉：荷花的別名。朵：花朵。

㉖ 鞲：音ㄍㄡ（gōu），同「韝」，臂套。古人射箭時以皮製臂套束衣袖，稱射韝。出獵時鷹即立於韝上。

㉗ 鋒：本指刀、劍等有刃的兵器的尖端或銳利部分，此處用以形容鷹爪的銳利。鈴：鈴狀物。

㉘ 稱：音ㄔㄣˋ（chèn），符合。高情：高雅的情致。

㉙ 竄：音ㄘㄨㄢˋ（cuàn），奔逃。青雲：指高空的雲，亦借指高空。

㉚ 擎：高舉、支撐。
㉛ 蓊鬱：音ㄨㄥˇ ㄩˋ（wěng yù），草木茂盛貌。
㉜ 勁節：竹木枝幹分杈處稱節，以其質地堅實，故稱勁節。秋霜：秋日的霜。勁節負秋霜：言堅貞耐寒。
㉝ 垂陰：亦作「垂蔭」，樹木枝葉覆蓋形成陰影，指樹木枝葉覆蓋的陰影。玉堂：豪貴的宅第。
㉞ 鑄瀉：熔煉金屬，澆製成器的過程。鑄：熔煉金屬或以液態非金屬材料澆製成器的統稱。瀉：傾注。黃金：銅。
㉟ 三五月：指農曆十五夜的月亮，此句用十五之明月以喻鏡之圓而明。徘徊，音ㄆㄞˊ ㄏㄨㄞˊ（pái huái），流連，留戀。
㊱ 為：因為，由於。蒙蔽：遮蔽，遮掩。
㊲ 玉臺：玉製的鏡臺，即鏡架，用以美稱之。

【鍾評】 十離詩有引躬自責者，有歸咎他人者，有擬議情好者，有直陳過端者，有微寄諷刺者，皆情到至處，一往而就，非才人、女人不能。蓋女人善想，才人善達故也。此長門賦所以授情於洛陽年少也。

採蓮舟

薛濤

風前一葉厭荷蕖❶，解報新秋又得魚❷。兔走烏馳人語靜❸，滿溪紅袂棹歌初❹。

【註釋】

❶ 荷蕖：芙蕖，荷花的別名。蕖，音ㄑㄩˊ（qú）。
❷ 新秋：指初秋。
❸ 兔走烏馳：兔，即玉兔，在此借指月亮。烏，即金烏，古代神話傳說太陽中有三足烏，在此借指太陽。兔走烏馳：藉由日月運行，表達時間流逝。
❹ 紅袂：猶言紅袖，在此借指為溪中採蓮的女子。袂，音ㄇㄟˋ（mèi），衣袖。棹：音ㄓㄠˋ（zhào）。本意為船槳，後借指為船。棹歌，亦作「櫂歌」，行船時所唱之歌。

【鍾評】 結句古宕有餘思，覺通篇俱氣靜矣。

菱荇沼❶

薛濤

水荇斜牽綠藻浮，柳絲和葉臥清流。何時得向溪頭賞❷，旋摘菱花旋泛舟❸。

【註釋】

❶ 菱，音ㄌㄧㄥˊ（líng），一年生之水生草本植物。水上葉棱形，葉柄上有浮囊，花白色。果實有硬殼，一般有角，俗稱菱角。荇，音ㄒㄧㄥˋ（xìng），多年生水生草本植物，葉呈對生圓形，嫩時可食，亦可入藥。沼，水池。

❷ 溪頭：猶言溪邊。

❸ 旋：同時進行，此作連接詞用。既摘採蓮花，同時又泛輕舟。

【鍾評】「和葉臥」入想迥異。蓋細心明眼，觀物自有妙會，決非膚意膚語足攖其胸次也。

寫眞寄外❶

薛瑗

欲下丹青筆❷，先拈寶鏡寒❸。已驚顏索寞❹，漸覺鬢凋殘❺。淚眼描將易❻，愁腸寫出難。恐君渾忘卻❼，時展畫圖看❽。

【註釋】

❶ 寫真：描繪人的真容。寄外：妻子寄信或物品給丈夫。

❷ 丹青：指丹砂和青雘，可作顏料之用。丹青筆，即畫筆。

❸ 拈：音ㄋㄧㄢˊ（nián），用手指取物，持拿的意思。寶鏡：鏡子的美稱。寒：心寒，指驚訝於容顏消逝。

❹ 顏：容顏。索寞：同「索莫」，亦作「索漠」，神色頹喪的樣子。

❺ 鬢：音ㄅㄧㄣˋ（bìn），臉旁靠近耳朵的頭髮。凋殘：殘敗衰落。

❻ 淚眼：含淚的眼。描：描繪，摹寫。將，音ㄐㄧㄤ（jiāng），助詞，用於動詞之後。

❼ 渾：副詞，皆，都之意，用以表示範圍。忘卻：猶言忘記。

❽ 畫圖：畫像。

【傳略】濠梁南楚材妻。材旅遊，受潁牧之眷，欲妻以女，無反舊意。瑗乃對鏡寫真，并詩寄之。材自慚，遂還，終老。時人嘲曰：「當時婦棄夫，今日夫棄婦。若不逞丹青，空房應獨守。」

峽中即事❶　　廉氏

清秋三峽此中去❷，鳴鳥孤猿不可聞。一道水聲多亂石，四時天色少晴雲❸。日暮泛舟溪漵口❹，那堪夜永思氛氳❺。

【註釋】

❶ 即事：以當前事物為題材的詩。
❷ 鍾評曰：「『此中去』寫得直而怨。」
❸ 鍾評曰：「峽中真景，偶然寫出，但覺幽杳蓊深。杜詩亦有『楚天不斷四時雨』句。」
❹ 日暮：傍晚。泛舟：行船。漵，音ㄒㄩˋ（xù），水邊。
❺ 那堪：怎堪，怎能禁受。夜永：夜長，夜深，多用於詩中。思：思想，意念。氛氳，音ㄈㄣ ㄧㄣ（fēn yīn），形容氣氛熱烈。

【鍾評】陰巖有鬼神，正是此翳霾氣色。

燕子樓感事（三首）　　關盼盼

樓上殘燈伴曉霜❶，獨眠人起合歡床❷。相思一夜情多少，地角天涯未是長❸。

其二

適看鴻雁岳陽迴❹，又覩玄禽逼社來❺。瑤瑟玉簫無意緒❻，任從蛛網任從灰❼。

其三

北邙松柏鎖愁烟，燕子樓中思悄然❽。自埋劍履歌塵散❾，紅褪香消二十年。

【註釋】

❶ 殘燈：將熄的燈。伴：伴隨。鍾評曰：「『伴』字此次非匹，黯然神傷。」
❷ 合歡床：雙人床，新婚之床。鍾評曰：「『人』字、『床』字忽然分出，深思不得，況又獨眠合歡乎？不說下二句，已盡悲楚。」
❸ 地角天涯：形容極遠的地方或彼此相隔很遠。
❹ 適：剛才，方才。鴻雁：俗稱大雁。迴：掉轉，返回。
❺ 覩：音ㄉㄨˇ（dǔ），同「睹」，看見。玄禽：指燕子。逼：迫近。社：古代地區單位，在此指「村」。
❻ 瑤瑟：用玉裝飾的琴瑟。玉簫：玉製的簫或簫的美稱。意緒：心意，情緒。鍾評曰：「『無意緒』在瑤瑟玉簫上說何等深曲，從己身上說，則淺率不成語矣。」
❼ 任從：音ㄖㄣˋ ㄘㄨㄥˊ（rèn cóng），任隨，聽憑。蛛網：蜘蛛用蛛絲結成的網。
❽ 北邙：借指墓地或墳墓，邙，音ㄇㄤˊ（máng）。愁烟：慘淡的煙波，詩人以其易於勾起愁思故稱。思：心思。悄然：憂傷貌。鍾評曰：「樓中何處有思？淒然哀弔，意緒難明。」
❾ 歌塵：形容歌聲動聽。散：亡失，喪失。鍾評曰：「劍履用『埋』字，歌塵用『散』字，虛實處即結處不失。」

【傳略】 關盼盼，徐州人張建封妾也。白樂天有〈和燕子樓詩〉，其序云：徐州張尚書有愛妓盼盼，善歌舞，雅多風態。予為校書郎時，遊淮泗間，張尚書宴予。酒酣，出盼盼佐酒歡甚，予因贈詩云：「醉嬌勝不得，風嫋牡丹花」，一歡而去。爾後，絕不復知，茲一紀矣。昨日，司勳員外郎張仲素繪之訪予，因吟新詩，有〈燕子樓〉詩三首，辭甚婉麗，詰其由，乃盼盼所作也。繪之從事武寧軍累年，頗知盼盼始末，云：「張尚書既歿，彭城有張氏舊弟，中有小樓，名燕子。盼盼念舊愛而不嫁，居是樓十餘年，於今尚在。」余嘗愛其新作，乃和之云：「滿窗明月滿簾霜，被冷燈殘拂臥床。燕子樓中寒月夜，秋來祇為一人長。」又云：「鈿帶羅衫色似烟，幾迴欲起即潸然。自從不舞霓裳袖，疊在空箱二十年。」又云：「今春有客洛陽回，曾到尚書墓上來。見說白楊堪作柱，爭教紅粉不成灰。」又贈之絕句云：「黃金不惜買蛾眉，揀得如花四五枝。歌舞教成心力盡，一朝身去不相隨。」後仲素以余詩示盼盼，乃反復讀之，泣曰：「自公薨背，妾非不能死，恐百載之後，人以我公重色，有從死之妾，是玷我公清範也，所以偷生爾。」乃和白公詩云云。盼盼得詩後，往往旬日不食而卒，但吟詩云：「兒童不識沖天物，漫把青泥污雪毫。」有《燕子樓詩集》，僅三百首。

贈盧夫人

常浩

佳人惜顏色❶，恐逐芳菲歇❷。日暮出畫堂❸，堦下見新月❹。拜月仍有詞，傍人那得知。歸來玉堂下❺，始覺淚痕垂❻。

【註釋】

❶ 顏色：容顏姿色。鍾評曰：「『惜顏色』仍是佳人自陳心事，妙比男人『惜顏色』情理勝卻多少。」

❷ 芳菲：花草樹木的芬香芳華，引申如春天百花齊放之蓬勃生機。歇：歇止，停息。鍾評曰：「『恐逐』二字意緒無聊。」

❸ 畫堂：裝飾華麗的廳堂。

❹ 堦：音ㄐㄧㄝ（jiē），同「階」，臺階。鍾評曰：「『見新月』特用『堦下』二字，恍然見之。」

❺ 玉堂：豪貴的宅第。

❻ 鍾評曰：「『始覺淚痕垂』宛而傷心，情中偶然觸想，不知其畢竟何以淚垂也，寫來心動。」

【傳略】常浩者，伎也。

絕微之❶

崔鶯鶯

棄置今何道❷，當時且自親。還將舊來意，憐取眼前人❸。

【註釋】

❶ 唐代詩人元稹之字。此詩作於微之將行時又賦。
❷ 棄置：猶言拋棄。道：說，講述。
❸ 願將舊時二人之恩義，轉而珍惜眼前之夫君，用以決絕之。

【傳略】永寧尉崔鵬女，其母出於鄭氏，與元稹乃中表也，適與鄭氏同寓蒲東普救寺。時軍人大擾，稹與將黨有善者，護崔免難。鄭設饌款稹，命女鶯鶯出拜。稹心動，誘侍女紅娘奉詞挑之。翌日，紅娘持一彩箋授稹，曰：「崔所命也。」題其篇曰：「明月三五夜」，繇是通焉。越明年，稹往長安，文戰不利，遂止於京，移書於崔，崔緘報之。後崔委身於人，稹過崔，以外兄求見，崔終不出，賦詩絕之。稹忿怨，作〈會真記〉以醜之，所云張生者，自諱也。

【鍾評】娟怨媚，各有其至，千古情人，俱堪矜憫。

寄紅箋❶

王福娘

日日悲傷未有圖❷，懶將心事話凡夫❸。非同覆水應收得❹，只問仙郎有意無❺？

【註釋】

❶ 箋：音ㄐㄧㄢ（jiān），精美的小幅紙張，供題詩、寫信或作名片等用。紅箋：亦作「紅牋」，紅色箋紙。
❷ 圖：意圖，抱負。
❸ 凡夫：平庸之人。鍾評曰：「二句何等珍重。」
❹ 覆水：已傾覆的水，難以收回，比喻事已成定局。
❺ 仙郎：借稱俊美的青年男子，多用於愛情關係。鍾評曰：「只『有意』二字問詞，從來

薄倖人，使他再開口不得。」

【傳略】《北里志》云：福娘，字宜之。甚明晳，豐約合度，談論風雅，且有體裁。故天官崔知之侍郎嘗於筵上與詩曰：「怪得清風送異香，娉婷仙子曳霓裳。惟應錯認偷桃客，曼倩曾為漢侍郎。」次曰小福，字能之，雖乏丰姿，亦甚慧黠。予在京師，與群從少年習業。或倦悶時，迴詣此處，與二福環坐，清談雅飲，尤見風態。予嘗贈宜之詩曰：「彩翠仙衣紅玉膚，輕盈年在破瓜初。霞杯勸酒劉郎飲，雲髻慵邀阿母梳。不怕寒侵綠帶寶，等憂風舉倩持裾。謾圖西子晨妝樣，西子元來未得如。」得詩甚多，頗以此詩為稱愜。持詩於窗左紅牆，請予題之。及題畢，以未滿壁，請更作一兩篇，予因題三絕句，如其自述，尚餘數行未滿。翌日詣之，忽見自札後宜之題詩曰：「苦把文章邀勸人，吟看好箇語言新。雖然不及相如賦，也值黃金一二斤。」宜之每宴洽之際，常慘然悲鬱，如不勝任，合坐為之改容，久而不已。靜詢之，答曰：「此蹤跡安可迷而不返耶？又何計以返？每思之，不能不悲也。」遂嗚咽久之。它日，忽以紅箋授予，泣且拜，余因謝之曰：「甚知幽旨，但非舉子所宜，何如？」又注曰：「某幸未係教坊籍，君子倘有意，一二百金之費爾。」未及答，因授予筆，請和其詩。予題其箋後曰：「韶妙如何有遠圖，未能相為信非夫。泥中蓮子雖無染，移入家園未得無。」覽之，因泣不復言。自是情意頓薄。其夏，予東之洛，或醵飲於家，酒酣，數相囑曰：「此歡不知可繼否？」因泣下。洎冬初還京，累為豪者主之，不復可見。至春上巳日，因與親知禊于曲水，聞鄰棚絲竹，因而視之，西座一紫衣，東座一縗麻，其南二妓，乃宜之與母也，因于棚後候其女傭以詢之，曰：「宣陽綵纈鋪張言，為街使即官置宴。」張即宜之所主也。時街使令坤，為敬瑄二縗，蓋在外艱耳。及下棚，復見女傭曰：「來日可到曲中否？」詰旦詣其里，見能之在門，因邀下馬，予辭以他事，立乘與語。能之乃團紅巾擲予，曰：「宜之詩也。」予覽之，悵然馳回，且不復及其門。

擲紅巾詩

王福娘

久賦恩情欲託身❶，已將心事再三陳❷。泥蓮既沒移栽分❸，今日分離莫恨人❹。

【註釋】

❶ 賦：獲取。託身：棲身，寄身。鍾評曰：「『賦』字即賦命賦字，此字有天意在，說得不輕。」

❷ 陳：陳述，述說。

❸ 泥蓮：指蓮花，因蓮花出淤泥而不染，故稱泥蓮。沒：無，沒有。移栽：移植。分：音ㄈㄣˋ（fèn），緣分，福分。

❹ 鍾評曰：「如此語氣，痛絕，想絕。」

囉嗊曲❶（五首）

劉采春

不喜秦淮水❷，生憎江上船❸。載兒夫婿去❹，經歲又經年。

其二

借問東園柳❺，枯來得幾年。自無枝葉分❻，莫怨太陽偏❼。

其三

莫作商人婦，金釵當卜錢❽。朝朝江口望，錯認幾人船。

其四

那年離別日，只道在桐廬❾。桐廬人不見，今得廣州書。

其五

昨日勝今日，今年老去年。黃河清有日，白髮黑無緣。

【註釋】

❶ 囉嗊曲：古代歌曲名稱。囉嗊，音ㄌㄨㄛˊ ㄏㄨㄥˇ（luó hǒng）。
❷ 秦淮水：河川名。源於江蘇省溧水縣東北，西北流經南京城，橫貫城中，西出三山水門注入長江。舊時南京的歌樓舞館，並列兩岸，畫舫遊艇紛集其間，夙稱金陵勝地。
❸ 生憎：最恨，偏恨。
❹ 兒：古代年輕女子的自稱。
❺ 借問：詢問。東園：泛指園圃。
❻ 分：音ㄈㄣˋ（fèn），緣分，福份。
❼ 偏：不公正，偏袒。
❽ 卜錢：卜術的一種。擲銅錢，以錢的反正代陰陽，看其變化以定吉凶。
❾ 桐廬：今浙江省桐廬縣。

【傳略】浙人也，容華莫比，嘗作〈囉嗊曲〉。元稹廉問浙東，贈〈采春詩〉云：「新妝巧樣畫新蛾，慢裹常州透額羅。正面偷輪光滑笏，緩行輕踏皺紋波。言詞雅措風流足，舉止低徊秀媚多。更有惱人腸斷處，選詞能唱望夫歌。」望夫歌者，即〈囉嗊曲〉之詞也。

【鍾評】俱從苦情生想，不經事口角，宛動依人。

金縷詞

杜秋娘

勸君莫惜金縷衣❶，勸君須惜少年時。花開堪折直須折❷，莫待無花空折枝❸。

【註釋】

❶ 惜：珍惜，愛惜。金縷衣：原指以金色絲線編織而成的衣服。
❷ 堪：能夠，可以。折：摘取。直：副詞，徑直，直接。
❸ 空：副詞，只能，僅僅。

【傳略】金陵娼家女，年十五為李錡妾，常乃唱金縷詞勸酒。

【鍾評】氣緒排宕，風情自豪，仍有慨世之意。

突厥三臺

盛小叢

雁門山上雁初飛❶，馬邑闌中馬正肥❷。日旰山西逢驛使❸，殷勤南北送征衣❹。

【註釋】

❶ 雁門山：省稱「雁門」，亦作「鴈門山」。山名，在今山西省代縣西北。
❷ 馬邑：地名，今山西省朔縣。相傳秦代為防止胡虜入侵，在此築城防禦，然城屢建不成。某日有馬在此地重覆奔走，當地軍民，於是就依照馬跡來構建城池，終於築成，故稱為「馬邑」。闌：音ㄌㄢˊ（lán），欄架，欄圈。
❸ 日旰：天色已晚。旰，音ㄍㄢˋ（gàn），日落時分。驛使：傳遞公文、書信的人。
❹ 殷勤：頻繁。南北：從南到北，在南北之間。

【傳略】 李尚書訥為浙東廉使，夜登越城樓，聞歌聲激切，召至，乃去籍妓盛小叢歌〈突厥三臺詞〉也。時崔侍御元範自府幕赴闕庭，李餞之，命小叢歌餞，在座各為一紙贈之，其為名流所重如此。

【鍾評】 直是王昌齡、高適一絕句矣。氣厚而懷古。

送人

徐月英

惆悵人間萬事違❶，兩人同去一人歸❷。生憎平望亭前水❸，忍照鴛鴦相背飛❹。

【註釋】

❶ 惆悵：音ㄔㄡˊ ㄔㄤˋ（chóu chàng），因失意或失望而傷感、懊惱。違：不如意，不順心。
❷ 鍾評曰：「回想真有不堪在。」
❸ 生憎：最恨，偏恨。平望：平視。

❹ 忍：抑制，強抑。照：看。相背：相反。鍾評曰：「忽起一意，比興俱足。」

【傳略】 江淮妓女。與情郎別云：「枕前淚與堦前雨，隔箇紗窗滴到明。」有集行於世。金陵徐氏諸公子，寵一營妓，死乃焚之。月英送葬，謂徐公子：「此娘平生風流，沒亦帶焰。」時號「美謔」也。

敘懷

徐月英

為失三從泣淚頻❶，此身何用處人倫❷。雖然日逐笙歌樂❸，常羨荊釵與布裙❹。

【註釋】

❶ 三從：舊時認為婦女應：在家從父、出嫁從夫、夫死從子，謂之「三從」。在此指失去成為良家婦的機會。泣淚：流淚。

❷ 何用：憑什麼，用什麼。處：安居，安身。人倫：人與人之間的關係，特指尊卑長幼之間的等級關係。在此指家庭生活。

❸ 逐：放蕩，放逐。笙歌：泛指奏樂唱歌。樂，音ㄌㄜˋ（lè），聲色情事。

❹ 荊釵：荊枝製作的髻釵，古代貧家婦女常用之。借指貧家婦女。布裙：以粗布製成的裙子，為貧窮婦女所穿著。「荊釵布裙」均指婦女簡陋寒素的服飾，借代為凡婦。

【鍾評】 哀詞正性，千古怨憤，覺其語言不可盡處，皆其不欲盡處也。

寄歐陽詹

太原妓

自從別後減容光❶，半是思郎半恨郎❷。欲識舊來雲髻樣❸，為奴開取縷金箱❹。

【註釋】

❶ 減：降低，耗損。容光：臉上所顯現的光彩。

❷ 鍾評曰：「思、恨卻分得半字出，細心體會中得之。」

❸ 識：音ㄓˋ（zhì），記住，記憶。舊來：從前。雲髻：高聳的髮髻。鍾評曰：「『欲識』二字願望得深。」

❹ 奴：婦女自稱之辭。開取：打開。縷金箱：以金絲嵌飾的箱奩。鍾評曰：「『為奴』二字，亦甚親昵。」

【傳略】 歐陽詹，字行周，泉州晉江人。弱冠能屬文，天縱浩汗。貞元年，登進士第，畢關試，薄遊太原。於樂籍中，因有所悅，情甚相得。及歸，乃與之盟曰：「至都，當相迎耳。」即洒泣而別，仍贈之詩曰：「驅馬漸覺遠，回頭長路塵。高城已不見，況復城中人。去意既未甘，居情諒多辛。五原東北晉，千里西南秦。一屨不出門，一車無停輪。流萍與繫匏，早晚期相親。」尋除國子四門助教，住京籍中者思之不已，經年得疾且甚，乃危妝引髻，刃而匣之。顧謂女弟曰：「吾其死矣。苟歐陽生使至，可以是為信。」又遺之詩云云，絕筆而逝。及詹使至，女弟如言，徑持歸京，具白其事。詹啟函閱之，又見其詩，一慟而卒，故孟簡賦詩哭之，作序曰：韓退之作何蕃書，所謂歐陽詹者，生也。河南穆玄道訪予，常歎息其事。嗚呼！鍾愛於男女，索其效死，夫亦不蔽也。大凡以時斷割，不為麗色所沮，豈若是乎？古樂府詩有〈華山畿〉，《玉臺新詠》有〈廬江小吏〉，更相死，或類於此。

兩宋編

宮詞❶（百首選六）

花蕊夫人

其一

五雲樓閣鳳城間❷，花木長春日月閒❸。三十六宮連苑內，太平天子住崑山❹。

其二

會真廣殿約宮牆，樓閣相扶倚太陽❺。淨甃玉階橫水岸❻，御爐香氣撲龍床❼。

其十一

婕妤生長帝王家❽，常近龍顏逐翠華❾。楊柳岸長春日暮，傍池行困倚桃花❿。

其十五

小小宮娥到內園⓫，未梳雲鬢臉如蓮⓬。自從配與夫人後⓭，不使尋花亂入船⓮。

其九十九

春心滴破花邊漏⓯，曉夢敲回鏡裡鐘⓰。十二楚山何處是⓱，御樓曾見兩三峰⓲。

其一百

蕙炷香銷燭影殘⓳，御衣熏盡徹更闌⓴。歸來困頓眠紅帳，一枕西風夢裡寒。

【註釋】

❶ 花蕊夫人的宮詞百首，極力渲染宮苑中游宴風物之盛，描寫情事翔實真切，足資考究前蜀宮闈生活面貌。

❷ 五雲樓閣：指皇帝所住之樓房。閣，架空的樓。凰城：帝王宮中之城池。「五雲樓閣凰城間」一句言帝王所居之宮室。

❸ 長：常常，經常。春：草木生長，花朵綻放。鍾評曰：「『閒』字有清虛景象。」

❹ 苑：古稱養禽獸、植林木的地方，多指帝王或貴族的園林。太平天子：謂能治國平天下的皇帝。崑山：山名，為崑崙山的簡稱。

❺ 相扶：相依。倚：斜靠。「會真廣殿約客牆」一句或指「會真宮」前有一廣方大殿，供賓客相約憑牆眺望。「樓閣相扶倚太陽」一句意指宮中樓閣相連映照於西斜之陽光中，時間已至傍晚。二句摹寫宮庭建築之巍峨莊嚴。鍾評曰：「莊雅有體裁。『相扶』有內宮贊助意在。」

❻ 甃，音ㄓㄡˋ（zhòu），以磚瓦等砌的井壁。玉階：玉石砌成或裝飾的臺階。橫：橫渡，橫越。水岸：水邊的陸地。此句寫宮庭園苑之景

❼ 御爐：亦作「御鑪」，御用的香爐。撲：遍布。龍床：天子的御床。此句接續前句，寫宮闈內室之景。

❽ 婕妤：音ㄐㄧㄝˊ ㄩˊ（jié yú），宮中女官名，為嬪妃之職稱。漢武帝時始置，位視上卿，秩比列侯。元帝時因增設昭儀，退居第二。魏晉以下多沿設。曹魏時退居十二等中之第九，晉時尚在九嬪之內。南朝宋以下，降至九嬪以下，至清廢。

❾ 近：親近。龍顏：借指帝王。逐：隨，跟隨。翠華：指皇家儀仗中以翠鳥羽毛裝飾而成的旗幟。此句指因常接近帝王身旁，故亦步隨著皇家儀仗。

❿ 行困：行走至疲憊。倚桃花：斜靠著桃花樹。鍾評曰：「『行困』二字，如聞嬌喘。『倚桃花』，妙在柔艷，倚他樹，便非宮人嬌憨之狀矣。」

⓫ 宮娥：宮女。內園：內苑，宮內的園圃。

⓬ 雲鬢：婦女柔美如雲形之鬢髮。鍾評曰：「『未梳』二字，嬌痴可憐，」

⓭ 自從：介詞，表示時間的起點。配：分發，安排。

⓮ 鍾評曰：「漸有矜重自惜意，妙在女人看女人此種情味。」

⓯ 春心：指男女之間相思愛慕的情懷。花邊漏：漏，古代計時器，即漏壺。花邊漏意指邊緣上帶有花紋的漏壺。

⓰ 曉夢：拂曉時的夢，短而迷離。鍾評曰：「『鏡裡鐘』三字想得奇幻，即前『曉鐘聲斷嚴妝罷』語意。妙不在不複。」

⓱ 十二楚山：巫山十二峰，借用巫山神女之典，說明後宮嬪妃期待與君王相會的機遇。語出宋玉〈高唐賦・序〉，曰：「昔者先王嘗遊高唐，怠而晝寢。夢見一婦人，曰：『妾巫山之女也，為高唐之客。聞君遊高唐，願薦枕席。』王因幸之。去而辭曰：『妾在巫山之陽，高丘之阻，旦為朝雲，暮為行雨，朝朝暮暮，陽臺之下。』旦朝視之，如言，故為之立廟，號曰朝雲。」

⓲ 御樓：帝王所居之處。兩三峰：兩三座巫山之峰。此二句喻指嬪妃三番兩次受到帝王的

寵幸。鍾評曰：「『何處』、『曾見』，全從虛處見其感悵。」

⓳ 蕙炷：音ㄏㄨㄟˋ ㄓㄨˋ（huì zhù），以蕙草製成的薰香。香銷：薰香一點一點的消耗、耗損。

⓴ 徹：到，達之意。更闌：更漏將盡，指夜已深。

【傳略】姓費氏，幼能屬文，尤長於詩。以才貌事孟昶，得幸，賜號花蕊夫人。嘗作宮詞百首，匹休王建。及宋太祖平蜀，以俘見。問其所作，夫人誦詩云云。（按下引〈口占答宋太祖〉）蓋蜀敗時精兵尚十四萬，而王師纔三萬耳。太祖善之。後輸織室，以罪賜死。一云，為太宗射殺。

【鍾評】（其九十九）靜院無聊，自應有此緒況，其難堪處，全在含吐之間。（其一百）困頓實事，夢裡寒虛事，情到不堪。醒中夢中，俱不可耐，摹寫宛曲。

口占答宋太祖

花蕊夫人

君王城上豎降旗❶，妾在深宮哪得知❷。十四萬人齊解甲❸，寧無一個是男兒❹！

【註釋】

❶ 君王：此指五代後蜀君王孟昶，初名仁贊，字保元。後蜀高祖孟知祥第三子。好打毬走馬，君臣視為奢侈，後降於宋。至汴京，封檢校太師兼中書令及秦國公，七日後鬱鬱而卒。豎，立。降旗，表示投降的旗幟。此句意指後蜀君王孟昶向宋請降。

❷ 妾：舊時女子自稱的謙詞。深宮：宮禁之中。

❸ 十四萬人：意指十四萬的蜀軍。齊：行動一致。解甲：卸下鎧甲武器，即投降。

❹ 寧無：難道沒有。

【鍾評】笑盡十萬人，只在齊字說得截然，使宋太祖亦不敢自驕矣。

釣魚不得

李舜絃夫人

盡日池邊釣錦鱗❶，芰荷香裡暗銷魂❷。依稀縱有尋春餌❸，知是金鉤不肯吞❹。

【註釋】

❶ 盡日：猶言終日、整天。錦鱗：魚的美稱。
❷ 芰荷：芰，音ㄐㄧˋ（jì），一年生水生草本植物。水上葉棱形，葉柄上有浮囊，花白色，果實有硬殼，一般有角，俗稱菱角。芰荷，指菱葉與荷葉。銷魂：形容極其歡樂。
❸ 依稀：彷彿，好像。尋春餌：令人興起尋覓春意之漁釣誘餌。
❹ 金鉤：金屬製成的釣鉤。

【鍾評】凡詠物詩，須觸境與情，即此寓彼，使讀者見其幽奇歷落、深微澹遠之言，方為作家。

隨駕出游青城❶

李舜絃夫人

因隨八馬上仙山❷，頓隔埃塵物象開❸。只恐西追王母宴❹，卻憂難得到人間❺。

【註釋】

❶ 青城：指青城山。在四川省灌縣西南，為岷山第一峰，因黃帝封此山為五岳丈人，故或稱為「丈人山」。道書載此山為十大洞天之一，號曰寶仙九室之洞天，歷代方士如張道陵、杜光庭等皆曾在此隱居修行。
❷ 八馬：即八駿。仙山：仙人居住的山。整句意指隨著八駿馬登上幽靜而遠離塵寰的青城山。
❸ 埃塵：比喻塵世。物象：景物，風景。開：展開，舒展。
❹ 追：尋求，追求。王母：神話傳說中地位尊崇的女神。
❺ 難得：不容易。

辭蜀相妻女❶

黃崇嘏

一辭拾翠碧江湄❷，貧安蓬茅但賦詩❸。自服藍衫居郡掾❹，永拋鸞鏡畫蛾眉❺。立身卓爾青松操❻，挺志堅然白璧姿❼。幕府若容為坦腹❽，願天速變作男兒。

【註釋】

❶ 辭：推辭，辭謝。妻：音ㄑㄧˋ（qì），嫁。此詩為黃崇嘏婉拒蜀相周庠欲嫁女為其妻的詩作。

❷ 拾翠：拾取翠鳥羽毛以為首飾，後多指婦女遊春。碧江湄：水流澄碧之江岸。湄，音ㄇㄟˊ（méi），岸邊。

❸ 貧安：自甘於貧窮。蓬茅：猶言蓬居，即用蓬草蓋的住所，指貧窮者住的簡陋房屋。

❹ 自服：自行著服。藍衫：舊時八品、九品小官所穿的服裝，在此指稱男子服飾。自服藍衫一句說明黃崇嘏易釵而弁，偽為男子一事。居：處在，處於，在此有任職的意味。掾：音ㄩㄢˋ（yuàn），輔佐官吏的通稱。

❺ 鸞鏡：指妝鏡。蛾眉：比喻女子美麗的眉毛。此句言黃崇嘏拋棄女兒身，改易男子服飾的決心。

❻ 立身：處世，為人。卓爾：形容超群出眾。青松操：如同蒼翠松樹般堅貞不移的志節與操守。

❼ 堅然：剛強、強硬的樣子。白璧：平圓形而中有孔的白玉，用以比喻自身的清白。

❽ 幕府：古代貴族、將軍或官吏所開設之政治或軍事參謀機構，此指蜀相府。若：如果。容：可，允許。坦腹：指女婿。南朝宋・劉義慶《世說新語・雅量》：「郗太傅在京口，遣門生與王丞相書求女婿。丞相語郗信：『君往東廂，任意選之。』門生歸，白郗曰：『王家諸郎，亦皆可嘉，聞來覓婿，咸自矜持。唯有一郎在東床上坦腹臥，如不聞。』郗公云：『正此好！』訪之，乃是逸少，因嫁女與焉。」後稱人婿為「令坦」或「東床」。

【傳略】崇嘏，臨邛人。偽作男子，將詩謁蜀相周庠，庠薦攝府椽事，明敏，吏胥畏服。庠愛其才，欲妻以女。庠得謁大驚，問之，乃知黃使君之女，原未從人，與老嫗同居。此事甚奇，《說海》載之甚悉。

【鍾評】述志詩，句句森聳，想其氣概，自然第一流人。

月夜乘舟

海印

水色連天色❶，風聲益浪聲❷。旅人歸思苦，漁叟夢魂驚❸。舉棹雲先到❹，移舟月遂行❺。旋吟詩句罷❻，猶見遠山橫。

【註釋】

❶ 連：連接。
❷ 益：增加。
❸ 漁叟：漁翁。叟，音ㄙㄡˇ（sǒu），老人。夢魂：古人以為人的靈魂在睡夢中會離開肉體，故稱「夢魂」。
❹ 舉棹：執起船槳。棹，音ㄓㄠˋ（zhào），船槳。鍾評曰：「『雲先到』，靜觀前後際，不覺與之俱往。」
❺ 鍾評曰：「『月遂行』，則妙在移舟時想出矣。」
❻ 旋：不久，立刻。

【傳略】 慈光寺尼也，自幼出家，才思清俊。

題漢口舖

韓玉父

南行踰萬山❶，復入武陽路。黎明與雞興❷，理髮漢口舖❸。盱江在何所❹？極目烟水暮❺。生平良自珍❻，羞為浪子婦。知君非秋胡❼，強顏且西去。

【註釋】

❶ 踰：同「逾」，經過，越過。
❷ 與雞興：一聞雞鳴即起身。鍾評曰：「與雞興，猶是魂夢中事，淒懷苦語。」
❸ 理髮：修剪，梳理頭髮。唐・孟郊〈長安羈旅行〉：「十日一理髮，每梳飛旅塵。」鍾評曰：「理髮，寫倉皇急遽，情狀如見。」
❹ 盱江：汝水之別名，源出河南省嵩縣高陵山，流經臨汝、許昌、汝南、潢川、新蔡諸

縣，注入淮河。吁：音ㄒㄩ（xū）。

❺ 極目：縱目，用盡目力遠望。

❻ 自珍：自愛，珍惜己體。鍾評曰：「自珍，特說生平自矜自愛，不敢少怠。」

❼ 秋胡：春秋時魯人。婚後五日即游宦於陳，五年乃歸而不識其婦，於途中調戲采桑之美婦。及還家，母呼其婦出，即采桑者。故後以「秋胡」泛指愛情不專的男子。鍾評曰：「知君，相信得遇，強顏且西去，有不得不然、不敢不然意。」

【傳略】 秦人，因亂，遂家錢塘。幼時，李易安教以學詩。及笄，父母以妻林子安。林得官歸閩，相約秋冬間，遣騎來迎。久候無音，玉父自錢塘攜女奴而往三山（按今福州）。比至，林已官盱江矣，因而復回。途次漢口，題詩以自解。

感懷詩

李清照

寒窗敗几無書史❶，公路可憐合至此❷。青州從事孔方君❸，終日紛紛喜生事❹。作詩謝絕聊閉門❺，燕寢凝香有佳思❻。靜中我乃得至交，烏有先生子虛子❼。

【註釋】

❶ 寒窗敗几：所居之室年久失修，寒窗殘破、桌几敗損。書史：詩書典籍。

❷ 公路：袁術（？－199），字公路，袁紹（？－202）從弟，東漢汝陽（今河南商水）人。獻帝時據壽春，領揚州事，稱帝，自號仲家，後敗死。詩人舉袁術窮途末路、士卒絕糧的典故，用以映襯居家簡陋的情況。可憐：值得憐憫。鍾評曰：「深思幽廣，忽不知其至此。」

❸ 青州從事：泛稱美酒。青州：山東省舊府名。從事：古官名，語出南朝宋·劉義慶《世說新語·術解》：「桓公有主簿善別酒，有酒輒令先嘗，好者謂青州從事，惡者謂平原督郵。青州有齊郡，平原有鬲縣，從事謂到臍，督郵言在鬲上住。」孔方君：錢幣的謔稱。舊時銅錢外圓，中有方孔，故名。

❹ 生事：製造事端，惹事。

❺ 聊：姑且，暫且，勉強。

❻ 燕寢：泛指閑居之處。凝香：凝聚香氣。鍾評曰：「古秀不可言。」

❼ 烏有先生子虛子：漢·司馬相如〈子虛賦〉中所虛構的人物，指虛構不存在之人物。

【傳略】 清照，姓李氏，號易安居士，濟南人李格非之女，趙明誠之妻。幼有才藻，能文辭。明誠者，東武人，清獻丞相中子也。德甫著《金石錄》，其妻與之同志，乃共相考究而成，由是名重一時。趙歿後，愍悼舊物之不存，乃作〈金石錄後序〉曰：「……今手澤如新，墓木已拱。乃知有有必有無，有聚必有散，亦理之常，又胡足道？所以區區記其終始者，亦欲為後世好古博雅者之戒云。時紹興四年也。」崇寧黨爭，其舅正夫相徽宗朝，獻詩曰：「炙手可熱心可寒」，且達于古今治體。其詠史云：「兩漢本繼紹，新室如贅疣。所以嵇中散，至死薄殷周。」非婦人所能道者。然無檢操，再適張汝舟，未幾反目，有啟事與綦處厚云：「猥以桑榆之晚景，配茲駔儈之下材。」傳者笑之。晚節流落江湖間以卒，有《漱玉集》三卷行于世。朱晦庵《語錄》云：「本朝婦人能文，只有李易安與魏夫人。」

【鍾評】直以數人作敘語，眼力、筆力，俱能自見。

夏日絕句

李清照

生當為人傑❶，死亦作鬼雄❷。至今思項羽❸，不肯過江東❹。

【註釋】

❶ 人傑：人中之豪傑。《史記·高祖本紀》：「夫運籌策帷帳之中，決勝於千里之外，吾不如子房；鎮國家，撫百姓，給餽饟，不絕糧道，吾不如蕭何；連百萬之軍，戰必勝，攻必取，吾不如韓信。此三者，皆人傑也，吾能用之，此吾所以取天下也。」

❷ 鬼雄：鬼中之雄傑，譽稱為國捐軀者。鍾評曰：「鬼雄字挺勁。」

❸ 項羽：項籍，字羽，秦末下相人（今江蘇省宿遷縣）。力能扛鼎，才氣過人，與叔父項梁起兵吳中，梁敗死，籍繼為將，大破秦軍，自立為「西楚霸王」，與劉邦爭天下，戰無不利，但垓下一戰，楚軍瓦解，項籍自刎於烏江。鍾評曰：「思字胸中不平。」

❹ 江東：長江在蕪湖、南京間作西南南、東北北流向，隋唐以前，是南北往來主要渡口的所在，習慣上稱自此以下的長江南岸地區為江東。《史記·項羽本紀》：「天之亡我，我何渡為！且籍與江東子弟八千人渡江而西，今無一人還，縱江東父兄憐而王我，我何面目見之？縱彼不言，籍獨不愧於心乎？」

【鍾評】嶔崎歷落，出人想外，殊不屑為兒女語。

題八詠樓

李清照

千古風流八詠樓❶，江山留與後人愁。水通南國三千里❷，氣壓江城十四洲❸。

【註釋】

❶ 八詠樓：位於浙江省金華市南隅，婺江北岸。南朝齊・太守沈約於隆昌元年（494 年）建，原名「元暢樓」。宋至道中，郡守馮伉因沈約曾於此作〈八詠詩〉，改名「八詠樓」。歷代迭經毀壞，現存建築乃清代所建。

❷ 南國：泛指中國南方。

❸ 江城：臨江之城市，城郭。十四洲：宋兩浙路計轄二府十二州（計平江、鎮江二府，杭、越、湖、婺、明、常、溫、台、處、衢、嚴、秀等十二州），統稱十四州。

【鍾評】藏氣深渾，涵意雅正，感慨中真有一段不平。

春殘

李清照

春殘何事苦思鄉❶，病裡梳頭恨最長。梁燕語多終日在❷，薔薇風細一簾香。

【註釋】

❶ 春殘：春將盡。

❷ 梁燕語多：指棲身於梁上的燕子，不停地鳴叫著。鍾評曰：「說燕最有情。」

如夢令（二首）

李清照

昨夜雨疏風驟❶，濃睡不消殘酒❷。試問捲簾人❸，卻道：「海棠依舊」❹。「知否？知否❺？應是綠肥紅瘦❻。」

其二

常記溪亭日暮❼，沈醉不知歸路❽。興盡晚回舟❾，誤入藕花深處❿。爭渡！爭渡⓫！驚起一灘鷗鷺⓬。

【註釋】

❶ 雨疏風驟：雨稀風急。一作「風疏雨驟」。
❷ 濃睡：酣睡，沉睡。不消：抵不上。殘酒：猶殘醉，醉意。
❸ 捲簾人：指侍女。
❹ 海棠：詳參朱淑真〈海棠〉詩註釋。
❺ 《古今詞統》：「《花間集》云：此詞安頓二疊語最難。『知否，知否』，口氣宛然。若他『人靜，人靜』，『無寐，無寐』，便不渾成。」
❻ 綠肥紅瘦：綠葉繁茂，紅花稀少。末句道出不是海棠依舊，而是綠多紅少，表示作者惜春之意。《藏一話腴》甲集卷一：「李易安工造語，故〈如夢令〉『綠肥紅瘦』之句，天下稱之。」胡仔《苕溪漁隱叢話》：「近時婦人能文詞如李易安，頗多佳句。小詞云：『綠肥紅瘦』此語甚新。」
❼ 常記：一作「嘗記」。溪亭：臨水之亭台。
❽ 沈醉：即沉醉，大醉。歸路：回去的路。
❾ 興盡：興致竭盡。
❿ 藕花：即荷花，荷之地下莖曰藕，故稱之。一作「芙蕖」。
⓫ 爭渡：怎渡，如何渡。
⓬ 鷗鷺：水鳥名，指鷗鳥與鷺鷥。翅長羽白，善飛翔，棲息水澤間，捕魚蟲為食。

武陵春

李清照

風住塵香花已盡❶，日晚倦梳頭❷。物是人非事事休，欲語淚先流。　聞說雙溪春尚好❸，也擬泛輕舟❹。只恐雙溪舴艋舟❺，載不動、許多愁❻。

【註釋】

❶ 塵香：塵土沾有落花的香氣。花已盡：一作「春已盡」。
❷ 日晚：一作「日落」，一作「日曉」。倦梳頭：懶得梳洗打扮。
❸ 雙溪：在浙江金華，東港、南港二溪至金華合流於一段稱婺港，又名雙溪。唐宋時常為文人遊覽吟詠。詩人避亂居於金華時所作。春尚好：一作「春向好」。
❹ 擬：準備，打算。輕舟：輕快的小船。
❺ 舴艋：音ㄗㄜˊ ㄇㄥˇ（zé měng），小船。《玉篇》：「舴艋，小舟也。」
❻ 載不動、許多愁：《草堂詩餘別錄》：「結句稍可誦。朱淑真『可憐禁載許多愁』祖之，豈女輩相傳心法耶。」《白雨齋詞話》評曰：「後半闋又淒婉，又勁直。」

漁家傲

李清照

天接雲濤連曉霧❶，星河欲轉千帆舞❷。彷彿夢魂歸帝所❸。聞天語，殷勤問我歸何處？　我報路長嗟日暮❹，學詩謾有驚人句❺。九萬里風鵬正舉❻。風休住，蓬舟吹取三山去❼。

【註釋】

❶ 雲濤：雲起如濤湧。孟浩然〈宿天台桐柏觀〉：「日夕望三山，雲濤空浩浩。」曉霧：晨霧。
❷ 星河：天河。欲轉：一作「欲曙」。千帆舞：如千帆舞動般的壯觀。
❸ 帝所：猶言帝闕，天帝所居宮殿。
❹ 報：告。嗟：嘆。屈原《離騷》：「欲少留此靈瑣兮，日忽忽其將暮；吾令羲和弭節

兮，望崦嵫而勿迫；路曼曼其脩遠兮，吾將上下而求索。」

❺ 謾有：空有。驚人：使人驚奇。

❻ 風鵬正舉：鵬鳥善高飛遠舉。《莊子・逍遙遊》：「鵬之背，不知其幾千里也。怒而飛，其翼若垂天之雲。……鵬之徙於南冥也，水擊三千里，摶扶搖而上者九萬里。」此句借喻作者的理想壯志。

❼ 蓬舟：像蓬草一樣的輕舟。三山：傳說中的海上三神山。《史記・封禪書》：「自威、宣、燕昭，使人入海求蓬萊、方丈、瀛洲。此三神山者，其傳在渤海中，去人不遠，患且至，則船風引而去。」此詞反映李清照詞風有豪放的一面。黃了翁《蓼園詞選》：「此似不甚經意之作，卻渾成大雅，無一毫釵粉氣，自是北宋風格。」

一剪梅❶

李清照

紅藕香殘玉簟秋❷。輕解羅裳❸，獨上蘭舟❹。雲中誰寄錦書來❺？雁字回時❻，月滿西樓❼。　花自飄零水自流❽。一種相思，兩處閑愁❾。此情無計可消除❿，才下眉頭，卻上心頭⓫。

【註釋】

❶ 元・伊世珍《瑯環記》：「趙明誠、易安結褵未久，明誠即負笈遠游。易安殊不忍別，覓錦帕，書一剪梅詞以送之。」

❷ 紅藕：紅色荷花。簟：音ㄉㄧㄢˋ（diàn），指供坐臥鋪墊用的葦席或竹席。玉簟形容光澤如玉的竹席。陳廷焯《白雨齋詞話》：「『紅藕香殘玉簟秋』，精秀特絕，真不食人間煙火者。」

❸ 羅裳：猶羅裙。一作「羅裙」。

❹ 蘭舟：木蘭舟。木蘭作舟，堅而香，後以為船的美稱。

❺ 錦書：書信的美稱。世傳蘇若蘭〈織錦回文詩〉，云〈錦字書〉，或云〈錦字〉、〈錦書〉，後世用以稱「書信」。

❻ 雁字：雁群飛行時組成行列，像「一」字或「人」字，故云。相傳古代鴻雁能傳書，事見《漢書・蘇武傳》。故上句說「寄書」，此句說「雁字」。

❼ 月滿：月圓。《釋名・釋天》：「望，月滿之名也。」

❽ 飄零：凋謝飄落。自流：自然的流動。

❾ 閑愁：無端無謂的憂愁。亦作「閒愁」。

❿ 無計：沒有計策、辦法。可消除：一作「與消除」。

⓫ 才下兩句：謂相思之情「剪不斷」。王士禛《花草蒙拾》：「俞仲茅小詞云：『輪到相思沒處辭，眉間露一絲。』視易安『才下眉頭，卻上心頭』，可謂此兒善盜。然易安亦從范希文『都來此事，眉間心上，無計相迴避』語脫胎，李特工耳。」

醉花陰❶

李清照

薄霧濃雲愁永晝❷，瑞腦消金獸❸。佳節又重陽❹，玉枕紗廚❺，半夜涼初透。　東籬把酒黃昏後❻，有暗香盈袖❼。莫道不消魂❽，簾捲西風❾，人比黃花瘦❿。

【註釋】

❶ 元·伊世珍《瑯環記》卷中引《外傳》：「易安以重陽醉花陰詞函致明誠。明誠嘆賞，自愧弗逮，務欲勝之。一切謝客，忘食忘寢者三日夜，得五十闋，雜易安作以示友人陸德夫。德夫玩之再三，曰：『只三句絕佳』。明誠詰之，答曰：『莫道不消魂，簾捲西風，人比黃花瘦』，正易安作也。」

❷ 永晝：漫長的白天。

❸ 瑞腦：一稱「龍瑞腦」，香料。消：消散。金獸：獸形銅香爐。古制香爐多作禽獸形，以金塗之，或以銅製，空其中，燃香，煙從獸口噴出，故名。

❹ 重陽：節日名。古以九為陽數之極，九月九日故稱「重九」或「重陽」。魏晉後，習俗於此日登高游宴。

❺ 玉枕：謂綴玉嵌磁之枕也，形容枕之精美。紗廚：紗帳。因像廚形，故名。以木作架，蒙以綠紗，夏月張以避蚊，又稱碧紗廚。廚：同「幮」。

❻ 東籬：東邊竹籬。陶淵明〈飲酒二十首〉：「採菊東籬下，悠然見南山。」後世因沿以指種菊盛開之處。把酒：手執酒杯，謂飲酒。

❼ 暗香：幽香。林逋〈山園小梅〉：「疏影橫斜水清淺，暗香浮動月黃昏。」。

❽ 消魂：銷魂，失魂。江淹〈別賦〉：「黯然銷魂者，惟別而已矣。」《詞的》卷一：「但知傳誦結語，不知妙處全在『莫道不消魂』。」

❾ 西風：秋風。

❿ 比：一作「似」。黃花：菊花。菊亦作「鞠」，《禮記·月令》：「季秋之月，鞠有黃華。」此以黃花比喻人的消瘦，復以消瘦說明相思之苦，婉曲別致，富獨創性。胡仔

《苕溪漁隱叢話》：「『簾捲西風，人比黃花瘦』。此話亦婦人所難到也。」柴虎臣《古今詞論》：「語情則紅雨飛愁，黃花比瘦，可謂雅暢。」陳廷焯《白雨齋詞話》：「深情苦調，元人詞曲往往宗之。」

蝶戀花　晚止昌樂館寄姊妹❶　　李清照

涙濕羅衣脂粉滿❷。四疊陽關❸，唱到千千遍❹。人道山長山又斷❺，蕭蕭微雨聞孤館❻。　惜別傷離方寸亂❼。忘了臨行，酒盞深和淺。好把音書憑過雁❽，東萊不似蓬萊遠❾。

【註釋】

❶ 此詞為李清照由青州赴趙明誠所任職之萊州，途中路經昌樂（在今山東省昌樂縣）時，夜宿驛館寄留住青州姊妹之作。約在宣和三年（1121）七月底八月初所作。非李清照由青州寄萊州，望明誠來鴻之作。

❷ 涙濕羅衣脂粉滿：一作「涙搵征衣脂粉暖」。羅衣：輕軟絲織品製成的衣服。

❸ 四疊陽關：極言其不忍離別。一作「三疊陽關」。陽關：曲名，即渭城曲。王維〈送元二使安西〉：「渭城朝雨浥輕塵，客舍青青柳色新。勸君更盡一杯酒，西出陽關無故人。」至陽關句反覆唱三遍，故謂之「陽關三疊」。後歌入樂府，遂為通行之送別曲。

❹ 唱到：一作「聽到」，一作「唱了」。

❺ 人道：一作「人到」。山又斷：一作「水又斷」。

❻ 蕭蕭：風雨暴疾聲。微雨：一作「風雨」。孤館：孤寂的驛館。此指昌樂館。

❼ 方寸：心。

❽ 好把：一作「若有」。音書：音訊，書信。

❾ 東萊：即萊州，在今山東省掖縣。蓬萊：蓬萊山，古代傳說中的仙山。時詩人客遊山東，因思念姊妹而作書。認為姊妹間可以靠著音書傳訊，就算遠在萊州也絕不比信雁飛不到的蓬萊遙遠，渴望姊妹來鴻。黃墨谷曰：「一首開闔縱橫的小令。……通首寫惜別心情，是一層比一層深。……（末兩句）出人意外地而作寬解語，能放能淡，所謂善言情者不盡情。」

念奴嬌 春情

李清照

蕭條庭院❶，又斜風細雨，重門須閉❷。寵柳嬌花寒食近❸，種種惱人天氣❹。險韻詩成❺，扶頭酒醒❻，別是閒滋味。征鴻過盡❼，萬千心事難寄❽。　樓上幾日春寒❾，簾垂四面❿，玉闌干慵倚⓫。被冷香消新夢覺⓬，不許愁人不起。清露晨流，新桐初引⓭，多少遊春意。日高煙斂⓮，更看今日晴未⓯？

【註釋】

❶ 蕭條：寂寞，冷落。庭院：正房前的院子，泛指院子。
❷ 重門：謂層層設門。須閉：一作「深閉」。
❸ 寵柳嬌花：春天繁茂的花柳極逗人喜愛，故說「寵」、「嬌」。嬌花：一作「鶯花」。寒食：節令名，清明前一天，一說前二天。相傳起於晉文公悼念介之推事，因介抱木焚死，於是定於此日禁火寒食。《雲韶集》卷十：「世稱易安『綠肥紅瘦』為佳句。黃叔暘謂：『寵柳嬌花』，語亦甚奇俊，前此未有能道之者。」《古今詞統》：「『寵柳嬌花』，新麗之甚。」
❹ 惱人天氣：江南時近寒食，氣候潮濕多雨而陰霾，極易使人愁惱。
❺ 險韻：作舊體詩的術語，用不常見而又難諧的字押韻叫險韻。
❻ 扶頭酒：酒性濃烈，易使人醉的酒。扶頭：以手扶頭的酒後情狀，非指酒名為「扶頭」。杜牧〈醉題五絕〉：「醉頭扶不起，三丈日還高。」
❼ 征鴻：即征雁，指飛鳥。《毛傳》：「大曰鴻，小曰雁。」
❽ 難寄：一作「誰寄」。
❾ 春寒：一作「寒濃」。
❿ 四面：一作「三面」。
⓫ 玉闌干慵倚：一作「慵拍闌干倚」，一作「懶向欄杆倚」。玉闌干：欄杆的美稱。慵倚：懶得去倚。
⓬ 新：一作「清」，一作「春」，一作「孤」。夢覺：一作「夢斷」。清·彭孫遹《金粟詞話》：「『被冷香消新夢覺，不許愁人不起』、『守著窗兒，獨自怎生得黑？』皆用淺俗之語，發清新之思，詞意並工，閨情絕調。」
⓭ 新桐：一作「疏桐」。初引：初長。劉義慶《世說新語·賞譽》：「於時清露晨流，新桐初引。」《詞品》：「李易安詞，……乃全用《世說》語。女流有此，在男子亦秦、

周之流也。」《古今詞論》：「毛稚黃曰：李易安〈春情〉：『清露晨流，新桐初引。』用世說全句，渾妙。嘗論詞貴開宕，不欲沾滯，忽悲忽喜，乍遠乍近，斯為妙耳。如遊樂詞，須微著愁思，方不癡肥。」

⓮ 日高：一作「雲高」。煙斂：指霧氣收斂。

⓯ 今日：一作「明日」。晴未：晴不？《詩辨坻》：「李春情詞本閨怨，結云：『多少遊春意』、『更看今日晴未』，忽爾拓開，不但不為題束，並不為本意所苦，直如行雲舒卷自如，人不覺耳。」

鳳凰臺上憶吹簫❶

李清照

香冷金猊❷，被翻紅浪❸，起來慵自梳頭❹。任寶奩塵滿❺，日上簾鉤❻。生怕離懷別苦❼，多少事、欲說還休❽。新來瘦❾，非干病酒❿，不是悲秋。　休休⓫！這回去也，千萬遍陽關，也則難留⓬。念武陵人遠⓭，煙鎖秦樓⓮。惟有樓前流水，應念我、終日凝眸⓯。凝眸處，從今又添⓰，一段新愁⓱。

【註釋】

❶ 李攀龍《草堂詩餘雋》：「寫其一腔臨別心神，新瘦新愁，真如秦女樓頭，聲聲有和鳴之奏。」

❷ 猊：音ㄋㄧˊ（ní），狻猊的省稱，獅子。金猊：獅形銅製香爐，詳參〈醉花陰〉註釋。

❸ 被翻紅浪：起床掀被，柔軟紅綢被面起伏波動的樣子。

❹ 慵：懶。慵自：一作「人未」。

❺ 任：聽任。寶奩：女子華美的鏡匣，用以梳妝。奩：音ㄌㄧㄢˊ（lián），古代盛梳妝用品的匣子，亦可泛指盛放器物的匣子。塵滿：一作「閒掩」。

❻ 日上：一作「月上」。簾鉤：卷簾所用的鉤子。

❼ 生怕：最怕。離懷別苦：一作「閑愁暗恨」，一作「別愁離苦」。

❽ 還休：又停止了。一作「難休」。

❾ 新來瘦：一作「今年瘦」。陳廷焯《白雨齋詞話》：「『新來瘦』三語，婉轉曲折，煞是妙絕。」

❿ 非干病酒：與喝酒生病無關。干：關涉。南唐・馮延巳〈鵲踏枝〉：「日日花前常病酒，不辭鏡裡朱顏瘦。」《雲韶集》卷十：「『新來瘦』三語，婉轉曲折，煞是妙絕。筆致絕佳，餘韻猶勝。」

⓫ 休休：猶言完了，罷了。一作「明朝」。

⓬ 陽關：即陽關曲。詳參李清照〈蝶戀花〉註釋。也則：一作「也即」，一作「也只」。

⓭ 武陵人：喻趙明誠。武陵：地名，今湖南常德縣境。陶淵明〈桃花源詩并記〉：「晉太元中，武陵人，捕魚為業。一日，緣溪行，忽逢桃花林。」人遠：一作「春晚」。

⓮ 秦樓：秦穆公女弄玉之樓曰秦樓，亦即鳳台。〈水經注〉：「雍有鳳台，鳳女祠。秦穆公女弄玉，好吹簫，公為築鳳台以居之。」此女詩人借指自己所居之妝樓。古詞〈陌上桑〉：「日出東南隅，照我秦氏樓。」一作「雲所重樓」。

⓯ 惟有樓前流水：一作「記取樓前綠水」。凝眸：凝聚眼神，寫出相思時的癡呆神情。張祖望《古今詞論引》：「『惟有樓前流水，應念我、終日凝眸』，癡語也。如巧匠運斤，毫無痕跡。」

⓰ 又添：一作「更數」。

⓱ 一段：一作「幾段」。新愁：新添的憂愁。

聲聲慢❶

李清照

尋尋覓覓，冷冷清清，淒淒慘慘戚戚❷。乍暖還寒時候❸，最難將息❹。三杯兩盞淡酒，怎敵他、晚來風急❺。雁過也，正傷心❻，卻是舊時相識。　滿地黃花堆積❼，憔悴損❽，如今有誰堪摘❾？守著窗兒，獨自怎生得黑？❿梧桐更兼細雨⓫，到黃昏、點點滴滴⓬。這次第⓭，怎一個愁字了得⓮！

【註釋】

❶ 清・陸昶《歷代名媛詩詞》評曰：「〈聲聲慢〉一闋，張正夫稱為公孫大娘舞劍手，以其連下十四疊字也。此卻不是難處，因調名〈聲聲慢〉，而刻意撥弄之耳。其佳處在後又下『點點滴滴』四字，與前照應有法，不是草草落句。玩其筆力，本自矯拔，詞家少有，庶幾蘇、辛之亞。」

❷ 淒淒：悲傷貌。慘慘：憂悶，憂愁。戚戚：憂懼貌，憂傷貌。開頭三句寫出詩中女主人

公心神不定、無所適從、極端悲痛的精神狀態。《鶴林玉露》：「起頭疊七字，以一婦人乃能創意，出奇如此。」《詞苑叢談》：「首句連下十四個疊字，真似大珠小珠落玉盤也。」《詞的》：「用十四叠字，後又四叠字，情景婉絕，真是絕唱。後人效顰，便覺不妥。」《雲韶集》：「疊字體，後人效之者甚多，且有增至二十餘疊者。才氣雖佳，終著痕跡，視易安風格遠矣。」《白雨齋詞話》：「易安〈聲聲慢〉詞，張正夫云：『此乃公孫大娘舞劍手，本朝非無能詞之士，未曾有一下十四疊字者。後疊又云：「到黃昏點點滴滴」，又使疊字，俱無斧鑿痕。「怎生得黑」，「黑」字不許第二人押，婦人有此詞筆，殆間氣也。』此論甚陋，十四疊字，不過造語奇雋耳，詞意深淺，殊不在此。執是以論詞，不免魔障。」《宋四家詞選·序論》：「雙聲疊韻字，要著意布置。有宜雙不宜疊，宜疊不宜雙處。重字則既雙且疊，尤宜斟酌。如李易安之『淒淒慘慘戚戚』，三疊韻、六雙聲，是鍛煉出來，非偶然拈得也。」

❸ 乍：忽然之意。乍暖還寒：形容冬末春初氣候不穩定，忽冷忽熱。

❹ 將息：養息，排遣調息。概係唐宋方言。王建〈留別張廣文〉：「千萬求方好將息，杏花寒食約同行。」

❺ 敵他：敵得過。晚來風急：一作「曉來風急」。

❻ 正傷心：一作「縱傷心」。

❼ 黃花：菊花。

❽ 憔悴損：菊花因憔悴而凋落。作者將菊花擬人化。

❾ 堪：可以，能夠。此句包含兩層意思：一是，菊花凋零，並無繁枝可摘；另一是，國破家亡，何有心思去採摘？

❿ 黑：天黑。《雲韶集》：「『黑』字警。後幅一片神行，愈唱愈妙。」

⓫ 更兼：再加上。

⓬ 清·沈雄《古今詞話·詞品》：「但『守著窗兒，獨自怎生得黑』，又『梧桐更兼細雨，到黃昏點點滴滴』，正詞家所謂以易為險，以故為新者，易安先得之矣。」

⓭ 次第：次序，依次。這次第：猶言如此諸般光景。

⓮ 了得：了卻，完結。清·劉體仁《七頌堂詞繹》：「惟易安居士『最難將息』、『怎一個愁字了得』，深妙穩雅，不落蒜酪，亦不落絕句，真此道本色當行第一人也。」

臨江仙 並序

李清照

歐陽公作〈蝶戀花〉❶，有「深深深幾許」之句，余酷愛之，

用其語作「庭院深深數闋」。其聲即舊〈臨江仙〉也。

庭院深深深幾許？雲牕霧閣常扃❷。柳梢梅萼漸分明❸。春歸秣陵樹，人老建康城❹。　感月吟風多少事❺，如今老去無成。誰憐憔悴更凋零。試燈無意思❻，踏雪沒心情❼。

【註釋】

❶ 歐陽公：即歐陽修（1007－1072）。字永叔，自號醉翁，又號六一居士，廬陵（今江西省吉安縣）人。北宋初期文壇領袖，唐宋八大家之一，有《歐陽文忠集》。歐公〈蝶戀花〉詞：「庭院深深深幾許？楊柳堆煙，簾幕無重數。玉勒雕鞍遊冶處。樓高不見章臺路。雨橫風狂三月暮。門掩黃昏、無計留春住。淚眼問花花不語，亂紅飛過秋千去。」

❷ 雲牕：華美如雲彩的窗戶，常指女子居處。霧閣：雲霧籠罩的樓閣，言其處高。扃：音ㄐㄩㄥ（jiōng），指從內關閉門戶的門閂，此指閉鎖。

❸ 萼：音ㄜˋ（è），花萼、萼片的總稱。萼位於花的外輪，呈綠色，在花芽期有保護花芽的作用。

❹ 秣陵、建康：俱金陵（今南京）的別稱，屬丹陽郡。人老：一作「人客」。易安夫趙明誠以高宗建炎二年戊申九月知建康府，明年己酉三月罷。

❺ 感月吟風：吟風弄月，指寫作詩詞。

❻ 試燈無意思：一作「燈花空結蕊」。試燈：舊俗於上元夜張燈以祈豐稔，前一日為試燈，先張燈預賞，後一日為殘燈。《宛置雜記》：「十四日夜試燈，十五日正燈，十六日罷燈。」陸游詩：「曲水已過修禊集，餘寒不減試燈時。」無意思：沒心思。

❼ 踏雪沒心情：一作「離別共傷情」。宋・周輝《清波雜誌》：「頃見易安族人，言明誠在建康日，易安每值天大雪，即頂笠披蓑，循城遠覽以尋詩。得句，必邀其夫賡和，明誠每苦之也。」

【易安詞集評】

王灼《碧雞漫志》曰：「易安居士作長短句，能曲折盡人意，輕巧尖新，姿態百出。閭巷荒淫之語，肆意落筆，自古縉紳之家，能文婦女，未見若此無顧籍也。」

李調元《雨村詞話》：「易安在宋諸媛中，自卓然一家，不在秦七、黃九之下。詞無一首不工，其煉處可奪夢窗之席，其麗處直參片玉之班，蓋不徒俯視巾幗，直欲壓倒鬚眉。」

周濟《介存齋論詞雜著》：「閨秀詞惟清照最優，究苦無骨。」

沈曾植《菌閣瑣談》：「易安跌宕昭彰，氣調極類少游，刻摯且兼山谷。惜篇章極少，不過窺豹一斑。閨房之秀，固文士之豪也。才鋒大露，被謗殆亦因此。自明以來，墮情者醉其芬馨，飛想者賞其神駿，易安有靈，後者當許為知己。漁洋稱易安、幼安為濟南二安，難乎為繼。易安為婉約主，幼安為豪放主，此論非明代諸公所及。」

虞美人

魏夫人

鴻門玉斗紛如雪❶，十萬降兵夜流血。咸陽宮殿三月紅❷，霸業已隨灰燼滅❸。剛強必死仁義王，陰陵失道非天亡❹。英雄本學萬人敵❺，何用屑屑悲紅妝❻。三軍散盡旌旗倒，玉帳佳人坐中老❼。香魂夜逐劍光飛，青血化為原上草❽。芳心寂寞倚寒枝，舊曲聞來似斂眉❾。哀怨徘徊愁不語，恰如夜聽楚歌時❿。滔滔逝水流今古，漢楚興亡兩丘土。當年遺事久成空，慷慨尊前為誰舞⓫。

【註釋】

❶ 鴻門：古地名，位於今陝西臨潼東。楚漢相爭，項羽駐軍並會宴劉邦於此，故又稱「項王營」。玉斗：玉製的酒器。

❷ 咸陽宮殿：戰國時，秦孝公遷都於咸陽城所建的宮室，位於今陝西省長安縣附近。

❸ 鍾評曰：「使人遠想慨然。」

❹ 陰陵失道：指項羽自垓下敗走後，逃至陰陵而迷路的事跡。鍾評曰：「弔古情人，眼光俱立于千古之上。」

❺ 英雄：指才能勇武過人之人。

❻ 屑屑：特意，著意。鍾評曰：「妙處在女人作慷慨語，悲憤激切，英英逼人。」

❼ 鍾評曰：「纔著虞美人身上，輕輕點過。」

❽ 青血：碧血。《莊子・外物》：「萇宏死於蜀，藏其血，三年而化為碧。」後以此比喻

為正義所流的血。

❾ 鍾評曰：「似字何心？委宛卻難陳敘。」

❿ 楚歌：楚人之歌。《史記·高祖本紀》：「項羽卒聞漢軍之楚歌，以為漢盡得楚地，項羽乃敗而走，是以兵大敗。」鍾評曰：「倉皇激切，如何比似，情理委頓難堪。」

⓫ 鍾評曰：「仍結到美人身上，餘音不絕。」

【鍾評】 弔古詩，激切宛曲，各極其致，正使讀者亦復不能為懷。

詠蝶

賈蓬萊

薄翅凝香粉❶，新衣染媚黃❷。風流誰得似❸，兩兩宿花房❹。

【註釋】

❶ 薄翅：厚度薄細的翅膀。凝：聚集，凝集。香粉：花粉。

❷ 染：沾著。媚黃：色澤鮮黃。媚，豔麗，美好貌。

❸ 鍾評曰：「誰得似，觸目增懷。」

❹ 風流：風韻美好動人。花房：即花冠、花瓣的總稱。鍾評曰：「兩兩只寫出飛字，押落宿花房三字上，便爾情殢。」

謝姐惠鞋❶

賈蓬萊

蓮辦娟娟遠寄將❷，繡羅猶帶指尖香。弓彎著上無行處❸，獨立花陰看雁行❹。

【註釋】

❶ 惠：賜贈，贈送。

❷ 蓮瓣：指繡鞋。舊時女子纏足，著繡鞋行走一如蓮瓣輕移。娟娟：姿態柔美貌。

❸ 弓彎：指舊時婦女裹纏如弓形的腳。著：音ㄓㄨㄛˊ（zhuó），穿上。行處：隨處，到處。

❹ 花陰：為花叢遮蔽而不見日光之處。雁行：飛雁的飛行，排列整齊而有次序。

【鍾評】歷歷有疏致。

繡鴛鴦詩❶

曹蘊

柴扉花嶼接江湖❷，頭白成雙得自如❸。春晚有時描一對，日長銷盡繡工夫❹。

【註釋】

❶ 鴛鴦：音ㄩㄢ ㄧㄤ（yuān yāng），是經常出現在中國古代文學作品和神話傳說中的鳥類。鴛：雄鳥，鴦：雌鳥；在動物分類學上屬於雁形目鴨科鴛鴦屬，喜愛棲息於溪流、沼澤、湖泊等處。

❷ 柴扉：柴門，亦指貧寒的家園。花嶼：花草遍布的小島。江湖：江河湖泊，此指鴛鴦喜愛棲息之水澤處。鍾評曰：「用此作起句亦好。」

❸ 頭白成雙：指鴛鴦頭部顏色特徵，以及成對成雙的習性。自如：自由，不受拘束。鍾評曰：「得自如寫出閒適光景。」

❹ 繡：繪畫和刺繡設色，五彩俱備。工夫：謂作事所費的精力和時間。

【傳略】年將及笄，作詩立成。一日，隨母遊乾明寺，見諸尼作繡工，尼乞詩，乃應聲為集句云：「睡起楊花滿繡床，為他人作嫁衣裳。因過竹院逢僧話，始覺空門興味長。」後復作〈繡鴛鴦詩〉一首，聞者莫不披賞。

白鸚鵡

周韶

隴上巢空歲月驚❶，忍看回首自梳翎❷。開籠若放雪衣去❸，長念觀音《般若經》❹。

【註釋】

❶ 隴：音ㄌㄨㄥˇ（lǒng），通「壟」，田埂，或土丘。此詩作者擬寫隴上築巢的白鸚鵡概況，用以自喻。
❷ 忍看：不忍心再看。梳翎：指鳥類梳理自身羽毛。翎：音ㄌㄧㄥˊ（líng）。鍾評曰：「隱含厭簡鉛華之意。」
❸ 雪衣：白色的羽毛。此借代為白鸚鵡。
❹ 般若經：大乘佛教空宗的主要經典，亦是大乘佛教中形成最早的一部經典，由般若部類眾多經典彙編而成。末二句引佛家慈悲放生的功德，暗喻已身對落籍的寄望。

【傳略】 杭妓也。周韶、胡楚、龍靚皆有詩名。韶好蓄奇茗，嘗與蔡君謨鬪，勝之，題品風味，君謨屈焉。蘇子容過杭，太守陳述古飲之，召韶佐酒。韶因求落籍。子容指簷間白鸚鵡曰：「可作一絕？」韶援筆立揮云云。時韶適衣白，故云雪衣女，一座笑賞，述古遂令落籍。時胡楚、龍靚皆同席，俱有贈詩。

【鍾評】 借題賦志，飄洒不群。

送周韶　　胡楚

淡妝輕素鶴翎紅❶，移入朱欄便不同❷。應笑西園舊桃李❸，強勻顏色待春風❹。

【註釋】

❶ 輕素：指白色輕絲裁製而成的衣服。鶴翎：鶴的羽毛。翎：音ㄌㄧㄥˊ（líng）。以句以女子淡粉紅妝的容顏，以及著輕絲如鶴羽的服裝比喻白鸚鵡的形貌。
❷ 朱欄：朱紅色的圍欄。鍾評曰：「便不同三字，口角輕倩。」
❸ 西園：園林名。桃李：形容姿色的美豔。《文選・曹植・雜詩》六首之四：「南國有佳人，容華若桃李。」
❹ 勻：音ㄩㄣˊ（yún），意指均勻地點染，化妝。顏色：面容，面色。鍾評曰：「強勻及待，思路幽微。」

【傳略】 楚亦杭妓。寄人詩云：「不見當時丁令威，年來處處是相思。若將此恨同芳草，卻恐青青有盡時。」

送周韶

龍靚

桃花流水本無塵❶，一落人間幾度春。解珮暫酬交甫意❷，濯纓還見武陵人❸。

【註釋】

❶ 此句藉著桃瓣落入流水不染塵土，以喻周韶潔淨無瑕的本質。

❷ 解珮：解下飾帶的玉珮。酬：贈與。交甫：即鄭交甫。《昭明文選・江賦》曰：「感交甫之喪珮，愍神使之嬰羅。」唐・李善注引《韓詩內傳》曰：「鄭交甫遵彼漢皋臺下，遇二女，與言曰：『願請子之珮。』二女與交甫，交甫受而懷之，超然而去。十步循探之，即亡矣。迴顧二女，亦即亡矣。」曹植〈洛神賦〉曰：「感交甫之棄言兮，悵猶豫而狐疑。」李善注：「《神仙傳》曰：『切仙一出，遊於江濱，逢鄭交甫。交甫不知何人也，目而挑之，女遂解佩與之。交甫行數步，空懷無佩，女亦不見。』」後世遂以交甫空懷仙珮暗喻情意落空之意。此句女詩人自比女仙，姑且一酬交甫請珮之意。

❸ 濯纓：洗濯冠纓。濯：音ㄓㄨㄛˊ（zhuó），語出《孟子・離婁上》：「滄浪之水清兮，可以濯我纓。」後以「濯纓」比喻超脫世俗，操守高潔。武陵：桃花源的代稱，指世外隱匿之處。典故出自東晉・陶淵明〈桃花源詩并記〉。鍾評曰：「舌根具有慧性。」

【傳略】靚亦杭妓。時張子野老於杭，多為官妓作詩，而不及靚。因賦詩獻之曰：「天與群芳十樣葩，獨分顏色不堪誇。牡丹芍藥人題遍，自分身如鼓子花。」子野甚喜，為之賦詞一闋云。

中秋值雨❶

朱淑真

積葉冷翻階❷，癡雲暗海涯❸。樓高勞望眼❹，天暝苦吟懷❺。宛轉愁難遣❻，團圓事未諧❼。四簷飛雨急，寂寂坐空齋❽。

【註釋】

❶ 值：遇到。

❷ 積葉：落葉堆積。冷翻階：此指成堆的落葉被寒風吹襲，從台階上翻覆落地。

❸ 癡：呆滯。癡雲：指停滯不動的雲。語本唐·李商隱〈房中曲〉：「嬌郎癡若雲，抱日西簾曉。」暗海涯：海邊的光線不足，天色昏暗。

❹ 勞：辛苦，疲累。望眼：遠眺，企盼的神情。

❺ 天暝：日暮，夜晚。暝：音ㄇㄧㄥˊ（míng）。吟懷：作詩的情懷。

❻ 宛轉：此指愁緒千迴百轉。

❼ 諧：和合，協調。

❽ 寂寂：寂靜無聲，寂寥孤單。齋：家居的房屋。

【傳略】 朱淑真，浙江錢塘人。幼警慧，工詩書，風流蘊藉。蚤歲不幸，父母不能擇伉儷，乃嫁為市井民家妻。其夫村惡，遽除戚施，種種可厭。淑真抑鬱不得志，作詩多憂怨之思，以寫其不平之憤。時牽情于才子，竟無知音，悒悒抱恚而死。父母復以佛法并其生平著作荼毗之，今所傳者，不過十一耳。臨安王唐佐為之立傳，宛陵魏端禮輯其詩，名曰《斷腸集》，敘曰：「清新婉麗，蓄思含情，能道人意中事」。鍾惺評曰：「文章幽豔，才色清麗。實閨門之罕有；因匹偶之非倫。弗遂素志，賦《斷腸集》十卷，以自解鬱鬱不樂之恨。」

獨坐

朱淑真

捲簾待明月，拂檻對西風❶。夜氣涵秋色❷，瑤河度碧空❸。草根鳴蟋蟀，天外叫冥鴻❹。幾許舊時事，今宵誰與同？

【註釋】

❶ 檻：音ㄐㄧㄢˋ（jiàn），欄杆。

❷ 涵：浸潤。

❸ 瑤河：指銀河。度：越過，橫陳。碧空：碧色的夜空。

❹ 冥鴻：高飛的鴻雁。

遊湖歸晚

朱淑真

戀戀西湖景❶，山頭帶夕陽。禽歸翻竹露❷，果落響芹塘❸。葉倚風中靜，魚游水底涼❹。半亭明月色，荷氣惱人香❺。

【註釋】

❶ 戀戀：眷戀，依依不捨。

❷ 翻：翻攪，翻動。竹露：竹葉上的露水。

❸ 芹塘：長著水芹的池塘。鍾評曰：「秀而轉，自然有聲響。」

❹ 此二句指葉輕曳於靜謐的風中，魚悠游於清涼的水底。

❺ 惱人：撩撥人。黃庭堅〈延壽寺見紅藥小魏揚州號為醉西施〉：「醉紅如墮珥，奈此惱人香。」此二句指明淨的月光斜照著亭子的側邊，荷花氣蘊散發著撩人的芳香。

【鍾評】氣清，貴在能潤；景細，貴在能幽。兼之，則骨高而力厚矣。

秋日晚望

朱淑真

極目寒郊外❶，晚來微雨收❷。隴頭霞散綺❸，天際月懸鉤。一字新鴻度❹，千聲落葉秋。倚欄堪聽處，玉笛在漁舟❺。

【註釋】

❶ 極目：縱目，用盡目力遠望。寒郊：冷落寂靜的郊野，寒天的郊野。

❷ 收：結束，停止。

❸ 隴：音ㄌㄨㄥˇ（lǒng），通「壟」，此指山丘。隴頭：指山頂。霞散綺：雲霞絢爛宛如展開美麗的綢緞。

❹ 一字：謂物形如「一」字者。新鴻：新飛來訪的大雁。度：通過。鍾評曰：「一字上，影出新鴻耳，妙句。」

❺ 玉笛：笛子的美稱，亦指笛聲。

仲春書事

朱淑真

乍暖還寒二月天❶，釀紅醞綠鬥新鮮❷。日烘春色成和氣❸，風弄花香作瑞煙❹。鶯舌似簧初學語❺，柳條如線未飛綿。金杯滿酌黃封酒❻，欲勸東君莫放權❼。

【註釋】

❶ 乍暖還寒：形容冬末春初氣候忽冷忽熱，冷熱不定。乍：音ㄓㄚˋ（zhà），初，剛剛。

❷ 釀：音ㄋㄧㄤˋ（niàng），利用發酵作用製造酒、醋、醬油等。醞：音ㄩㄣˋ（yùn），釀也，皆比喻事物積漸而成。釀紅醞綠：指紅花逐漸綻放，綠葉漸漸生長出來，一片生機盎然。鬥：競爭，指百花爭奇鬥妍。新鮮：清新鮮潔。

❸ 烘：音ㄏㄨㄥ（hōng），用火溫使物體變熱、乾燥。此句形象化地描寫陽光將春天烘暖成淑和之氣。和氣：淑和之氣。

❹ 弄：音ㄋㄨㄥˋ（nòng），把玩，玩賞。瑞煙：祥瑞的煙氣。鍾評曰：「香作煙不必言矣。花著輕風，欹依歷亂，其間風花相接處，正可想出煙字意在。惜瑞字殊少韻耳。」

❺ 鶯舌似簧：比喻鶯聲的婉轉靈巧。簧：音ㄏㄨㄤˊ（huáng），樂器裡有彈性的薄片，用竹箬或銅片製成，作為發聲的振動體。亦指簧片振動發出動聽的樂聲。

❻ 酌：音ㄓㄨㄛˊ（zhuó），斟酒。黃封酒：酒名。宋代官釀之酒，因用黃羅帕或黃紙封口，故名。宋·蘇軾〈杜介送魚〉：「新年已賜黃封酒，舊老仍分赬尾魚。」

❼ 欲勸東君莫放權：勸導司春之神不要放棄主宰萬物的權力。此句期盼春色長駐人間。

海棠❶

朱淑真

胭脂為臉玉為肌❷，未赴春風二月期❸。曾比溫泉妃子睡❹，不吟西蜀杜陵詩❺。桃羞豔冶頻回首，柳妒妖嬈祇皺眉❻。燕子欲歸寒食近，黃昏庭院雨絲絲❼。

【註釋】

❶ 海棠：薔薇科蘋果屬，落葉亞喬木，高丈餘。樹皮灰褐色，光滑。葉柄細長，葉互生，橢圓形，前端略尖，基部楔形，邊緣有平鈍齒，表面深綠而有光澤。春月出長梗，著花，花朵簇生，傘形總狀花序。未開時紅色，開後漸變為粉紅色。多為重瓣，少有單瓣。在中國素有「國艷」之譽。

❷ 胭脂：音ㄧㄢ ㄓ（yān zhī），又作「臙脂」，面脂和口脂的統稱，是和妝粉配套的女用化妝品，亦泛指鮮豔的紅色。關於胭脂的起源，有兩種不同說法：一說，源於商紂時期燕國所產而得名。另一說，原產於中國西北匈奴地區的焉支山，匈奴貴族婦女常以「閼氏」（胭脂）妝飾臉容。玉肌：溫潤的肌膚。此句以擁有艷紅容澤與玉質肌膚將海棠花擬女性化。

❸ 海棠花的花期晚於百花爭妍的二月。鍾評曰：「期字用得生，自然有未赴二字領出之。」

❹ 溫泉：唐·白居易〈長恨歌〉：「春寒賜浴華清池，溫泉水滑洗凝脂。」妃子睡：清·黃葆真《事類統編》卷七八引《太真外傳》：「明皇登沉香亭，詔太真妃宿酒未醒，釵橫鬢亂，不能再拜。上笑曰：『豈海棠春睡未足耶？』」此句形容海棠彷彿洗過溫泉後宿酒未醒的楊貴妃，脂香玉潤，情態可人。

❺ 西蜀：今四川省。古為蜀地，因在西方，故稱西蜀。杜陵詩：杜甫詩句。唐·鄭谷〈蜀中賞海棠〉自注：「杜工部居西蜀，詩集中無海棠之題。」或是宋·楊萬里〈海棠四首〉：「豈是少陵無句子，少陵未見欲如何？」此處言海棠之美，可惜像杜甫這樣的名家尚未以詩句讚頌之。鍾評曰：「用杜陵事，輕而正。」

❻ 羞：羞怯，不如。妒：妒忌。嬈：音ㄖㄠˊ（ráo），嫵媚多姿。豔冶、妖嬈：豔麗妖冶。二詞皆形容海棠花的美艷。祇：音ㄓˇ（zhǐ），只，但。此二句詩人透過桃、柳對海棠的羞妒，襯寫海棠之麗。鍾評曰：「說物理各有情緒，無意中妙想深思，卻不可得。」

❼ 二句意指海棠花開正是燕子將歸、寒食多雨之時。鍾評曰：「結語只如此澹宕，便不易得。」

傷別❶

朱淑真

覽鏡驚容卻自嫌❷，逢春長晝病懨懨❸。吹花弄粉新來懶，惹恨供愁舊日添❹。生怕子規聲到耳❺，苦羞雙燕影穿簾❻。眉頭眼底無

他事，須信離情一味嚴❼。

【註釋】

❶ 傷別：因離別而悲傷。一作「傷春」。
❷ 覽鏡：覽照鏡中影。覽：觀看。驚容：驚訝容顏憔悴衰老。卻：轉折語氣詞，「但」。自嫌：自我嫌棄。
❸ 懨懨：音ㄧㄢ ㄧㄢ（yān yān），精神不振貌。《世說新語·品藻》：「曹蜍、李志雖見在，厭厭如九泉下人。」
❹ 花粉：本指婦女的戴花與搽粉，為化妝品的代稱。吹花弄粉：即化妝、打扮之意。懶：慵怠。惹恨供愁：引發愁緒，招染、觸動憾恨的情思。二句意指青春日漸消損，相思之情卻更深長。
❺ 生怕：生出害怕之心。子規：杜鵑鳥的別稱，《華陽國志·蜀志》傳錄該鳥為古代蜀國國王望帝魂魄所化。子規暮春出現，夜間鳴聲尤為哀怨動人。鳴時朝向北方，似言：「不如歸去。」
❻ 苦羞：以羞愧不如為苦。與上句「生怕」句法相對。鍾評曰：「觸物增緒，正有其情。」
❼ 須信：確信。一味：一直，總是。嚴：嚴酷，殘酷。

元夜❶（二首）

朱淑真

月滿今宵霽色澄❷，深沉簾幙管絃清❸。誇毫門彩連仙館❹，墜翠遺珠滿帝城❺。一派笑聲連鼓吹❻，六街燈火樂昇平❼。歸來禁漏踰三四❽，窗上梅花瘦影橫。

其二

壓塵小雨潤生寒❾，雲影澄鮮月正圓❿。十里綺羅春富貴，千門燈火夜嬋娟⓫。香街寶馬嘶瓊轡⓬，輦路輕輿響翠軿⓭。高掛危簾凝望處，分明星斗下晴天⓮。

【註釋】

❶ 元夜：即元宵。

❷ 一作「闌月籠春霽色澄」。霽色：晴朗的天色。霽：音ㄐㄧˋ（jì）。澄：明淨。

❸ 深沉：深邃隱蔽。簾幙：即簾幕，用於門窗處的簾子與帷幕。幙：音ㄇㄨˋ（mù）。管絃：泛指樂器。清：清越的樂聲。

❹ 一作「爭豪競侈連仙館」。誇毫：即「誇豪」。此句意指豪富華宅爭奢鬥麗，高聳入雲，彷彿連接天上仙境一般。

❺ 珠翠：珍珠和翡翠，婦女華貴的飾物。帝城：京都，皇城。此句說明元宵夜熱鬧的景象，人群熙熙攘攘，以致於婦女們的首飾遺落滿地。

❻ 一派：一作「一片」。一派即一片之意。連：接合，連續。鼓吹：即鼓吹樂，古代的一種器樂合奏曲。

❼ 六街：唐京都長安的六條中心大街，北宋汴京也有六街。燈火：燈彩。昇平：太平。

❽ 禁漏：宮中計時漏刻，亦指漏刻發出的聲響。踰：超過。三四：三指三更，即半夜十一時至翌晨一時；四指四更，即半夜一時至三時。

❾ 壓：覆蓋，籠罩。潤：滋潤。生寒：產生涼意。

❿ 澄鮮：清新。

⓫ 「十里綺羅」二句，描寫京城慶賀元宵夜，通宵達旦，歌舞昇平的繁盛景象。綺羅：穿著華麗衣服的人。千門：千家。嬋娟：指月亮。

⓬ 香街：指繁華的街道。寶馬：名貴的駿馬。嘶：馬鳴叫。瓊：美玉。轡：音ㄆㄟˋ（pèi），套在騾馬等頭上的籠頭，以繫韁繩。

⓭ 輦路：天子車駕所經的道路。輦，音ㄋㄧㄢˇ（niǎn）。輕輿：輕車。輿，音ㄩˊ（yú）。翠軿：古代貴族婦女乘用的翠帷車軿。軿：音ㄆㄧㄥˊ（píng）。

⓮ 「高掛危簾」下二句，指捲簾遙望，眼見繁星滿天，是預示天晴的景象。危：高，高聳。凝望：注目遠望。分明：明確，清楚。星斗：泛指天上的星星。下：次序或時間在後。

【鍾評】（其二）寫事駢麗，殊乏風姿，則木強紺碧，無益也。

湖上詠月

朱淑真

清宵三五涼風發❶，湖上閑吟步明月。涓涓流水淺又清，皎潔長空纖靄滅❷。水光月色環相連，可憐清景兩奇絕❸。

【註釋】

❶ 清宵：清靜的夜晚。三五：指農曆十五日。

❷ 涓涓：細水緩流貌。涓：音ㄐㄩㄢ（juān）。纖靄：音ㄒㄧㄢ ㄞˇ（xiān ǎi），纖細的雲氣與煙霧。

❸ 此二句指湖上的水光與天空的月色兩景環狀相連，令人喜愛的清麗風光實為妙絕。

苦熱聞田夫語有感❶

朱淑真

日輪推火燒長空❷，正是六月三伏中❸。旱雲高疊赤不雨❹，池裂河枯塵起風。農憂田畝死禾黍，車水救田無暫處❺。日長飢渴喉嚨焦，汗血勤勞誰與語。播插耕耘功已定，尚愁秋晚無成熟。雲霓不至空自忙❻，恨不抬頭向天哭。寄語豪家輕薄兒❼，綸巾羽扇將何為❽。田中青稻半黃槁❾，安坐高堂知不知❿？

【註釋】

❶ 苦熱：苦於炎熱，酷熱。

❷ 日輪：指太陽。日形如車輪而運行不息，故名。日輪推火：古代將太陽比做推滾的火輪。長空：遼闊的天空。

❸ 三伏：即初伏、中伏、末伏。農曆夏至後第三庚日起為初伏，第四庚日起為中伏，立秋後第一庚日起為末伏，是一年中最熱的時候。

❹ 旱雲：干雲，不能致雨的雲。赤：炎熱。

❺ 車水：用水車排灌。暫處：須臾，短時間。《說文・日部》：「暫，不久也。」鍾評曰：「田家楚痛，淒然在目。」

❻ 雲霓：虹。《孟子·梁惠王下》：「民望之，若大旱之望雲霓也。」趙岐注：「霓，虹也。雨則虹見，故大旱而思見之。」鍾評曰：「數語寫盡農夫心力。」
❼ 寄語：傳話，轉告。豪家：指有錢有勢的人家。輕薄兒：指輕佻浮薄的人。
❽ 綸巾：古代用青色絲帶做的頭巾。綸：音ㄍㄨㄢ（guān），冠名。羽扇：用長羽毛製成的扇子。裴啟《語林》：「諸葛武侯與宣王在渭濱將戰，武侯乘素輿、葛巾、白羽扇，指揮三軍。」後因以「羽扇綸巾」謂大將指揮若定瀟灑從容。此句則藉有反諷之意。
❾ 青稻：青色的稻苗。黃槁：枯黃憔悴貌。
❿ 高堂：借指華屋。

【鍾評】 女子著眼，偏在民間疾苦，眼目自好。

書窗即事（二首）

朱淑真

花落春無語❶，春歸鳥自啼。多情是蜂蝶❷，飛過粉牆西❸。

其二

一陣挫花雨❹，高低飛落紅❺。榆錢空萬疊❻，買不住春風。

【註釋】

❶ 無語：形容寂靜無聲。
❷ 蜂蝶：指蜂與蝶，或借指尋花問柳之人。鍾評曰：「是字，蒙上花落春歸字，語意苦。」
❸ 粉牆：以白粉塗刷而成的牆。
❹ 挫：摧折，折斷。花雨：落花如雨，形容彩花紛飛。
❺ 落紅：落花。
❻ 榆錢：榆莢，因其形似小銅錢，故稱。榆：音ㄩˊ（yú）。

【鍾評】（其一）落落自見。（其二）飄宕處，妙在帶憨氣、稚氣。

書懷

朱淑真

悶無消遣只看詩❶，又見詩中話別離。添得情懷轉蕭索❷，始知伶俐不如癡❸。

【註釋】

❶ 消遣：消閑解悶。
❷ 蕭索：淒涼。
❸ 癡：痴傻，愚笨。

【鍾評】太率意，無秀氣矣。

長宵

朱淑真

月轉西窗斗帳深❶，燈昏香燼擁寒衾❷。魂飛何處臨風笛❸，腸斷誰家擣夜砧❹。

【註釋】

❶ 斗帳：小形床帳，形如覆斗，故稱。
❷ 香燼：焚香的餘燼。燼：音ㄐㄧㄣˋ（jìn）。寒衾：冰冷的被子。衾：音ㄑㄧㄣ（qīn），被褥。
❸ 臨：面對，相遇。風笛：風中的笛聲。
❹ 擣：音ㄉㄠˇ（dǎo），捶洗。砧：音ㄓㄣ（zhēn），搗衣石。

【鍾評】此皆沿襲語，下筆仍是颯然。

清晝❶

朱淑真

竹搖清影罩幽窗❷，兩兩時禽噪夕陽❸。謝卻海棠飛盡絮❹，困人天氣日初長❺。

【註釋】

❶ 清晝：白天。
❷ 清影：清朗的光影。罩：音ㄓㄠˋ（zhào），覆蓋。
❸ 兩兩：成雙成對。時禽：隨節候而出現的鳥。噪：音ㄗㄠˋ（zào），蟲或鳥喧鬧地鳴叫。
❹ 此句意指海棠凋盡，柳絮不飛，已是春將盡。
❺ 困人：使人困倦。宋・蘇軾〈浣溪沙〉：「困人天氣近清明。」

【鍾評】語有微至，隨意寫來自妙，所謂氣通而神肖也。

春宵（二首）

朱淑真

門前春水碧於天❶，坐上詩人逸似仙❷。彩鳳一雙雲外落❸，吹簫歸去又無緣❹。

其二

夢回酒醒春愁怯❺，寶鴨煙銷香未歇❻。薄衾無奈五更寒❼，杜鵑叫落西樓月❽。

【註釋】

❶ 春水：春天的湖水。

❷ 坐上：座席上。逸：超逸，閒適。鍾評曰：「太醜。上句何等有意，忽入此等可笑語，恨之。」
❸ 彩鳳：即鳳凰。唐·李商隱〈無題〉詩之一：「身無彩鳳雙飛翼，心有靈犀一點通。」雲外：比喻仙境。
❹ 吹簫：相傳春秋·蕭史善吹簫，秦穆公以女弄玉妻之。故後以「吹簫」為締結婚姻的典實。無緣：沒有緣份。
❺ 春愁：春日的愁緒。怯：膽怯不安。鍾評曰：「夢回酒醒，春愁正怯。餘氣澹宕，形思乍屬，實有此種景況，妙領得微。」
❻ 寶鴨：香爐，因作鴨形，故稱。煙銷：謂燒毀。香未歇：香味繚繞，尚未消散。
❼ 薄衾：薄被。五更：舊時自黃昏至拂曉一夜間，分為甲、乙、丙、丁、戊五段，謂之「五更」。又稱五鼓、五夜。鍾評曰：「無奈，有幽奧之氣繚繞之。」
❽ 杜鵑：鳥名，又名杜宇、子規。相傳為古蜀帝杜宇之魂魄所化，春末夏初，常晝夜啼鳴，其聲哀切。

秋夜

朱淑真

夜久無眠秋氣清❶，燭花頻剪欲三更❷。鋪床涼滿梧桐月❸，月在梧桐缺處明❹。

【註釋】

❶ 清：清涼。秋氣清：指秋日肅氣淒清。
❷ 燭花：燭芯燒焦結成的花狀物。頻剪：頻繁屢屢地剪。欲：將，近。三更：指半夜十一時至翌晨一時。
❸ 涼：作者既寫天涼，也反襯心境的寂寞。
❹ 梧桐缺處：月光透過梧桐葉照射下來。鍾評曰：「又一轉，淺而閒。」

元宵遇雨

朱淑真

煙火笙歌是處休❶，沉沉春雨暗皇州❷。危樓十二欄杆曲❸，一曲欄杆一曲愁❹。

【註釋】

❶ 煙火：一種用火硝雜其他藥物製成的物品，燃燒時噴射出各種變幻燦爛的形狀，供遊戲觀賞之用。笙歌：合笙歌唱，泛指奏樂唱歌。是處：到處，遍處。休：停歇，中止。
❷ 沉沉：形容深隱沉靜的樣子。皇州：帝都，京城。
❸ 危樓：高樓。十二欄杆曲：《西洲曲》中有「欄杆十二曲」句。
❹ 此句將愁思數量化，喻愁之多、愁之深。

【鍾評】不必深思，卻使傷情。

晴和

朱淑真

海棠深院雨初收❶，苔徑無風蝶自由❷。寂寂珠簾歸燕未❸？子規啼處一春愁❹。

【註釋】

❶ 深院：謂房屋多、進深大的院落。收：結束，停止。
❷ 鍾評曰：「自由二字，寫出栩栩殷勤、輕颺薄娟之態。」
❸ 寂寂：寂靜無聲，寂寥孤單。歸燕未：即「燕歸未」的倒裝。未：否，用在句末，表示疑問。王維〈雜詩〉：「來日綺窗前，寒梅著花未？」鍾評曰：「問歸燕，可憐。」
❹ 子規：杜鵑鳥的別名。傳說為蜀帝杜宇的魂魄所化，常夜鳴，聲音淒切，藉以抒悲苦哀怨之情。

【鍾評】子規啼處，卻是一春愁。憂思之理，宛轉難明。

立春前一日❶

朱淑真

梅花枝上雪初融，一夜高風激轉東❷。芳草池塘冰未薄❸，柳條如

線著春工❹。

【註釋】

❶ 立春：二十四節氣之一，在陽曆二月三、四或五日。
❷ 高風：強勁的風。激轉東：風向轉變，吹刮起東風。
❸ 冰未薄：冰積厚度尚未轉薄，意指天氣仍然寒凍。
❹ 柳條如線：初發的柳枝纖柔若細線。著：音ㄓㄨˋ（zhù），顯露，表現。春工：春季造化萬物之工。鍾評曰：「如線，人能言之；著春工，梨雨蘭風，並同一致。媚絕，幽絕。」

落花

朱淑真

連理枝頭花正開❶，妒花風雨便相催❷。願教青帝常為主❸，莫遣紛紛點翠苔❹。

【註釋】

❶ 連理枝：兩棵根不相同的樹枝交結在一起。通常比喻恩愛的夫婦。
❷ 催：催促，摧折。鍾評曰：「便相催，飄忽零落，不勝慨惜。」
❸ 青帝：主宰春天之神。為主：作主。
❹ 莫遣：莫使。紛紛：眾多貌，絡繹貌。翠苔：苔蘚，因苔為綠色，故名「翠苔」。

三月三日❶

朱淑真

林花落盡草初齊❷，客裡蕭條思欲迷❸。又是春光去時節，滿城飛絮亂鶯啼❹。

【註釋】

❶ 即上巳節。漢以前取農曆三月上旬之巳日，三國魏以後改用三月三日，不用上巳。《周

禮・春官・女巫》：「女巫掌歲時祓除釁浴。」唐・賈公彥疏：「一月有上巳，據上旬之巳而為祓除之事，見今三月三日水上戒浴是也。」唐・杜甫〈麗人行〉：「三月三日天氣新，長安水邊多麗人。」

❷ 齊：本意為象形字，象禾麥吐穗平整。

❸ 蕭條：寂寞冷落。迷：迷惘，迷惑。

❹ 飛絮：飄飛的柳絮。亂鶯啼：即「鶯亂啼」的倒裝。

【鍾評】使人徘徊無盡。

黃花❶

朱淑真

土花能白又能紅❷，晚節由能愛此工❸。寧可抱香枝上老，不隨黃葉舞秋風❹。

【註釋】

❶ 黃花：指菊花。下言「土花」亦同。

❷ 土花：指菊花的顏色純黃似土色。鍾會〈菊花賦〉：「純黃不雜，后土色也。」楊炯〈庭菊賦〉：「純黃象於后土。」能白又能紅：菊花除了黃色以外，尚有白色和紅色。

❸ 晚節：晚年的節操，堅守的品格。由能：由，通「猶」，尚且，尚能。此工：菊花枯萎大多不落花瓣。

❹ 末二句：詩人由菊花經風不落花瓣的生態，摹喻其「寧可抱香枝上老，不隨黃葉舞秋風」的君子志節。南宋・鄭思肖〈自題畫菊〉：「寧可枝頭抱香死，何曾吹落北風中。」鍾評曰：「抱香二字，說得有蘊藉。」

【鍾評】詠物詩，寄情遒上自有身分。

閒步

朱淑真

天街蕩蕩靜無塵❶，煙火熒煌不夜城❷。乍得新涼宜散步❸，一鉤

新月映疏明❹。

【註釋】

❶ 天街：京城中的街道，此指杭州。唐・韓愈〈早春呈水部張十八員外〉詩之一：「天街小雨潤如酥，草色遙看近卻無。」蕩蕩：廣大平坦貌。無塵：不著塵埃，常表示超塵脫俗。

❷ 熒：音ㄧㄥˊ（yíng），指光亮。熒煌：輝煌。不夜城：形容城市燈火通明，照耀如同白晝。

❸ 乍得：偶得。新涼：指初秋涼爽的天氣。鍾評曰：「得字宜字，疏冷。」

❹ 疏明：指疏淡的光輝。鍾評曰：「疏明特說出『映』字，麗而靜，空而遠，清光徘徊。」

東馬塍❶

朱淑真

一塍芳草碧芊芊❷，活水穿花暗護田❸。蠶事正忙農事急❹，不知春色為誰妍❺。

【註釋】

❶ 東馬塍：地名。位於浙江省餘杭縣西，分東、西馬塍，宋代以產花著名。塍：音ㄔㄥˊ（chéng），田埂，田畦。

❷ 芊芊：草木茂盛貌。芊：音ㄑㄧㄢ（qiān），草盛。

❸ 活水：有源頭常流動的水。

❹ 蠶事：養蠶的事務。《禮記・月令》：「蠶事畢，后妃獻繭。」農事：指耕耘、收穫、貯藏等農業生產活動。鍾評曰：「敘風土，率意已見。」

❺ 妍：音ㄧㄢˊ（yán），豔麗，美好。

掬水月在手❶

朱淑真

無事江頭弄碧波❷，分明掌上見嫦娥❸。不知李謫仙人在❹，曾向江頭捉得麼❺？

【註釋】

❶ 掬：音ㄐㄩˊ（jú），兩手相合捧物。水月：水中月影，形容明淨。
❷ 無事：無端，沒有緣故。江頭：江邊，江岸。弄：用手把玩，舞弄。碧波：清澄綠色的水波。
❸ 嫦娥：借指月亮。明・唐寅〈掬水月在手〉：「玉纖弄水金鈿濕，要捧嫦娥對面看。」
❹ 李謫仙人：指李白。謫：音ㄓㄜˊ（zhé）。謫仙：謫居世間的仙人，用以稱譽才學優異的人。
❺ 此指「李白捉月」之事。傳說李白酒醉泛舟當塗采石，俯捉江中月影而溺死。

【鍾評】擬題甚佳，惜詩太不稱耳。

弄花香滿衣

朱淑真

豔紅影裡擷芳回❶，沾惹春風兩袖歸❷。夾路露桃渾欲笑❸，不禁蜂蝶繞人飛❹。

【註釋】

❶ 豔紅：指紅花。擷：音ㄐㄧㄝˊ（jié），摘取。芳：花卉。
❷ 沾惹：牽纏，招引。
❸ 夾路：排列於道路兩旁。露桃：綻露芳采的桃花。渾欲：簡直，全然。
❹ 不禁：經受不住。

【鍾評】亦平平語耳。較前作差勝，則其語氣稍逸也。

弔林和靖❶

朱淑真

不見孤山處士星，西湖風月為誰清❷？當時寂寞冰霜下，兩句詩成萬古名❸。

【註釋】

❶ 弔：憑弔，傷昔。林和靖：北宋林逋（967－1028），浙江錢塘人，字君復。生於儒學世家。早年曾遊歷於江淮等地，隱居西湖孤山，終身不仕。未娶妻，與梅花、仙鶴作伴，稱為「梅妻鶴子」。宋真宗聞其名，賜粟帛，詔長吏歲時勞問。性孤高自好，恬淡好古，不趨名利。逋善為詩，澄浹峭特，多有奇句，大都反映隱居生活，描寫梅花尤其入神。蘇軾推讚林逋之詩、書及人品，並曾跋其書曰：「詩如東野（孟郊）不言寒，書似留臺（李建中）差少肉。」仁宗天聖六年去世，享年六十二歲，仁宗賜諡「和靖先生」，世遂稱之。

❷ 風月：清風明月，泛指美好的景色。鍾評曰：「為誰清三字，悵然風月無主。」

❸ 林和靖著名的詠梅七律：〈山園小梅〉，全詩不著一梅字，巧將梅花神韻清秀、幽氛靜謐的風姿絕妙托出，尤其「疏影橫斜水清淺，暗香浮動月黃昏」兩句，更是傳頌千古。鍾評曰：「寂寞冰霜著一下字，如為冰霜所覆，清冷蕭澹，如嘗見之。」

蝶戀花 送春

朱淑真

樓外垂楊千萬縷❶。欲系青春，少住春還去❷。猶自風前飄柳絮❸，隨春且看歸何處❹？　綠滿山川聞杜宇❺。便做無情❻，莫也愁人意❼。把酒送春春不語❽，黃昏卻下瀟瀟雨❾。

【註釋】

❶ 垂楊：垂柳，古詩文中楊柳常通用。千萬縷：柳枝細長如絲，彷彿有千絲萬縷。縷：音ㄌㄩˇ（lǚ），量詞，計算纖細條狀物的單位。

❷ 系：懸繫。少住：暫留，稍住。還去：回去。

❸ 猶自：尚，尚自。柳絮：柳樹的種子。有白色絨毛，隨風飛散如飄絮，因以為稱。
❹ 且：姑且，暫且。
❺ 綠滿：《詞綜》作「滿目」。杜宇：又名杜鵑，相傳為古蜀王杜宇之魂所化，或稱為「杜宇」、「鶗鴃」、「啼鴃」、「鶗鴃」、「子規」。《成都記》：「杜宇又曰杜主，自天而降，稱望帝，好稼穡，治郫城。後望帝死，其魂化為鳥，名曰杜鵑。它常在春天夜裡哀鳴。」左思〈蜀都賦〉：「碧出萇弘之血，鳥生杜宇之魂。」白居易〈琵琶行〉：「其間旦暮聞何物？杜鵑啼血猿哀鳴。」
❻ 便做：即使。
❼ 莫也：豈不也。意：一作「苦」。
❽ 把酒：謂行酒，敬酒。
❾ 瀟瀟：小雨貌。李清照〈蝶戀花〉：「瀟瀟微雨聞孤館。」

詠竹

黃淑

勁直忠臣節❶，孤高烈女心❷。四時同一色❸，霜雪不能侵。

【註釋】

❶ 勁直：堅實挺直。節：人的志氣，操守。
❷ 孤高：孤特高潔，孤傲自許。烈女：節烈的女子。
❸ 一色：謂全部一樣。

【傳略】 建寧進士王防妻也，字致柔。防為泗州戶曹卒，黃挈柩歸。未幾，母又卒，號慟幾絕。除服，親戚議改適廬陵令，黃誓不改節，詠竹以見志，眾議遂寢。黃憂鬱而死。幼通詩書，臨終，囑其妾以藁置柩中。

【鍾評】 語樸而氣老。

惜春容❶

盼盼

少年看花雙鬢綠❷，走馬章臺管絃逐❸。而今老更惜花深，終日看

花看不足。坐中美女顏如玉❹，為我一歌〈金縷曲〉❺。歸時壓得帽簷敧❻，頭上春風紅簌簌❼。

【註釋】

❶ 春容：青春的容貌。

❷ 看花：唐時舉進士及第者有在長安城中看花的風俗，此指得意、愉快的賞花心情。綠：指少年髮鬢烏黑油亮的顏色。

❸ 走馬章臺：章臺街為漢代長安街名，多妓館。後因以「走馬章臺」指涉足娼妓間，追歡買笑。管絃：指蕭管與琴瑟等，泛指樂器。逐：追逐。

❹ 顏如玉：美顏如玉，指美人。《初刻拍案驚奇》卷十：「娶妻莫恨無良媒，書中有女顏如玉。」

❺ 金縷曲：詞牌名。宋・葉夢得詞有「誰為我唱金縷」句，故名〈金縷歌〉、〈金縷曲〉、〈金縷詞〉。其異名甚多，宋・蘇軾填此調有「乳燕飛華屋」句，又名〈乳燕飛〉；又有「晚涼新浴」句，故又名〈賀新涼〉；又有「風敲竹」句，故又名〈風敲竹〉。宋・張輯詞有「把貂裘換酒長安市」句，故又名〈貂裘換酒〉。

❻ 敧：音ㄑㄧ（qī），歪斜，傾斜。帽簷：帽子前面或四周突出的部分。簷：音ㄧㄢˊ（yán）。

❼ 春風：形容喜悅快樂的神情。簌簌：音ㄙㄨˋ ㄙㄨˋ（sù sù），墜落貌。唐・元稹〈連昌宮詞〉：「又有牆頭千葉桃，風動落花紅簌簌。」

【傳略】涪翁（黃山谷）過四川瀘南，瀘帥留府。會有官妓盼盼，性聰慧，帥寵之。涪翁贈〈浣溪紗〉，詞曰：「腳上鞋兒四寸羅。唇邊朱麝一櫻多。見人無語但回波。料得有情憐宋玉，衹因無耐楚襄何。今生有分向伊麼？」盼盼拜謝，帥令唱詞侑觴，盼盼唱〈惜春容〉，涪翁大喜，醉飲而別。

【鍾評】輕憐緩動，昵昵自憐。

倦繡有感

盼盼

坐繡日高花影移❶，天涯人怨動遐思❷。珠珠淚似針紉處❸，寸寸腸如線結時❹。欲困分明非酒使❺，沉吟端的是心癡❻。鴛鴦一對團花巧❼，解語應須為我悲❽。

【註釋】

❶ 日高：太陽高升。
❷ 天涯：猶天邊，指極遠的地方。動：觸動。遐思：深長的思念。
❸ 珠淚：眼淚。淚滴如珠，故稱。針紉：亦作「鍼紉」，縫紉，此指淚珠如針密密成串的樣子。紉：音ㄖㄣˋ（rèn）。
❹ 寸腸：泛指胸臆，心間。此指愁緒如線絮糾結的樣子。
❺ 欲困：指疲乏想睡。使：謂驅使，支配。
❻ 端的：真的，確實。的：音ㄉㄧˋ（dì）。心癡：鍾評曰：「沉吟何事，卻自笑其心癡也。妙在知是心癡，仍自不廢沉吟，情事逾深。」
❼ 團花：四周呈放射狀或旋轉式的圓形裝飾紋樣。古代銅器、陶瓷器、織繡品以及現代某些絲綢織品上常有此種花飾。
❽ 解語：領會。

題破錢❶

昆陵李氏女

半輪殘月掩塵埃❷，依稀猶有開元字❸。想得清光未破時❹，買盡人間不平事❺。

【註釋】

❶ 破錢：破損不完整的錢幣。
❷ 殘月：謂將落的月亮。半輪殘月，用來比喻破銅錢。掩塵埃：為塵埃所掩覆。
❸ 開元：唐朝玄宗（713－741）的年號。
❹ 清光：清亮的光輝。此指銅錢未破損前所呈現的光澤。
❺ 不平事：指不公正的事。

【傳略】 昆陵士人李氏有一女，年甫十六，英安嬌豔，善屬文詞。嘗作〈破錢詩〉（如上引）。又〈彈琴詩〉，詩云：「當年曾笑卓文君，豈信絲桐解誤身。今日未彈心已亂，此心原是不由人。」甚有情致，人傳誦之。

【鍾評】 幽涼悲渾，如有所指，不可明言。

贈陳筑

周氏

夢和殘月過樓西❶，月過樓西夢已迷。❷喚起一聲腸斷處❸，落花枝上鷓鴣啼❹。

【註釋】

❶ 殘月：逐漸西沈之月。
❷ 鍾評曰：「疊四字，心手靈甚。夢已迷三字，感動得妙。」
❸ 腸斷：形容極度悲痛。
❹ 鷓鴣：指鷓鴣鳴聲，詩文常藉聞其聲以示思念故鄉。

【傳略】 陳筑，字夢和，與閩妓周氏情密。後筑登第，為福州古田尉，至官，周以筑字夢和，寓意作詩以贈。

寄遠❶

溫婉

小花靜院東風起，燕燕鶯鶯拂桃李❷。斜倚紅牆卜遠人❸，樓外春山幾千里❹。

【註釋】

❶ 寄遠：寄送遠方，謂寄給在遠方的丈夫。
❷ 此二句言靜院春風裡，成雙成對燕鶯飛拂桃李花樹洋溢青春活力的景象。用以反襯下二句詩人之孤寂懷遠。
❸ 卜：古人灼燒龜甲或牛骨，辨視其裂紋以推斷事情吉凶的行為。遠人：遠行的人，遠遊的人，多指親人。鍾評曰：「斜倚，不堪之至。」
❹ 指遊人還在樓外春山幾千里遠隔之遙。

【鍾評】 從閑靜中忽有感觸，悠然思遠，曲折情至。

聽琴詩

黃氏

拂琴開素匣❶，何事獨顰眉❷。古調俗不樂❸，正聲公自知❹。寒泉出澗澀，老檜倚風悲❺。縱有來聽者，誰堪繼子期❻。

【註釋】

❶ 匣：盛物器具。大的叫箱，小的叫匣，一般呈方形，有蓋。
❷ 顰眉：皺眉。顰，音ㄆㄧㄣˊ（pín）。
❸ 古調：古代的樂調。
❹ 正聲：純正的樂聲。自知：自然知曉。
❺ 寒泉：清冽的泉水或井水。澀：阻塞，不通暢。
❻ 堪：能，足以。子期：鍾子期，春秋時楚人，精於音律，與伯牙友善。伯牙鼓琴，志在高山流水，子期聽而知之。子期死，伯牙絕弦破琴，終身不復鼓琴。

【傳略】王元妻。元家貧，嗜風月，黃氏亦喜親筆硯，與元共持雅操。元每中夜得句，黃必起燃燭供硯以待，好事者為之繪其圖。

【鍾評】氣渾樸而孤上，有高士風。

贈沈警❶（二首）

張女郎仲妹

洞簫響兮風生流❷，清夜闌兮絃管遒❸。長相思兮衡山曲❹，心斷絕兮秦隴頭❺。

其二

隴上雲居不復居❻，湘川班竹淚沾餘❼。誰念衡山烟霧裡，空看雁

足不傳書❽。

【註釋】

❶ 沈警：字玄機，吳興武康人。美風調，善吟詠，為梁東宮常侍，名著當時。每公卿宴集，必致騎邀之。《太平廣記》卷第三百二十六引《異聞錄》載本詩為「小女郎」所歌。

❷ 洞簫：管樂器，簡稱簫。古代的簫以竹管編排而成，稱為排簫。排簫以蠟蜜封底，無封底者稱洞簫。後稱單管直吹、正面五孔、背面一孔者為洞簫。發音清幽淒婉。風生：起風。流：傳布，擴散。

❸ 清夜：清靜的夜晚。闌：音ㄌㄢˊ（lán），晚，遲。《文選・謝莊〈宋孝武宣貴妃誄〉》：「白露凝兮歲將闌。」李善注：「闌，猶晚也。」遒：音ㄑㄧㄡˊ（qiú），勁健，強勁。

❹ 衡山：一名岣嶁山，又名霍山，古稱南岳，為五岳之一，位於湖南中部，有七十二峰。以此為名之山，其地不一。《左傳・襄公三年》：「楚子重伐吳，為簡之師。克鳩茲，至於衡山。」杜預注：「衡山，在吳興烏程縣南。」楊伯峻注：「衡山，亦吳地。」高士奇《地名考略》則謂：「為當塗縣東北六十里之橫山。」此句當不必確指何山，概詩人泛指洞簫吹奏起令人興起相思之〈衡山曲〉。

❺ 秦隴：秦嶺和隴山的並稱。頭：山頂。

❻ 隴上：泛指今陝北、甘肅及其以西一帶地方。雲居：猶隱居。

❼ 湘川：即湘江。晉・陸機〈樂府詩〉之十六：「北徵瑤臺女，南要湘川娥。」班竹：亦作斑竹。一種莖上有紫褐色斑點的竹子，也稱「湘妃竹」。晉・張華《博物志》：「堯之二女，舜之二妃，曰湘夫人，帝崩，二妃啼，以涕揮竹，竹盡斑。」

❽ 傳書：傳遞書信。唐・李商隱〈離思〉：「朔雁傳書絕，湘篁染淚多。」

【鍾評】（其一）老氣橫溢，不作靡靡之響。

題壁間❶

錢氏

落日西風照楚關❷，斷魂殘魄弔哀顏❸。自從鴻雁分飛後❹，無復鴛鴦並枕間❺。腕玉瘦寬金縷袖❻，髻蟬慵掠翠雲鬟❼。鮫綃裛遍相思淚❽，眉黛無心畫遠山❾。

【註釋】

❶ 題壁：將詩文題寫於壁上。間：處所，地方。

❷ 楚關：楚國關塞，泛指楚境。

❸ 斷魂：銷魂神往，形容一往情深或哀傷。殘魄：失魂落魄貌。弔：音ㄉㄧㄠˋ（diào），哀悼，憑弔。

❹ 鴻雁：俗稱大雁，一種候鳥。《詩・小雅・鴻雁序》：「〈鴻雁〉，美宣王也。萬民離散，不安其居，而能勞來還定，安集之。至於矜寡，無不得其所焉。」

❺ 無復：不再。鴛鴦：比喻夫妻。

❻ 金縷：以金色絲線編織而成的衣服。此句意指女子如玉之臂腕消瘦而使金縷衣袖顯得寬鬆。

❼ 髩：音ㄅㄧㄣˋ（bìn），古同「鬢」。髩蟬即鬢蟬，蟬鬢，為古代婦女兩鬢的一種髮式，據載乃魏文帝曹丕的宮人莫瓊樹所製。將女子臉部側邊的鬢髮梳理得很薄可透出肌膚，形如蟬翼，故稱之。古代詩文美婦人髮常曰：「雲鬟霧鬢」，是將薄而透明的蟬鬢與厚而高實的環髻結合對比，使婦女髮型別緻而富於變化。慵：音ㄩㄥ（yōng），困倦。掠：拂過，擦過；或梳理。唐・馮贄《雲仙雜記・金鳳凰》：「周光祿諸妓掠鬢用鬱金油，傅面用龍消粉。」翠雲鬟：指女子烏黑濃密頭髮所結成的環髻。鬟：音ㄏㄨㄢˊ（huán），女子的環形髮髻。此句意指女子慵懶而漫不經心地梳理著蟬形鬢髮與翠雲鬟髻。或意指女子困倦懶於梳頭，徒使蟬鬢拂過翠雲鬟。

❽ 鮫綃：音ㄐㄧㄠ ㄕㄠ（jiāo shāo），亦作「鮫絹」。傳說中鮫人所織的綃，借指薄絹、輕紗。裛：音ㄧˋ（yì），纏裹。

❾ 眉黛：古代女子用黛畫眉，因稱眉為眉黛。無心：猶無意，沒有打算。遠山：形容女子秀麗之眉。

【傳略】 姑蘇人，隨夫朱橫客於嶺右。夫死，攜其遺孤，扶柩歸鄉，道路難苦，有所感傷，故作詩題壁。

題琵琶亭❶

葉桂

樂天當日最多情❷，淚滴青衫酒重傾❸。明月滿船無處問，不聞商女琵琶聲❹。

【註釋】

❶ 琵琶亭：亭名。在江西省九江市西，長江東南岸。

❷ 樂天：白居易（772－846），字樂天，號香山居士，唐下邽人。曾撰長篇敘事詩〈琵琶行〉，詩中描述一位歌妓的悲涼遭遇，並因而觸發自己政治上失意的感嘆。

❸ 青衫：唐制，文官八品、九品服以青。唐·白居易〈琵琶行〉：「座中泣下誰最多？江州司馬青衫濕。」後因借指失意的官員。酒重傾：再添酒。

❹ 商女：歌女。

【傳略】字月流，商人女也。從父移舟，過琵琶亭，夜月清輝，江水蒼茫，有感于懷，題琵琶亭，詩一絕。

【鍾評】蕭瑟不堪重聽。

述懷（三首）

陳梅庄

一寸柔腸萬疊縈❶，那堪更值此春情❷？黃鸝知我無情緒❸，飛過花梢禁不聲❹。

其二

一片愁心怯杜鵑❺，懶妝從任鬢雲偏❻。怕郎說起陽關意，常掩琵琶第四絃❼。

其三

山城落日弄昏黃❽，又了平生半日忙❾。侍妾不須燒絳蠟❿，讓他明月入回廊⓫。

【註釋】

❶ 一寸：十分為一寸，引申為微少。柔腸：柔曲的心腸，喻指纏綿的情意。縈：音一ㄥˊ（yíng），回旋纏繞。

❷ 那堪：怎堪，怎能禁受。值：遇到，碰上。春情：男女愛戀之情，或指情欲。

❸ 黃鸝：鳥名。身體黃色，自眼部至頭後部黑色，嘴淡紅色，叫的聲音很好聽，常被飼養作籠禽。情緒：心情，心境。

❹ 花梢：花木的枝梢。禁不聲：禁口不出聲。鍾評曰：「禁不聲，妙在得知情性，善于逢迎。」

❺ 一片愁心：一番憂愁之心。怯：音ㄑㄩㄝˋ（què），害怕，畏懼。杜鵑：鳥名。又名杜宇、子規，相傳為古蜀王杜宇之魂所化。春末夏初，常晝夜啼鳴，其聲哀切。

❻ 從任：任意依從。鬢雲：形容婦女鬢髮黑潤如雲。

❼ 陽關：漢時設置於甘肅省敦煌縣西南一百三十里的關隘。因位於玉門關之南，故稱為「陽關」，為出塞必經的地方。琵琶第四絃：因琵琶有四弦，故稱。南朝・梁簡文帝〈生別離〉：「別離四弦聲，相思雙笛引。」二句指害怕情人提起離別意，故經常掩住琵琶四弦不奏陽關曲。

❽ 山城：依山而築的城市。弄：顯現，顯露。

❾ 平生：平素，往常。

❿ 絳蠟：指紅燭。

⓫ 回廊：曲折回環的走廊。

【傳略】 瑞州新昌胡縣丞妻也，號梅庄，提刑陳仲微女也。少工文翰，有詩集二卷行于世。又有〈蠻婢詩〉，後兩句云：「從今莫作綿蠻語，怕有傍人隔即聽。」

【鍾評】（其二）委折頓挫，入想愈深。（其三）閑緩處動，想其筆端之妙。

感懷（二首）

黃氏女

欄干閑倚日偏長❶，短笛無情苦斷腸❷。安得身輕如燕子❸，隨風容易到君傍❹。

其二

自從聞笛苦匆匆❺，魄散魂飛似夢中❻。最恨粉牆高幾許❼，蓬萊弱水隔千重❽。

【註釋】

❶ 欄干：即欄杆，以竹、木等做成的遮攔物。

❷ 短笛：古橫吹管樂器，竹製。無情：沒有情義，沒有感情。斷腸：形容極度思念或悲痛。

❸ 安得：如何能得，怎能得。含有不可得的意思。

❹ 傍：音ㄆㄤˊ（bāng），側，邊，通「旁」。

❺ 匆匆：心不定貌，恍惚貌。

❻ 魄散魂飛：形容受外界刺激、誘惑而精神不能集中。

❼ 粉牆：塗刷成白色的牆。

❽ 蓬萊：古代傳說中的神山名，亦常泛指仙境。弱水：河川名，相傳約三千里之遠。蓬萊弱水：比喻不易到達的仙境。千重：千層，層層疊疊。

【傳略】嘉熙丁酉，福建潘用中，隨父候差于京邸。潘喜笛，每父出，必于邸樓凭欄吹之。隔牆一樓，相距二丈許，畫闌綺窓，朱簾翠幙，一女子聞笛聲，垂簾窺望。久之，或揭簾露半面。潘問主人，知為黃府女孫也，若是月餘。潘與太學彭上舍聯轡出遊，值黃府十數轎，乘春游歸，路窄，過時相挨，其第五輪乃其女孫也。轎窓皆半推，四目相視，不遠尺餘，潘神思飛揚，若有所失。作詩云：「誰教窄路恰相逢，脈脈靈犀一點通。最恨無情芳草路，匿蘭含蕙各西東。」暮歸吹笛，時月明，見女捲簾凭闌，潘大誦前詩數過，適父歸，遂寢。黃府館賓晏仲舉，建寧人也。潘明往訪，邀歸邸樓，縱飲橫笛，見女復垂簾。潘因曰：「對望誰家樓也？」晏曰：「即吾館寓所，窺者主人女孫，幼從吾父學，聰明俊爽，且工詩詞。」潘愈動念。晏去，女復揭簾半露，潘醉狂，取胡桃擲去，女用帕子裹桃復擲來，其上有詩云云。潘亦用帕子題詩，裹胡桃復擲去，云：「一曲臨風值萬金，奈何難買玉人心。君如解得相如意，比似金徽更恨深。」女子復以帕子題詩裹胡桃擲來，擲不及樓，墜于簷下，潘亟下樓取之，為店婦所拾矣。潘以請告，懇求得之，遂令店婦往道殷勤，女厚遺婦，至囑勿洩，目曰：「若諾當厚謝婦。」未幾，潘父遷去，與鄉人同邸，潘忽忽不樂，厭厭成疾。父為問藥，凡更十數醫，展轉兩月不愈。一日，語彭上舍曰：「吾其殆哉！吾病非藥石能愈。」乃告以故，曰：「即某日郊遊所遇者也。」彭告之父，父憂之，既而店婦訪至潘寓曰：「自官人遷後，女病垂死，母于枕中得帕子，究知其故，今願以女適君，如何？」潘不敢諾。未幾，晏仲舉至，具道女父母真意，適彭亦至，遂語潘父，竟諧伉儷奩具巨萬焉。前詩喧傳都下，達于禁中，理宗以為奇遇。時潘與黃皆年十六也。

【鍾評】（其二）佳期難得，真有咫尺天之感。

寄外❶

譚意歌

瀟湘江上探春回❷，消盡寒冰落盡梅❸。願得兒夫似春色❹，一年一度一歸來❺。

【註釋】

❶ 寄外：妻子寄信或物品給丈夫。

❷ 瀟湘：指湘江。因湘江水清深故名。探春：早春郊遊。唐宋風俗，都城士女在正月十五日收燈後爭先至郊外宴遊，叫探春。

❸ 盡梅：梅花落盡。

❹ 兒夫：古代婦女自稱其丈夫。春色：春天的景色。鍾評曰：「說得幻，願得真。」

❺ 一歸來：猶言一同歸返。鍾評曰：「一年一度，相見甚稀，然猶是託願望，苦懷淒語，歸來已自任為家，依依難釋。」

【傳略】意歌喪親，流落長沙，年八歲，寄養竹庄張文家。有妓丁婉卿見之，乃厚遺娶女。女年未及笄，容貌俊美，工于文翰，車馬如市，未嘗接見一人。會汝州張調官，意歌餞別，曰：「子乃名家，我乃娼類。今之分袂，決無後期。腹懷君之息數月矣，君宜垂念。」相泣而別，別後賦詩寄張（如上引詩）。張內逼慈親，外為物議，納孫殿丞之女為姻。後三年，孫謝世，有客自長沙來，云：「意歌掩戶不出，買田百畝自給，親教其子。」張乃如長沙，攜歸京師，其子後以進士登第。

答外

賀方回姬

獨倚危樓淚滿襟❶，小園春色懶追尋❷。深思總似丁香結❸，難展芭蕉一寸心❹。

【註釋】

❶ 危樓：高樓。襟：音ㄐㄧㄣ（jīn），衣襟，衣的前幅。
❷ 春色：春天的景色。追尋：跟蹤尋找。
❸ 深思：深深的思念。丁香結：丁香的花蕾，用以喻愁緒之鬱結難解。鍾評曰：「忽人性氣語，是幽憂中不堪不平之致。」
❹ 展：舒展。一寸：指心。古人謂心為方寸之地，故稱。鍾評曰：「難展是閨幃中寔情語。」

答趙生紅梨花詩

謝金蓮

本分天然白雪香❶，誰知今日卻濃妝❷。鞦韆院落溶溶月❸，羞覩紅脂睡海棠❹。

【註釋】

❶ 本分：猶本來。天然：自然賦予的，生來具備的。白雪香：喻指梨花潔白細緻的色澤與香氣。
❷ 今日：目前，現在。濃妝：謂妝飾艷麗，喻指紅梨花。
❸ 鞦韆：在木架或鐵架上懸掛兩繩，下拴橫板。人在板上或站或坐，兩手握繩，利用蹬板的力量身軀隨而前後向空中擺動。院落：屋前後用墻或柵欄圍起來的空地。溶溶：明淨潔白貌。唐·許渾〈冬日宣城開元寺贈元孚上人〉：「林疏霜摵摵，波靜月溶溶。」
❹ 羞：難為情，慚愧。

【傳略】 名妓也，作紅梨花詩，趙汝州訪之，見其詩遂妻焉。

【鍾評】氣調和婉，非溫細人不能道，故不嫌其平也。

練裙帶中詩❶

韓希孟

我質本瑚璉❷，宗廟供蘋蘩❸。一朝嬰禍難❹，失身戎馬間❺。寧當血刃死❻，不作衽席完❼。漢上有王猛❽，江南無謝安❾。長號赴洪流❿，激烈摧心肝⓫。

【註釋】

❶ 練：白，素色。裙帶：繫裙的帶。

❷ 質：本質，出身。瑚璉：音ㄏㄨˊ ㄌㄧㄢˊ（hú lián），廟堂盛裝黍稷的禮器。《論語・公冶長》：「子貢問曰：『賜也何如？』子曰：『汝器也』。曰：『何器也？』曰：『瑚璉也』」。鄭玄注曰：「瑚璉，黍稷之器。夏曰瑚，殷曰璉，周曰簠簋，宗廟之器貴者。」孔子以瑚璉之器喻子貢，是肯定其知禮，對於國家社稷乃是大器，足堪重用。詩人於此自比出身端貴。

❸ 宗廟：古代王侯祭祀祖宗的廟堂。蘋蘩：水草。蘋：音ㄆㄧㄥˊ（píng），無根浮水而生之植物，即浮萍。蘩：音ㄈㄢˊ（fán），白蒿，菊科草本，嫩苗可食。左思〈蜀都賦〉：「雜以蘊藻，糅以蘋蘩。」劉逵注：「蘊藻、蘋蘩皆水草也。」《左傳》：「蘋蘩薀藻之菜，可薦於鬼神，可羞於王公。」蘋、蘩二者皆上古婦女日常採摘之植物，用以祭祀或作為待客之珍饈。此句承接上句，詩人藉可供祭祀的蘋蘩自喻能遵祭祀之儀與恪守婦職之意，同樣亦自比出身高貴。鍾評曰：「出口鄭重，卓茂有生氣。」

❹ 嬰：遭遇。

❺ 失身：喪失生命。戎馬：戰亂，戰爭。

❻ 寧當：寧願。血刃：血沾刀口，謂殺戮。

❼ 衽席：亦作「袵席」，指床褥與莞簟，供人寢處之所。引申為太平安居的生活。衽：音ㄖㄣˋ（rèn）。

❽ 漢上：指前秦，以漢水一線與東晉分界。王猛，字景略，晉北海人。少倜儻有大志，隱居華陰山，桓溫伐秦，猛往見，捫蝨而談，旁若無人。後仕前秦苻堅，頗被倚重，秦因而日漸強盛，削平諸國。臨終勸堅勿圖晉，堅不聽，故有淝水之敗。此句借王猛諷指為胡敵效力的漢人。

❾ 江南：指偏安南渡的南宋。謝安，字安石，晉陽夏人。少有重名，徵辟皆不就，隱居東

山。年四十餘，始出為桓州司馬。淝水之戰任征討大都督，指導策劃，克敵有功，累官至太保，卒贈太傅，故世稱「謝太傅」。此句諷指南宋缺乏像謝安一般的策略戰將。鍾評曰：「永懷古人，憤激淵摯。」

❿ 長號：大聲號哭。洪流：浩大的水流。

⓫ 摧心肝：捶搗胸臆，極度傷心貌。

【傳略】 希孟，巴陵女子也，韓魏公琦五世孫。少明慧，知讀書，適襄陽賈尚書男瓊為妻。開慶己未，元兵渡江破巴陵，希孟時年十八，為卒所掠，將獻其主，義不受辱。知不可免，書詩衣帛上，乘間赴水死。越三日，收其屍，得其詩於練裙帶中。又所傳一篇，與此不同。詩曰：「……我本瑚璉器，安肯作溺皿。志節匪轉石，氣噎如吞鯁。不作爝火然，願為死灰冷。貪生念麴蛾，乞憐羞虎穽。借此清江水，葬我全首領。皇天如有知，定作血面請。願魂化精衛，填海使成嶺。」後有長興州判官沈思安者，嘗託劉元履丐趙子昂為書其詩。元履諾而未言，一夕夢一婦人云：「趣為我求書，庶因大人君子之筆，發攄幽憤。」子昂聞而異之，為寫一通歸之。

【鍾評】 心手口眼，俱帶丈夫血性，摧激頓折，莫知其瀾。

遼金元編

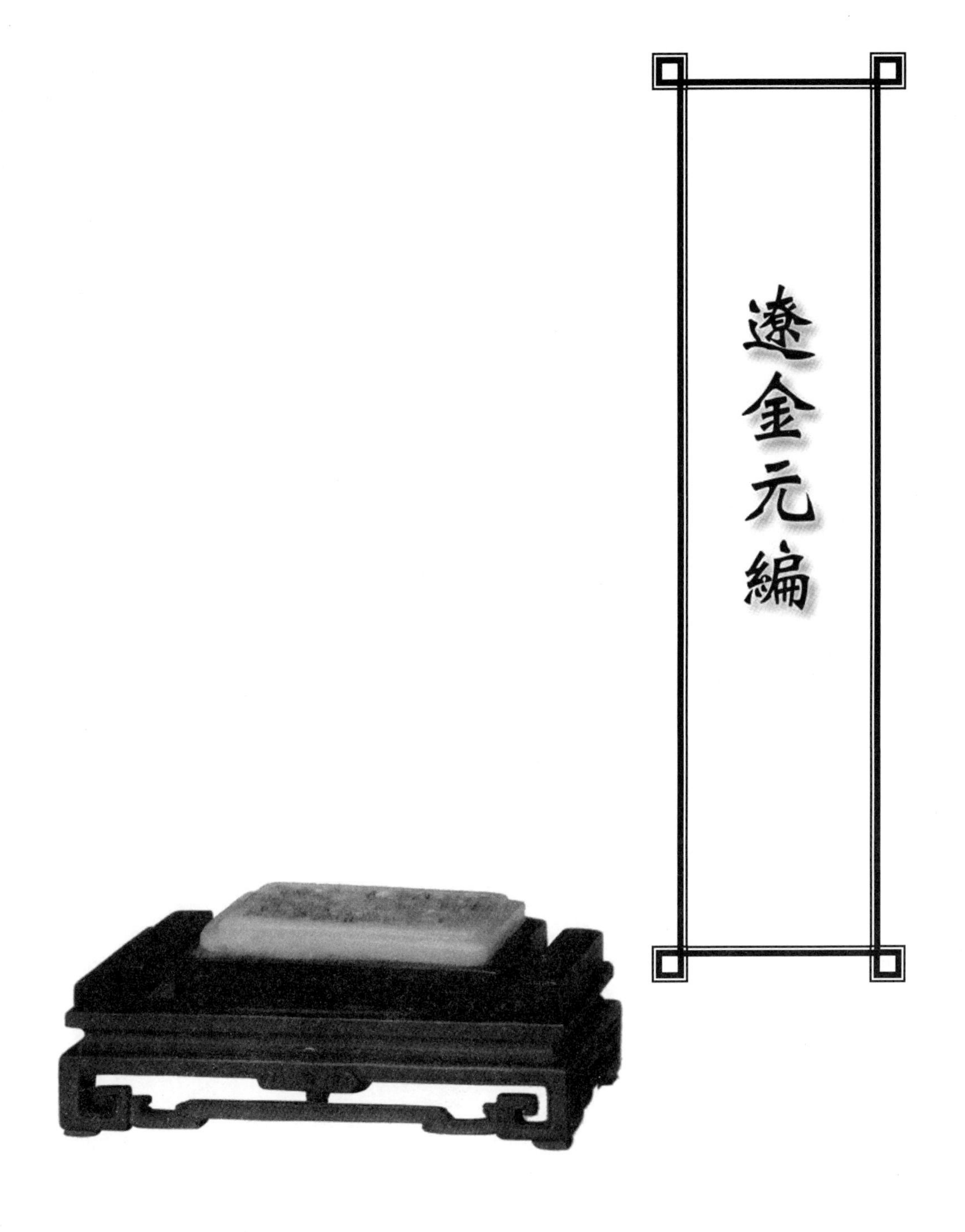

絕命詞

遼后

嗟薄祐兮多幸❶，羌作儷兮皇家❷。承昊穹兮下覆❸，近日月兮分華❹。托後鈎兮凝位❺，忽前星兮啟耀❻。雖釁纍兮黃牀❼，庶無罪兮宗廟❽。欲貫魚兮上進❾，乘陽德兮天飛❿。豈禍生兮無朕⓫，蒙穢惡兮宮闈⓬。將剖心兮自陳⓭，冀回照兮白日⓮。寧庶女兮多慚⓯，遏飛霜兮下擊⓰。顧子女兮哀頓⓱，對左右兮摧傷⓲。共西曜兮將墜⓳，忽吾去兮椒房⓴。呼天地兮慘悴㉑，恨今古兮安極㉒？知吾生兮必或㉓，又焉愛兮旦夕㉔？

【註釋】

❶ 嗟：音ㄐㄧㄝ（jiē），嘆詞，表悲傷。薄祐：缺少神明的佑助，猶言不幸。祐：音ㄏㄨˋ（hù）。兮：音ㄒㄧ（xī），古代韻文中的助詞，用於句中或句末，表示停頓或感嘆，與現代的「啊」相似。多幸：僥倖。

❷ 羌：音ㄑㄧㄤ（qiāng），連詞，用以表示假設、轉折、並列等關係。如同「乃」、「反而」之意。作儷：音ㄗㄨㄛˋ ㄌㄧˋ（zuò lì），指成為配偶、成婚。皇家：皇室。

❸ 承：敬詞，表蒙受之意。昊穹：音ㄏㄠˋ ㄑㄩㄥˊ（hào qióng），蒼天。

❹ 近：親近，靠近。日月：比喻帝后。分華：分得光彩、榮華。

❺ 托：假托，藉口。鈎：事先設好的圈套。凝位：摒棄皇后之位。凝：凝止，固著。

❻ 忽：副詞，突然，忽然。前星：指太子。

❼ 釁纍：音ㄒㄧㄣˋ ㄌㄟˇ（xìn lěi），謂禍患或事端的牽連。纍：積累，連累。

❽ 庶：副詞，希望，但願。無罪：不予論罪。宗廟：奉祀祖先的宮室，在此借指為親族。

❾ 貫魚：貫，穿也。貫魚，指成串的魚。貫魚者個個相次，不得相越，以喻人有排定之順序。借指妃嬪媵妾之屬，依次受到寵幸。上進：進呈君上。

❿ 陽德：皇帝的恩澤。天飛：喻獲皇帝寵幸宛如飛昇至天。

⓫ 豈：表示疑問或反詰的語氣，相當於難道。無朕：沒有跡象或先兆。

⓬ 蒙：遭受，蒙受。穢惡：邪惡，污濁。宮闈：帝王的後宮，后妃的住所。

⓭ 剖心：謂掬誠相示。自陳：自己陳述。

⓮ 冀：音ㄐㄧˋ（jì），希望，盼望。回照：光線反射，返照。白日：原為太陽、陽光之

意，在此喻指君主。

⑮ 寧：音ㄋㄧㄥˋ（nìng），寧可，寧願。庶女：指春秋時齊國一民女負冤莫申，仰天呼號一事之典故。見《淮南子·覽冥訓》：「庶女叫天，雷電下擊，景公臺隕，支體傷折，海水大出。」高誘注：「庶賤之女，齊之寡婦，無子不嫁，事姑謹敬。姑無男有女，女利母財，令母嫁婦，婦益不肯。女殺母以誣寡婦，婦不能自明，冤結叫天，天為作雷電下擊，景公之臺隕壞。」在此借用庶女之典，點出自身冤曲。多慚：非常的羞愧。鍾評曰：「說庶女著『多慚』二字，意婉而深。」

⑯ 遏：音ㄜˋ（è），抑制，阻止。飛霜：降霜。下擊：降落敲打。

⑰ 顧：回首，回視。哀頓：悲傷。

⑱ 對：朝著，向著。左右：跟從的侍者。摧傷：謂傷痛之極。

⑲ 共：與，一同。曜：音ㄧㄠˋ（yào），日、月、五星均稱「曜」，此句指日落。

⑳ 忽：迅速。椒房：泛指后妃居住的宮室。鍾評曰：「『忽吾去』，慘切驚訝，不知其自。」

㉑ 慘悴：音ㄘㄢˇ ㄘㄨㄟˋ（cǎn cuì），亦作「慘瘁」，憂傷憔悴。

㉒ 今古：過去，往昔，借指消逝的人事、時間。安極：哪有盡頭。鍾評曰：「古字，在後人身上看，言其恨在千古也。」

㉓ 知：曉得，瞭解。吾生：謂己之生命。必或：必有此或然之事，意指死亡一事。鍾評曰：「既有吾生，則必有此或然之事，達語亦憤語。」

㉔ 焉：疑問代詞，相當於「怎麼」、「哪裡」。愛：愛惜。旦夕：比喻短時間內。

【傳略】 據《遼史》載，遼道宗宣懿皇后蕭氏，小字觀音，姿容冠絕，工詩，善談論，自製歌詞，尤善琵琶。

諫諫歌❶

文妃蕭氏

勿嗟塞上兮暗紅塵❷，勿傷多難兮畏夷人❸。不如塞姦邪之路兮❹，選取賢臣。直須臥薪嘗膽兮❺，激壯士之捐身。可以朝清漠北兮❻，夕枕燕雲❼。

【註釋】

❶ 諫：直言規勸，使改正錯誤，一般用於下對上。《遼史》曰：「女真作亂，日見侵破，

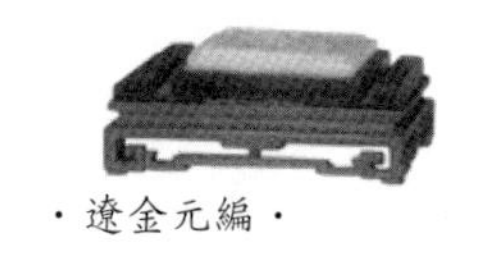

帝畋遊不恤，忠臣多被疏斥。妃作歌諷諫云。」本詩亦見《遼史》本傳。

❷ 勿嗟：《遼詩紀律》為「莫嗟」。暗紅塵：指邊塞一片昏暗的塵埃，意即放棄了抵抗。

❸ 畏夷人：一作「畏強鄰」，另作「畏邊人」。夷人：指古代中國東部地區各部族之人。

❹ 塞：堵塞。姦邪之路：屈膝投降之邪道。

❺ 臥薪嘗膽：越王勾踐被吳王夫差滅國後，刻苦自勵，志圖恢復，終於滅吳。《史記·越王勾踐世家》曰：「越王勾踐返國，乃苦身焦思，置膽於坐，坐臥即仰膽，飲食亦嘗膽也。」

❻ 漠北：一作「沙漠」。漠北：指蒙古高原大沙漠以北的地區。

❼ 燕雲：燕雲十六州，五代時石敬瑭割讓給契丹十六州的總稱。燕雲的名稱始於北宋末，初為宋人企圖收復北部失地的泛稱。末兩句謂早上掃除北方邊患，收復燕雲十六州，晚上就可以高枕無憂了。

【傳略】 蕭氏，小字瑟瑟，幼選入宮。聰慧閒雅，工文墨，善詩歌。國舅大父房之女，乾統初，帝幸耶律撻葛第，見而悅之，匿宮中數月。皇太叔和魯斡（耶律和魯斡）勸帝以禮選納，三年冬，立為文妃。生蜀國公主、晉王敖盧斡（耶律敖盧斡），尤被寵幸。以柴冊，加號承翼。善歌詩。見女真亂作，日見侵迫，帝畋遊不恤，忠臣多被疏斥，妃作歌諷諫。其譏切不避權貴如此。又作〈詠史詩〉以諷諫契丹，天祚見而銜之。播遷以來，郡縣所失幾半，上頗有倦勤之意。諸皇子敖盧斡最賢，素有人望。元后（蕭奪裏懶）兄蕭奉先深忌之，誣南軍都統余睹謀立晉王，以妃與聞，賜死，內外莫不冤之。

詠史❶

文妃蕭氏

丞相來朝兮劍佩鳴❷，千官側目兮寂無聲❸。養成外患兮嗟何及❹，禍盡忠臣兮罰不明❺。親戚並居兮藩屏位❻，私門潛畜兮爪牙兵❼。可憐往代兮秦天子❽，猶向宮中兮望太平。

【註釋】

❶ 本詩乃詩人詠秦二世之史實。秦宦官趙高，進入秦宮，掌權二十餘年，任中車府令，兼行符璽令事，私事秦始皇少子胡亥。公元前二一〇年，秦始皇死，趙篡奪大權，偽造遺詔，逼始皇長子胡蘇自殺。並脅迫李斯，支持立胡亥為二世皇帝。後又殺李斯。任中丞相。不久又殺二世，立子嬰為秦王，旋為子嬰所殺。本詩為楚辭體，引自《遼史》本

傳，亦見於田藝蘅《詩女史》。《名媛詩歸》著錄為七言體，詩曰：「丞相朝來劍佩鳴，千官攔目寂無聲。養成寇盜謀將及，害盡忠良諫不行。親戚盡連藩屏位，私門潛蓄爪牙兵。可憐二世秦天子，猶向宮中兮望太平。」

❷ 丞相：百官之長，輔助皇帝綜理全國政務。劍佩：亦作「劍珮」，即寶劍和垂珮。
❸ 側目寂無聲：不敢正視，形容畏懼。鍾評曰：「幾多含諷，盡在『寂無聲』三字內。」
❹ 外患，一作「外宦」。嗟何及：感歎除禍不及。
❺ 罰不明：賞罰不嚴明。
❻ 並居：同處，共處。藩屏：一作「蕃屏」，捍衛。《左傳·僖公二十四年》曰：「故封建親戚，以蕃屏周。」
❼ 私門：謂得以私行請託之權門也。潛畜爪牙兵：私藏武器兵力。
❽ 往代：一作「二世」。秦天子，指秦二世胡亥。

【鍾評】說來句句可畏，胸中滿拚一死矣。

賦庭柏

劉宜

群卉枯落時❶，挺節成孤秀❷。既保歲寒心❸，不在遐年壽❹。

【註釋】

❶ 卉：音ㄏㄨㄟˋ（huì），象草木初生之形，指草的總稱，有時也泛稱草木。枯落：凋落，衰殘。
❷ 挺節：堅守節操。孤秀：孤拔秀麗，優異特出。
❸ 歲寒：一年的嚴寒時節，在此比喻柏樹忠貞不屈的節操。
❹ 遐：音ㄒㄧㄚˊ（xiá），久遠，綿長。年壽：人的壽命。

【傳略】大同人。至正間，與姑華氏俱為河南軍帥竹貞所掠，苦被驅迫。華謂劉曰：「汝芳年，奈何？」劉曰：「有死耳！」華曰：「刎無刀，縊無索，奈何？」劉曰：「當激賊怒，以就死耳！」遂相與大罵遇害。劉時年二十一，賦庭柏以自況。

【鍾評】可謂遙深清峻。遇變能權其大，胸中一定自有把握。故其寄託聲詩，皆從全副精神流出，一切卑靡之奏，不得犯其筆端。

裂帛詩

何氏

妾長朱門十九春❶，豈期今逐虜囚奔❷。失身無補君王事❸，死節難酬夫婿恩❹。江靜從教沉弱質❺，月明誰與弔孤魂❻。只愁父母難相見，願與來生作子孫。

【註釋】

❶ 妾：舊時女子自稱的謙詞。朱門：紅漆大門，指貴族豪富之家。春：年，歲。
❷ 期：預期，料想。逐：跟隨。虜：敵人。囚：拘禁，幽禁。奔：急走，跑，此處有流離之意。「豈期今逐虜囚奔」一句說明何氏於元至正年間，為亂兵所掠之事。
❸ 失身：喪失生命。無補：無所助益。
❹ 死節：專指婦女為守住貞操而死。難酬：難以報答。
❺ 從教：聽任，任憑。沉：沒入水中，沉沒。弱質：指女子孱弱的身體。此句指女子投江而死。
❻ 月明：月光明朗。弔：祭奠，憑弔。孤魂：孤獨無依的靈魂。

【傳略】 衢州龍游縣儒家婦。至正間為亂兵所掠，裂帛題詩，投江而死。

【鍾評】 極於倫誼，純篤宛至。讀其詩想見其人。

題清風嶺

王氏

君王無道妾當災❶，棄女拋男逐馬來。夫面不知何日見，妾身還向幾時回？兩行怨淚偷頻滴，一對愁眉鎖不開。遙望家山何處是，存亡兩字實哀哉❷。

【註釋】

❶ 無道：不行正道，作壞事，多指暴君或權貴者的惡行。當：承受。
❷ 存亡：生存或死亡。

【傳略】 臨海人。元兵入浙，舅姑及夫皆被執。主將見王色美，欲納為妻，王號泣，欲自殺，將令俘，婦堅守之。王佯謂曰：「若以我為妻，欲令終身善事君也。我之公姑與夫皆死，而我不為埋葬，是不天也。不天之人若將焉用，願請斂葬之，然後十日成親，不然惟有死耳。」主將收其舅姑及夫尸瘞之，素服哀哭。送葬至剡嶺，乘間，嚙指出血，書詩於厓，投厓下而死。其血漬入石中，陰雨則明如始書。後立祠石傍，號清風嶺。

【鍾評】 如此等人，如此等字，但於元時見之，而心不屬於元也。宋朝培養理義獨盛，故其繫於存亡者，不獨文謝張陸諸人，即女人亦如此。

題望夫石❶

鄭允端

良人有行役❷，遠在天一方❸。自期三年歸❹，一去凡幾霜。登山臨絕巘❺，引領望歸航❻。歸航望不及❼，躑躅空徬徨❽。化作山頭石❾，兀立倚穹蒼❿。至今心不轉⓫，日夜遙相望。石堅有時爛，海枯成田桑⓬。石爛與海枯⓭，行人歸故鄉⓮。

【註釋】

❶ 望夫石：劉義慶《幽明路》曰：「武昌陽新縣北山上有望夫石，狀若人立。相傳昔有貞婦，其夫從役，遠赴國難。婦攜弱子，餞送此山，立望夫而化為立石，因以為名焉」。本詩亦見《元詩選・肅雝集》。

❷ 良人：古代婦女對丈夫的稱呼。行役：舊指因服兵役、勞役或公務而出外跋涉。

❸ 一方：一邊，多指遠處。

❹ 自期：自己約定。

❺ 臨絕巘：登臨絕頂。臨：到，靠近，登臨。絕巘：巘，音ㄧㄢˇ（yǎn）。極高的山峰。

❻ 引領：伸長脖子。

❼ 鍾評曰：「『望不及』，感傷實甚。」

❽ 躑躅：音ㄓˊ ㄓㄨˊ（zhí zhú），徘徊不進貌

❾ 山頭：山頂。

❿ 兀立：矗立，直立。兀，音ㄨˋ（wù）。穹蒼：即「蒼穹」，指天。《詩・大雅・桑柔》：「靡有旅力，以念穹蒼。」孔穎達疏引李巡曰：「仰視天形，穹隆而高，其色蒼

蒼，故曰穹蒼」。

⓫ 鍾評曰：「『至今心不轉』，說得決裂，黯黯情動。」

⓬ 此句指桑田與滄海相互遞嬗。鍾評曰：「如此一轉，更覺情至。」

⓭ 海枯石爛：海水枯乾，石頭粉碎。形容歷時長久，萬物已變。多用於盟誓，反襯意志堅定，永遠不變。金·元好問〈西樓曲〉曰：「海枯石爛兩鴛鴦，只合雙飛便雙死。」

⓮ 鍾評曰：「願望如此直截。」

【傳略】吳門施伯仁妻也。幼穎慧，工詩書。夫性村惡不諧，作詩自遣。

題秋胡戲妻卷❶

鄭允端

婉彼魯姬姜❷，出採林下桑❸。遠人何處來❹，下馬古道傍❺？黃金致微言❻，少年為貴郎❼。婦人秉素心❽，鐵石填衷腸❾。豈為物所移❿，古井波瀾揚⓫。謂謝道傍子⓬，請歌行路章⓭。

【註釋】

❶ 「秋胡戲妻」故事最早見於漢·劉向《列女傳》「魯秋潔婦」一條，言及：魯秋胡子納妻五日，去而宦於陳，五年乃歸。未至家，見路旁婦人採桑，秋胡子悅之，下車謂曰：「若曝採桑，吾行道遠，願托桑蔭下餐，下齎休焉。」婦人採桑不輟，秋胡子謂曰：「力田不如逢豐年，力桑不如見國卿。吾有金，願以與夫人。」婦人曰：「嘻！採桑力作，紡績織紝，以供衣食，奉二親，養夫子。吾不願金，所願卿無有外意，妾亦無淫泆之志，收子之齎與笥金。」秋胡子遂去，至家，奉金遺母，使人喚婦至，乃嚮採桑者也，秋胡子慚。婦曰：「子束髮脩身，辭親往仕，五年乃還，當所悅馳驟，揚塵疾至。今也乃悅路傍婦人，下子之裝，以金予之，是忘母也。忘母不孝，好色淫泆，是污行也，污行不義。夫事親不孝，則事君不忠。處家不義，則治官不理。孝義並亡，必不遂矣。妾不忍見，子改娶矣，妾亦不嫁。」遂去而東走，投河而死。

❷ 婉：美好。姬姜：春秋時，周王室姓姬，齊國姓姜，二姓常通婚姻，因以「姬姜」為貴族婦女之稱，泛指美女。此指春秋時魯國人秋胡的美妻。

❸ 林下：樹林之下，指幽靜之地。桑：桑葉。

❹ 遠人：指從遠方來的人。

❺ 下馬：從馬上下來。古道：古老的道路。傍：旁邊。

❻ 致：表達。微言：隱微不顯的言辭。鍾評曰：「妙。只黃金在，可致微言。說盡負心人無心胸處。」
❼ 少年：古稱青年男子，與老年相對。
❽ 素心：本心，素願。
❾ 鐵石：鐵和石，比喻堅定不移。衷腸：內心，心中。鍾評曰：「氣自森挺。」
❿ 物：人。移：變動，改變。
⓫ 古井句：比喻寂然不為外物所動之心。波瀾：比喻起伏變化的思潮。揚：掀起。鍾評曰：「古井波瀾，人有言之者，用一『揚』字，出脫得妙。」
⓬ 謝：推辭，拒絕。
⓭ 行路：道路，此指路途中發生的事，即秋胡於路邊戲妻。章：詩歌或樂曲的段落。

羅敷曲❶

鄭允端

邯鄲秦氏女❷，辛苦為蠶忙。清晨出採桑，採桑不盈筐❸。使君從南來❹，五馬多輝光❺。相逢在桑下，遺我雙鳴璫❻。聽婦前致詞❼，卑賤那可當？使君自有婦，羅敷自有郎。請君上馬去，長歌陌上桑。

【註釋】

❶ 羅敷曲：一名〈陌上桑〉，又名〈豔歌羅敷行〉，樂府相和曲曲名。《樂府解題》言：「古辭言羅敷採桑，為使君所邀，盛誇其夫為侍中郎以拒之。」
❷ 邯鄲：音ㄏㄢˊ ㄉㄢ（hán dān），古地名，今河北省邯鄲市。
❸ 盈：充滿。筐：方形竹製容器，亦用柳條或荊條編成。
❹ 使君：漢時稱刺史為使君。
❺ 五馬：漢時太守乘坐的車，用五匹馬駕轅，因借指太守的車駕。輝光：光輝，光彩。
❻ 遺：音ㄨㄟˋ（wèi），給予，饋贈。雙：量詞，指成對的物品。璫：音ㄉㄤ（dāng），指首飾。多為金玉所製，晃擊有聲，故稱「鳴璫」。
❼ 「聽婦前致詞」一句，言羅敷極陳夫婿位居高位之語。〈陌上桑〉曰：「東方千餘騎，夫婿居上頭。何用識夫婿？白馬從驪駒。青絲繫馬尾，黃金絡馬頭。腰中鹿盧劍，可直千萬餘。十五府小史，二十朝大夫，三十侍中郎，四十專城居。為人潔白?，鬑鬑頗有須。盈盈公府步，冉冉府中趨。坐中數千人，皆言夫婿殊。」

【鍾評】養氣甚厚，筆力曲折，無不如意。

聽琴

鄭允端

夜深眾籟寂❶，天空缺月明。幽人據槁梧❷，逸響發清聲❸。一韻再三彈，中含太古情❹。坐深聽未久，山水有餘清。子期既物化❺，賞心誰與并❻。感慨意不已，天地空崢嶸❼。

【註釋】

❶ 籟：本指孔竅所發出來的聲音，此泛指自然界的各種聲音。
❷ 幽人：幽居之士，隱士。據：倚靠。槁梧：指琴，《莊子・德充符》曰：「倚樹而吟，據槁梧而瞑。」陸德明釋文引崔譔曰：「據琴而睡也。」
❸ 逸響：奔放的琴音。
❹ 太古情：指遠古時期的質樸琴聲。太古：遠古，上古。
❺ 子期：即鍾子期，春秋時楚人。精於音律，與伯牙友善，伯牙鼓琴，志在高山流水，子期聽而知之。子期死，伯牙絕弦破琴，終身不復鼓琴。物化：死亡。
❻ 賞心：本為娛悅心志，此指能了解心事的知音。
❼ 崢嶸：高峻貌。

【鍾評】深得琴理。坐深而聽未久，有不輕彈意在。靈深奧衍，氣貌俱古，靜會之則，幽遠不測。

吳人嫁女辭❶

鄭允端

種花莫種官路傍❷，嫁女莫嫁諸侯王❸。種花官道人將取，嫁女侯王不久長。花落色衰人易變❹，離鸞鏡破終成怨❺。不如嫁與田舍郎❻，白首相看不下堂❼。

【註釋】

❶ 詩人題下自敘云：「余見尋常百姓家，多以女嫁達官貴人，雖誇耀於一時，而終不得偕老，故作是詩以警之。時至丙申歲也。」本詩亦見《元詩選·肅雝集》。

❷ 官路：官道，官府修建的大道，後即泛稱大道。傍：旁邊，側近。

❸ 諸侯王：封建帝王有封建制度，把爵位或土地分屬給臣子或親屬。此指封建統治者中的特權人物。

❹ 色衰：姿色衰退。

❺ 離鸞鏡破：比喻配偶分離。孟棨《本事詩·情感》：「南朝陳將亡時，駙馬徐德言預料妻子樂昌公主將被人掠去，因破一銅鏡，各執一半，為他日重見時的憑證。」李賀〈湘妃〉：「離鸞別鳳烟梧中」。王琦注：「舜葬蒼梧，二妃死湘水，故言『離鸞別恨』」。

❻ 田舍郎：指農夫。

❼ 下堂：《後漢書·宋弘傳》曰：「臣聞貧賤之知不可忘，糟糠之妻不下堂。」後稱妻子被丈夫遺棄曰「下堂」。

【鍾評】 白首相看，寫出田舍之樂。至語淺淺說來，直是古詞。

寄申生❶

嬌紅

雲重月難見❷，風狂雨不成❸。尺書從寄意❹，傾淚若為情❺。

【註釋】

❶ 題下注曰：時申遣媒求婚，不允，嬌寄以詩。

❷ 重：音ㄔㄨㄥˊ（chóng），重疊，濃厚。

❸ 狂：猛烈。

❹ 尺書：指書信。寄意：寄托心意。

❺ 傾淚：眼淚傾瀉貌。鍾評曰：「『若為情』，正不能為情之甚。」

【傳略】 蜀人，姓王。與申純善，純乃紅內兄弟也，嘗訂生死之盟，為婢飛紅所間。將別嬌紅，作一剪梅詞送之云：「荳蔻梢頭春意闌，風滿前山，雨滿前山，杜鵑啼血五更殘。花不禁寒，人不禁寒，離合悲歡事幾般。離有悲歡，合有悲歡。別時容易見時難。怕唱陽關，莫唱陽關。」既而帥子慕紅才色，納幣促親，父不得已許之。紅悲怨成疾且死，以詩別生

曰：「如此鍾情世所稀，吁嗟好事到頭非。汪汪兩眼西風淚，灑向陽臺作雨飛。」竟以憂卒。純聞之亦不食而死。父痛自悔，舉紅柩以歸於生，得合葬焉。曰：「沒者而有知，其不快快於泉下也？」越明年，清明，飛紅往詣墳所，洒酒奠泣之際，惟見雙鴛鴦，捕之不得，逐之不去，飛翔上下，至今傳為鴛鴦塚。

送別（二首）

嬌紅

綠葉陰濃花正稀❶，聲聲杜宇勸春歸❷。相如千里悠悠去，不道文君淚濕衣❸。

其二

臨別殷勤詩語長❹，云云去後早還鄉❺。小樓記取梅花約，目斷江山幾夕陽❻。

【註釋】

❶ 陰：音一ㄣˋ（yìn），通「蔭」，沒有陽光的陰影處。
❷ 杜宇：又名子規，即杜鵑鳥。相傳為古蜀王杜宇之魂所化。春末夏初，常晝夜啼鳴，其聲哀切。
❸ 相如：司馬相如，字長卿，漢蜀郡成都人，文才過人。悠悠：遼闊無際。不道：不奈，不堪，謂難以承受。文君：卓文君，漢臨邛大富商卓王孫女，好音律。此二句引用司馬相如與卓文君的故事。《史記·司馬相如列傳》曰：「司馬相如過飲於卓氏，以琴心挑之，文君夜奔相如。」再者，據《西京雜記》載，文君作司馬相如誄文傳於世。又載相如將聘茂陵人之女為妾，卓文君作〈白頭吟〉以自絕，相如乃止。後世常將卓文君事用為典故。鍾評曰：「『悠悠』字，渺渺予懷，其有目斷三秋之恨。『不道』二字，蓋欲堅其志也。」
❹ 殷勤：情意深厚。鍾評曰：「兒女言別，絮絮不休，真景實情，寫來自妙。」
❺ 鍾評曰：「送歸先囑早還，人能言之。獨說『還鄉』二字，則不以彼為家，而直以我為家，情思婉篤，見於言下。」

❻ 目斷：竭盡目力仍看不見。

寄別申生（二首）

嬌紅

如此鍾情世所稀❶，吁嗟好事到頭非❷。汪汪兩眼西風淚，灑向陽臺作雨飛。

其二

月有陰晴與圓缺，人有悲歡與會別。擁爐細語鬼神知❸，拚把紅顏與君絕❹。

【註釋】

❶ 鍾情：情感專注執著。

❷ 吁嗟：音ㄒㄩ（xū），感歎詞，表示憂惋或贊賞。

❸ 擁爐細語：圍爐取暖，輕聲細語。指戀人親密相依。整句意指二人深情有天地鬼神可鑑。鍾評曰：「細語，鬼神便知，悚懼非重於鬼神而自輕也。情至處不欲相負，則以此為言耳。」

❹ 拚把，拚音ㄆㄢ（pān），拌之俗字，楚人凡揮棄物謂之，故有棄去之意。此指詩人具有一種毀棄的意念，將以已紅顏一身為君送行以決絕。鍾評曰：「為君絕，聞者悽苦，況於其所鍾情者乎？拚把字，亦甚決絕。」

【鍾評】（其一）淚著西風，奇矣；向陽臺，更奇；作雨飛，則又奇。思理幻渺，愁緒無端，忽然自合。（其二）丁憐憐望嬌畫圖，輒謂時有憂怨不足之態。則知情想所鍾，中懷繾綣，無以自伸，悲憂抑鬱，所由來矣，於其詩益復知之。

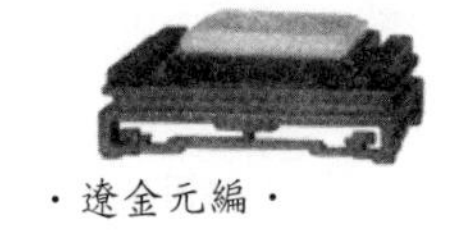

畫梅

管道昇

雪後瓊枝嬾❶，霜中玉蕊寒❷。前村留不得，移入月中看❸。

【註釋】

❶ 瓊枝：形容被雪覆蓋、披上冰雪的樹枝。瓊，本意為美玉，此指白色。嬾：慵懶。此句意指嬌貴的百花經雪覆蓋之後均懶於開花。

❷ 玉蕊：此指沾染了潔白如玉霜雪的梅花。

【傳略】字仲姬，趙子昂妻，能詩畫，奉中宮命，題所畫梅。

【鍾評】寫畫梅黯淡疏冷。

漁父詞❶（二首）

管道昇

遙想山堂數樹梅❷，凌寒玉蕊發南枝❸。山月照，曉風吹❹。只為清香苦欲歸❺。

其二

人生貴極是王侯❻，浮名浮利不自由。爭得似❼，一扁舟❽。弄月吟風歸去休❾。

【註釋】

❶ 漁父：老漁翁。莊子雜篇的篇名，其主旨言不宜分外求世，守真則道存。又「漁父」亦為詞牌名，唐張志和創制，單調二十七字，平韻。

❷ 遙想：悠遠地思索或想象。山堂：山中的寺院。

❸ 凌寒：嚴寒。玉蕊：花苞，在此指梅花的花苞。南枝：朝南的樹枝。
❹ 曉風：清晨的微風。
❺ 清香：清淡的香味。
❻ 王侯：謂天子與諸侯，後多指王爵與侯爵，或泛指顯貴者。
❼ 爭得：怎得。
❽ 扁舟：小船。典出范蠡既雪會稽之恥，乃乘扁舟浮於江湖一事。見《吳越春秋・勾踐伐吳外傳》有載：「范蠡曰：『臣聞君子俟時，計不數謀，死不被疑，內不自欺。臣既逝矣，妻子何法乎？王其勉之，臣從此辭。』乃乘扁舟，出三江，入五湖，人莫知其所適。」
❾ 弄月吟風：謂賞玩吟詠風月美景。

詠梅花

梅花尼

終日尋春不見春，芒鞋踏破嶺頭雲❶。歸來笑撚梅花嗅❷，春在枝頭已十分❸。

【註釋】

❶ 芒鞋：用芒莖外皮編織成的鞋，亦泛指草鞋。嶺頭：山頂。
❷ 歸來：回來。撚：音ㄋㄧㄢˇ（niǎn），執，持取。
❸ 枝頭：樹梢、樹枝。十分：副詞，非常，極，很，表示程度高。

【傳略】 元時一尼，不知姓氏，但有〈詠梅花〉詩，故稱梅花尼。時皆稱善，蓋悟真之言也，後果得道，

【鍾評】 大似情語。

對茗

孫蕙蘭

小閣烹香茗❶，疏簾下玉鉤❷。燈光翻出鼎，釵影倒沉甌❸。婢捧

消春困❹，親嘗散暮愁。吟詩因坐久❺，月轉晚妝樓❻。

【註釋】

❶ 閣：樓閣。烹：音ㄆㄥ（pēng），煮。香茗：香茶。
❷ 疏簾：紋路稀疏的竹簾。此句指將玉鉤執起而使竹簾垂放而下。
❸ 鼎：本為古代用來烹煮食物的金屬器具，圓腹、三足兩耳，亦有四足的方鼎。此指烹茶器具。甌：音ㄡ（ōu），杯、碗之類的飲具。此二句指茶鼎因投射的燈光而更顯明耀，釵影沈浸倒映在茶甌中。
❹ 春困：春日精神困倦。暮愁：黃昏引致的閒愁。
❺ 吟詩：作詩。
❻ 妝樓：泛指婦女的居室。

【傳略】孫淑，字蕙蘭，其先汴人也，高朗秀慧。年六歲母卒，父教以詩書。稍長，習女工，事繼母盡孝，作詩皆清雅可誦。女皆毀其稿，家人勸之，則曰：「偶適情耳。女子當治織紝組紃，以致其孝敬，詞翰非所事也。」貴室求婚，父不許。年二十三，歸新喻傅汝礪為妻，不數年病卒。家人出其稿得十八首，未成章者二十六句，編集成秩，題曰《綠窗遺稿》。

【鍾評】整而栗，疏而秀，明淨如拭。

春日對雪

孫蕙蘭

采閣閉朝寒❶，妝成擬問安❷。忽聞春雪下❸，喚婢捲簾看❹。

【註釋】

❶ 閉：阻隔。朝寒：早晨的寒冷。
❷ 擬：打算，準備。問安：問候尊長起居，問好。
❸ 忽：突然。聞：聽說，知道。下：降下，降落。
❹ 喚：呼叫。

【鍾評】動宕處，俱以慧性遠情達之，舉止夷雅。

惜花春起早

鄭奎妻

胭脂曉破湘桃萼❶，露重荼蘼香雪落❷。媚紫濃遮刺繡窗❸，嬌紅斜映鞦韆索❹。轆轤驚夢急起來❺，梳雲未暇臨妝臺❻。笑呼侍女秉明燭❼，先照海棠開未開❽。

【註釋】

❶ 胭脂：一種用於化妝和國畫的紅色顏料，亦泛指鮮艷的紅色，此處用以形容天亮時有如繪畫般的紅色天空。曉破：天剛亮。湘：地名。萼：音ㄜˋ（è），花蕾。

❷ 荼蘼：音ㄊㄨˊ ㄇㄧˊ（tú mí），植物名。薔薇科，落葉小灌木，攀緣莖，莖上有鉤狀刺，羽狀複葉，小葉橢圓形，花白色，有香氣，夏季盛開。荼蘼過後，無花開放。故人們視荼靡花開是一年花季的終結。香雪：指荼蘼雪白而具香氛的花朵。

❸ 媚：豔麗，美好。

❹ 嬌紅：指花朵。鞦韆：音ㄑㄧㄡ ㄑㄧㄢ（qiū qiān），在木架或鐵架上懸掛兩繩，下拴橫板。人在板上或站或坐，兩手握繩，利用蹬板的力量身軀隨而前後向空中擺動。索：繩索。

❺ 轆轤：音ㄌㄨˋ ㄌㄨˊ（lù lú），利用輪軸原理製成井上汲水的起重裝置。驚夢：驚醒睡夢。起來：起床。

❻ 梳雲：梳頭。未暇：謂沒有時間顧及。臨：面對，當。妝台：梳妝臺。

❼ 秉：執，持。明燭：明亮的燭。

❽ 海棠：落葉喬木，葉子卵形或橢圓形，春季開花，花多為白色或淡紅色，品種頗多，供觀賞。開未開：開了沒有。

【鍾評】步步嬌映入微，靜心深想。

愛月夜眠遲

鄭奎妻

香肌半彈金釵卸❶，寂寞重門深鎖夜❷。素魄初離碧海端❸，清光已透珠簾罅❹。徘徊不語倚闌干❺，參橫斗轉風露寒❻。小娃低語

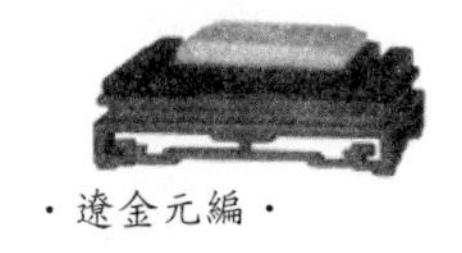

喚歸寢❼，猶過薔薇架後看❽。

【註釋】

❶ 香肌：年輕女子肌體柔嫩溫香。嚲，音ㄉㄨㄛˇ（duǒ），下垂。金釵：婦女插於髮髻的金製首飾，由兩股簪子合成。卸：音ㄒㄧㄝˋ（xiè），解除，解下。

❷ 寂寞：冷清，孤單。重門：層層設門，在此指屋內的門。深鎖：鎖得很緊。

❸ 素魄：月的別稱，亦指月光。碧海：形容如碧藍海色的夜空。

❹ 清光：清亮的光輝，多指月光、燈光。珠簾：珍珠綴成的簾子。罅：音ㄒㄧㄚˋ（xià），裂縫，縫隙。

❺ 徘徊：音ㄆㄞˊ ㄏㄨㄞˊ（pái huái），往返回旋，來回走動。倚：憑靠。闌干：即欄杆。用竹、木、磚石或金屬等構製而成，設於亭臺樓閣或路邊、水邊等處作遮攔用。

❻ 參橫：音ㄕㄣ ㄏㄥˊ（shēn héng），參星橫斜，指夜深。斗轉：北斗轉向，表示天將明。風露：風和露。

❼ 小娃：少女。低語：低聲說話。。

❽ 薔薇：音ㄑㄧㄤˊ ㄨㄟˊ（qiáng wéi），植物名。落葉灌木，莖細長，蔓生，枝上密生小刺，羽狀複葉，小葉倒卵形或長圓形，花白色或淡紅色，有芳香。花可供觀賞，果實可以入藥。架：支承或擱置東西的用具。

【鍾評】早起，便寫出一種急疾念頭，領出惜字。眠遲，便寫出一種顧盼深情，徘徊婉戀，如不勝情處。慧緒靈心，化工肖物。

掬水月在手

鄭奎妻

銀塘水滿蟾光吐❶，姮娥夜夜馮夷府❷。蕩漾明珠若可捫❸，分明兔穎如堪數❹。美人自挹濯春葱❺，忽訝冰輪在掌中❻。女伴臨流笑相語❼，指尖擎出廣寒宮❽。

【註釋】

❶ 銀塘：清澈明淨的池塘。蟾光：月色，月光。吐：呈露，呈現。

❷ 姮娥：音ㄏㄥˊ ㄜˊ（héng é），神話中的月中女神，又稱嫦娥。馮夷：傳說中的黃河之神，即河伯，泛指水神。

❸ 蕩漾：音ㄉㄤˋ ㄧㄤˋ（dàng yàng），水波微動。明珠：光澤晶瑩的珍珠，此喻滿天星斗。捫：音ㄇㄣˊ（mén），撫摸。

❹ 分明：明確，清楚。兔穎：本指兔毛製的筆，因傳說裡月中有兔，故此處借指水中之月清晰可見。堪數：可數。

❺ 挹：音ㄧˋ（yì），以瓢舀取。濯：音ㄓㄨㄛˊ（zhuó），洗滌。春葱：喻女子纖細嫩白的手指。

❻ 忽：突然，忽然。訝：音ㄧㄚˋ（yà），驚詫，疑怪。冰輪：指明月。

❼ 臨：靠近。相語：相互談說。

❽ 擎：音ㄑㄧㄥˊ（qíng），舉起，向上托。廣寒宮：神話裡指稱月中的宮殿。

弄花香滿衣

鄭奎妻

餘聲響處東風急❶，紅紫叢邊久凝立❷。素手攀條恐刺傷❸，金蓮移步嫌苔濕❹。幽芳擷罷掩蘭堂❺，馥郁餘香滿繡牀❻。蜂蝶紛紛入窗戶，飛來飛去繞衣裳。

【註釋】

❶ 餘聲：遺留下的聲響。東風：指春風。

❷ 紅紫：繽紛多彩的花朵。叢：叢生。凝立：佇立。

❸ 素手：潔白的手，多形容女子之手。攀條：攀引或攀折枝條。恐：畏懼，害怕。

❹ 金蓮：指女子的纖足。移步：挪動腳步。苔：青苔。

❺ 擷：音ㄐㄧㄝˊ（jié），摘取，採摘。罷：完畢。掩：遮覆。蘭堂：芳潔的廳堂，亦為廳堂的美稱。

❻ 馥郁：音ㄈㄨˋ ㄩˋ（fù yù），形容香氣濃厚。餘香：濃郁的香氣。繡牀：裝飾華麗的床，多指女子睡床。

補天花版詩

元氏

補天手段暫施張❶，不許纖塵落畫堂❷。寄語新來雙燕子❸，移巢別處覓雕梁❹。

【註釋】

❶ 補天：古代神話傳說，女媧煉石補天。《淮南子·覽冥訓》：「往古之時，四極廢，九州裂，天不兼覆，地不周載。……於是女媧鍊五色石以補蒼天，斷鼇足以立四極。」手段：本領，技巧。施張：施行。

❷ 不許：不允許。纖塵：微塵。畫堂：華麗的廳堂。鍾評曰：「『不許』字，峻。」

❸ 寄語：傳話，轉告。新來：新近前來，初到。

❹ 雕梁：飾有浮雕、彩繪，裝飾華美的梁。借指豪華的建築物。

【傳略】元遺山之妹，女冠也。張平章欲娶之，往探其所向，見其〈補天花版詩〉，悚然不敢言而退。

【鍾評】他人見雙燕，便增感傷。此獨見斬截乾淨，能割斷得過。

即事

阮碧雲

東君情意漲如瀾❶，畫閣鴛衾夜不寒❷。十二樓中春色遍❸，好花開遍玉欄干❹。

【註釋】

❶ 東君：太陽神，此作司春之神。漲：音ㄓㄤˇ（zhǎng），增長，積聚。瀾：大波浪。鍾評曰：「寫得情意生動。」

❷ 畫閣：彩繪華麗的樓閣。鴛衾：音ㄩㄢ ㄑㄧㄣ（yuān qīn），繡有鴛鴦的被子，亦指夫妻共寢的被子。

❸ 十二樓：泛指高層的樓閣。

❹ 鍾評曰：「媚麗在好花，不在玉欄干上。」

題壁

蘭氏

涇渭難分濁與清❶，此身不幸厄紅巾❷。孤兒豈忍更他姓❸，烈婦何曾事二人❹？白刃自揮心似鐵❺，黃泉欲到骨如銀❻。荒村日落猿啼處❼，過客聞之亦慘神。

【註釋】

❶ 涇渭：音ㄐㄧㄥ ㄨㄟˋ（jīng wèi），指涇水和渭水。
❷ 厄紅巾：指遇到紅巾盜這個災厄。
❸ 更：改變。鍾評曰：「方知手刃是親愛之深。」
❹ 烈婦：指以死殉節或殉夫的婦女。事：侍奉。鍾評曰：「英氣所託，不論陳語自佳。」
❺ 白刃：鋒利的刀。
❻ 黃泉：極深之地下水呈黃色，因人死後埋於地下，故以地極深處之黃泉地帶為人死後埋葬之地，亦指陰間地府。銀：白銀。鍾評曰：「骨如銀，說得皎然。」
❼ 荒村：偏僻荒涼、人煙稀少的村落。日落：太陽西下。

【傳略】江西吉安曠家婦，有殊色，為紅巾盜所掠歸，欲妻之，婦乃手刃其子，題詩於壁，擲筆自刎。一云：為陳友諒部將鄧平章獲而自刎，友諒立廟旌之。

【鍾評】峴山鬱鬱，漢水湯湯。山傾水竭，此恨未央。

國家圖書館出版品預行編目資料

中國歷代才媛詩選

毛文芳編訂；張晏菁等註釋. – 初版. – 臺北市：臺灣學生，2011.03

面；公分

ISBN 978-957-15-1518-2 (平裝)

831　　100003907

中國歷代才媛詩選(全一冊)

編訂者：毛文芳
註釋者：張晏菁・陳雅琳・莊家瑋・李珮慈
出版者：臺灣學生書局有限公司
發行人：楊雲龍
發行所：臺灣學生書局有限公司
臺北市和平東路一段七五巷十一號
郵政劃撥帳號：00024668
電話：(02)23928185
傳真：(02)23928105
E-mail：student.book@msa.hinet.net
http://www.studentbooks.com.tw
本書局登記證字號：行政院新聞局局版北市業字第玖捌壹號
印刷所：長欣印刷企業社
中和市永和路三六三巷四二號
電話：(02)22268853

定價：平裝新臺幣三〇〇元

西元二〇一一年三月初版

ISBN 978-957-15-1518-2 (平裝)